伊集院静

ミチクサ先生

上

Michikusa-sensei

Ijuin Shizuka

講談社

ミチクサ先生（上）

金之助の友人、同僚など

正岡升（子規）

米山保三郎

中村是公

菅虎雄　ドイツ文学者

狩野亨吉　一高校長

長谷川貞一郎　五高の同僚

山川信次郎　五高の同僚

夏目家の人々

直克　金之助の実父。牛込の名主

ちゑ　直克の後妻。金之助の実母

大助　金之助の長兄

直則　金之助の次兄

直矩　金之助の三兄

さわ、ふさ　金之助の異母姉

塩原昌之助
金之助の養父。内藤新宿の名主

塩原やす
昌之助の妻。金之助の養母

子規の友人（俳句仲間）など

高浜虚子

河東碧梧桐

藤野古白

三並良

陸羯南　新聞『日本』の創始者

浅井忠　西洋画家

中村不折　西洋画家

正岡家の人々

常尚　子規の父。伊予松山藩士

八重　子規の母

律　子規の妹

大原観山
八重の父。子規の漢学の師

加藤恒忠（拓川）
八重の弟

『ミチクサ先生』登場人物一覧

英国留学時代

ウィリアム・ジェームズ・クレイグ
シェークスピア研究者

リール姉妹
金之助のロンドンの下宿の家主

美濃部達吉

犬塚武夫

池田菊苗

田中孝太郎

藤代禎輔

漱石の弟子など

寺田寅彦

小宮豊隆

鈴木三重吉

森田草平

野上豊一郎

安倍能成

松根東洋城

中勘助

内田百閒

島崎藤村、志賀直哉、芥川龍之介

滝田樗陰

橋口五葉
装丁家

真鍋嘉一郎
医学博士。金之助の松山中学時代の生徒

夏目（金之助）家

（中根）鏡子　金之助の妻

筆子　長女

恒子　次女

栄子　三女

愛子　四女

純一　長男

伸六　次男

雛子　五女

中根重一
貴族院書記官長。鏡子の父

カツ
重一の妻。鏡子の母

新聞社関連

池辺三山
東京朝日新聞主筆

白仁（坂元）三郎
東京朝日新聞記者

竹越与三郎
読売新聞主筆

鳥居素川
大阪朝日新聞主筆

村山龍平
朝日新聞社社主

装画・挿画　福山小夜
装丁　田中久子

序章

一八一七年八月十一日、一隻のイギリス軍艦・ライラ号が大西洋の孤島、セント・ヘレナ島にむかっていた。

「艦長、島が見えました。セント・ヘレナ島に間違いありません」

興奮気味に声を上げた副艦長にベイジル・ホール艦長は威厳をくずさぬよう、つとめて平静に「島影、確認」と応えた。

ホールは先刻から自分の胸の鼓動が早鐘のように打っているのを知っていた。

今回の一年半に及ぶ航海は、中国清王朝とイギリス本国との通商交渉団の護送、護衛が任務であったが、ホール艦長には秘《ひそ》かな目的があった。

彼にとってはむしろ、その秘かな目的の方が大切であった。

おだやかな海路で追い風を帆がうけてみるみる島の全容が視界にひろがろうとしていた。島は絶壁に囲まれ、侵入者を拒む地形をしている。

――なるほどヨーロッパ連合軍に常に恐怖を与え続けた天才的軍人を幽閉しておくのにこれ以上適した〝海の牢獄《ろうごく》〟は他にあるまい。

ヨーロッパ列強国の政治家たちは、この憎き皇帝、戦争の天才を南海の孤島に送ったことで、再び秩序あるヨーロッパを取り戻した。

しかしそれは戦いの美徳を知らぬ政治家どものやり方であり、敗れこそしたが、敵、味方の多くの軍人には、島の主は英雄として存在し続けていた。ホールもいつの頃からか、この英雄に一度でいいから逢《あ》ってみたいと思っていた。それがイギリス海軍の軍艦長となってから、なおいっそう思いは強くなった。

艦が港に着くと、ホールはまず副艦長に、極東アジア、インドで買い求めた英雄への贈り物をロングウッドの屋敷に届けさせた。勿論《もちろん》、面会を希望する理由を書いた手紙ももたせた。

ホールの父、男爵ジェームス・ホールは若い時、フランスのブリエンヌ士官学校に留学し、若き日の英雄と同窓であった。

艦で待つホールの下に副艦長は笑顔をたたえて帰って来た。

「皇帝はお逢いになるそうです」

「君は皇帝に逢ったのか」

「いいえ、執事にそう告げられました」

――そうだろうな……。

英雄の島での隠遁《いんとん》生活ぶりはヨーロッパにも聞こえ伝わっていた。彼はいかなる者にもその姿を見せない。

ホールは海軍正装に着換えると、艦を下りて驢馬《ろば》に乗ってロングウッドにむかった。

上陸してみると、島の中は想像と違い、美しい谷、せせらぎ、滝まであり、皇帝は案外と快適に過ごしているのではとさえ思った。

屋敷はちいさな建物であったが、決して粗末ではなかった。執事に一礼され、部屋に通された。調度品は少なく、どれも磨いてなかった。

やがて執事が扉を開けると、ゆっくりと一人の小柄な男が静かに入って来た。

彼はぼんやりとホールを見た。

ホールも会釈して、相手を見た。

ナポレオン・ボナパルト。

かつて全ヨーロッパを征服した英雄であり、フランス皇帝だったナポレオンがそこにいた。

「サー・ジェームスに目元が似ておるな。父上は元気にしておられるか」

「はい。今は退役して地質学の研究をしております」

「石コロを砕いておるのか」

ホールは失笑した。

「ホール艦長、今回の任務は何だったのだ」

「中国との通商交渉団の護送と護衛です」

「中国を征服するのか」

「いいえ、閣下、通商です。貿易が目的です」

「貴国はそう言って、インドを征服した」

事実ゆえに返答ができなかった。

「君も中国の皇帝とやらに逢ったのか」

「いや私は交渉団と離れて極東アジアを探険して参りました」

「ほう極東アジアか。ジパングへは行ったか」

「いいえ、日程の関係で、ジパングの出先の島までは行きました」

「黄金は持ち帰ったか？」

　ホールが返答をしかねていると、ナポレオンは笑って、

「ジョークだよ。ジパングが黄金の国というのが誇張した話であることくらいは私も知っている。しかしどんな国であるのか」

　とあまり興味はなさそうに訊《き》いた。

「琉球という土地にまいりました。シマヅ国の配下の島々です。たいそう暑い所でした」

「ではクック（探険家）の書いておった裸同然の者がいたのか」

「いいえ、美しく織った布地できちんとした衣服を身に着けておりました。大変にこころのあたたかい人々でした。牧歌的でさえありました。閣下、そこには……」

　と言ってホールは言葉を切り、そして言った。

「そこには武器がございませんでした」

「何？　武器を持たぬ国だと！　そんなことがあるはずはない」

　ナポレオンはホールの言葉に目を丸くした。

「それが本当なのです」

「武器を持たなくて、どうやって戦うのだ」

「そこの人々は戦争を知りません」

「待て、少しゆっくり話せ。なら軍人がいない国家ということか」

「はい。私が見た限り、島のどこにも軍人の姿はございませんでした」

「軍人は身を潜ませ、武器は隠しておったのだよ。あのインカとてスペイン兵と戦ったのだぞ」

「閣下、これはまことのことでございます」

「ならホール艦長、どうしてすぐにそこを征服しなかったのだ？」

「私はその任務で上陸したのではありませんから」

「なんと、それを父上が聞いたらさぞ驚くに違いない」

ナポレオンは呆《あ》きれた顔をしてから、少し思案をするような目をして言った。

「そこがジパングの出先の島なら、ジパングはわずかな兵士で征服できるということではないか。〝黄金の国〟は誇張にしても、貴国の軍艦一隻でジパングが手に入るということになる。すぐに本国に帰還して報告することだな」

ホールはまたまた返答に困った。


ナポレオンがいたく興味を持ったこともあってホールはイギリス本国に帰国した後、あの優雅でやさしき人が暮らしていた琉球をはじめとする極東アジアでの日々を航海記として出版した。

この航海記はベストセラーになり、十九世紀のヨーロッパの人々に極東アジアの牧歌的風景と、そこに住む人々のやさしさを伝えるとともにアジアへの憧れを抱かせた。

本は海を越え、アメリカでもベストセラーになった。ナポレオンの言うジパング、英語圏の欧米ではジャパンへの印象とともに、日本は優雅な印象を人々に与えた。

「日本人はきっと牧歌的な人々なのだ」

これが十九世紀の欧米の日本に対するイメージだった。

ところがホールの航海記を読んでいたアメリカ商船、モリソン号の船員たちは琉球の人々の警戒心を意外と感じ、その後のペリーも本の内容と違う、日本の役人の態度に驚いた。

武器とともに貨幣も存在しないということが大きな誤解であったことを知った。これでもなおヨーロッパの大半の人が極東アジアの島々と日本に牧歌的印象を抱き続けていたのは事実である。

一八六七年、フランス、パリで第五回の万国博覧会が催された。

この頃、ヨーロッパの各地で万国博覧会が開催されていた。初めての万国博覧会は一八五一年にロンドンのハイドパークで開催され、全面ガラス張りの〝水晶宮（クリスタルパレス）〟が建設され、六ヵ月で六百万人が訪れる大盛況だった。

ペリー来航から五年間で江戸幕府は欧米各国と修好通商条約を結び、外国公使が駐在するようになった。幕府もヨーロッパを知らねばと一八六一年（文久元年）、使節団を派遣した。その使節団に通訳として同行したのが、若き日の福沢《ふくざわ》諭吉《ゆきち》だった。彼はロンドンで開催されていた第四回の万国博を目にし〝毎日場に入る者、四、五万に下らず〟（『西洋事情』）と記している。

諭吉のすすめもあったのか、幕府はパリの万国博に公式参加を決めた。

代表者は将軍、徳川慶喜《とくがわよしのぶ》の弟、昭武《あきたけ》。他に薩摩、佐賀の二藩が独自で参加した。

さてここでパリッ子たちは初めてジャポンの文化にふれることになった。

ヨーロッパではほぼ五年毎《ごと》に万国博が開催されていた。最初の開催国、イギリスは二回目が赤字になって早々と退散し、その後中心となったのがフランスだった。当時の万国博は参加国が展示品を披露して国力を誇示《こじ》する目的もあったが、それ以上に交易の促進の面があり、それが自由貿易の到来を実現させていた。

この第五回の目玉のひとつに、〝最も遠く離れた国々〟の参加があった。中国、日本、シャムがその対象だったが、アヘン戦争の敗戦処理に追われていた中国は参加を断った。日本へは駐日フランス公使が幕府にこれを要請し、交渉に立ったのが小栗上野介《おぐりこうずけのすけ》などの親仏派であった。参加が決定すると、小栗は出品物の収集を開始した。万博委員会の定めた、産業品、芸術作品、家具、服飾、食品などの十グループである。特別に開成所から昆虫、植物標本も収集された。三百種、八百点余りが揃《そろ》えられたが、小栗は彼特有の柔軟性で、

――どうも今ひとつ我が国が伝わらないナ。

と勘が働き、顔見知りの御用商人、清水《しみず》卯《う》三郎《さぶろう》を呼んで、「どうだい？　ひと仕事してくれるか」と出品物を揃えるように依頼した。

「ない知恵を絞ってやりやしょう。買い集めにとりあえず五万両を用意して下さい」

「そりゃ無理だ。長州征伐で入り用の上にお城の金庫はさみしいもんだ。限度二万両」

卯三郎はまたたく間に二百種、千二百点を揃えた上に、小栗に提案した。

「御奉行さま、どうでしょう。江戸の紹介なら綺麗《きれい》どこを見せるってのは？」

「綺麗どこ？」

「はい。柳橋の芸妓《げいこ》と茶屋をこしらえては」

「ほう、そりゃ面白い」

かくして慶喜の弟、昭武を団長とした使節団がフランス、ツーロンの港に三月上旬に上陸した。

会場はパリのシャン・ド・マルス公園。日本のパビリオンは西の片隅。隣りにシャム。委員会が収集した中国の展示コーナーがその隣り。

「ムッシュ、君は見たかね？　シャン・ド・マルスのジャポンのパビリオンに展示してある日本女性のカフェ・オ・レのような肌の美しさを？」

それを聞いたカフェの主人が走り出した。

日本パビリオンの中に日本家屋を建て、そこに三人の女性を入れ、普段の日本人の生活振りを披露したのである。

これがパリっ子、いや来場したヨーロッパ人たちが、初めて目にする日本の女性だった。

柳橋、松葉屋の芸者、おさと、おすみ、おかねの三名だった。大川の川風が入る窓辺に座って団扇《うちわ》をあおぐ女、茶を入れ一服する女……、押し寄せた来場者は十七〜十八世紀頃、ヨーロッパにひろがったシノワズリ（中国趣味）と違うジャポンに興味を抱いた。

勘定奉行、小栗上野介と御用商人、清水卯三郎の妙案は大当りをしたのである。

漆器、陶磁器、茶器……などのさまざまな工芸品にも感心したが、もうひとつの話題は実物大で作られた武者人形だった。馬上の武者は弓を持ち、かたわらに槍《やり》を手にした供侍が甲冑《かっちゅう》で立っている。

「おう、これがジャポンの騎士《ナイト》か」とその武者振りに皆が興味津々《しんしん》であった。

会期半ばに今博覧会の授賞式が行なわれ、国際審査委員会は日本にグランプリを授与した（但しグランプリは六十四件あるのだが）。〝最も遠く離れた国々〟の中で最高の評価を受けたのである。

授賞の理由に日本が出品した「養蚕、漆器、手細工物ならびに紙の水準の高さ」が挙げられている。当時のフランスの輸出品の一位が「絹織物」であった。その絹織物の要である蚕卵が微粒子病に感染し、ひどい痛手を被っていた。日本の蚕卵はこの時点で感染を免れた唯一のものであった。フランスは日本の蚕卵をさらに輸入する必要があった。

グランプリの授賞にも、開催国の思惑があったのである。ただそれだけではなかった。フランスの輸出品の第五位に「調度品、装飾品等」がある。会場にやって来た経営者、職人たちは日本の調度、装飾品の技術の高さに注目した。同時に職人の中の下絵、デザインを担当する人たちは、日本独特の工芸品の立体性と、下絵の構図の大胆さに驚いた。

画家たちは北斎漫画、浮世絵に着目し、模写をする画工があらわれた。

これがのちの絵画、彫刻でのジャポニスムに発展した。


博覧会が始まってほどない日の夕暮れ、オペラ座にむかう一組のフランス貴族の侯爵の夫妻が、奇妙な一団と遭遇した。

オペラ座の脇に二台の馬車が止まり、中から背格好もそっくりの人影が降りると、まるで申し合わせたようにひとかたまりになって歩き出した。

「あなた、あの小柄な人たちは何かしら？　奇妙な身なりだわ」

夫人はその時、初めて羽織、袴《はかま》を見た。

オペラ座に入り席に座っていると、先刻の一団が案内人に引率されて招待席にむかった。同じ背丈で、同じ歩調で、珍しい髪形をしていた。侯爵は隣席の友人と話していた。

「どこかの寄宿舎の子供たちかしら？　余興でもあるのかしら」

「いや、あの人たちはジャポンの王族らしい」

「遠く離れた国ですよね」

幕が上がりオペラがはじまった。しばらくすると周囲から失笑が洩《も》れて来た。奇妙な音がする。屋敷の納屋にいる牛の声に似ていた。

夫人は音がする方にオペラグラスを向けた。

眼鏡の中に、全員が天井に顔をむけ、鼾《いびき》を掻《か》いている姿がうつっていた。

「まあ、なんということでしょう」

ナポレオンがイギリス海軍の若き艦長の話を聞き、「それは国家ではない。なぜすぐに征服しなかったのか」と叫んだジパング、日本。

一冊のベストセラーになった航海記で知られた、こころやさしい人が暮らす、牧歌的な場所であるジャパンとしての日本。

万博でパリっ子たちが初めて見たカフェ・オ・レのような魅惑的な肌をした女性のいるジャポン。

侯爵夫人を驚かせた奇妙な一団を頂く日本。

どれも皆、日本の一面であり、日本人の表情と言える。これらの逸話は今からほんの百五十年余り前のことにすぎない。

パリの街を、最後の侍たちが歩いた一八六七年は、日本が大きく動き出す前後であった。〝近代〟という言葉も〝自己〟なる発想もなかった。それらをいかにして日本人は獲得して行ったか？

この年の一月、この物語の主人公である夏目金之助が東京、牛込で産声《うぶごえ》を上げた。

時代というものは、元号が新しくなったからと言って、その日から何かが急に変わるものではない。

それは春を迎えた流氷の海に似て、凍った海が少しずつ春の熱気に呑《の》み込まれて行くようなところがあり、周囲はすでに波音が聞こえているのに、かたくなに氷の時代を守り、氷山として踏ん張る場所もあれば、早々と氷の下から岸へ寄せる先取りの波もあったりするものだ。

江戸から明治へ移る折、人によっては「もう武家の時代は終わっちまうぜ」と口にこそ出さなかったものの、旧《ふる》い時代に見切りをつけて、新しい時代へ生きようとする人々もいた。

江戸、小石川に五明楼玉秀という名の落語家がいた。

話し口が軽妙で、各寄席小屋に贔屓《ひいき》までいた人気者であった。

玉秀が寄席小屋にむかおうとすると、背後から呼び止める声がした。

「待て小島。これ、待たぬか小島」

見ると大小を差した旗本である。

「ああ、これは組頭」

「ああ、組頭ではない。昼日中からそんな恰好《かっこう》をしてどこへ行こうというのだ」

「えっ、この恰好が何か問題でも」

と玉秀は浅葱《あさぎ》色の羽織をひろげて見せた。

「問題があるから言っておるのだ。小島、貴公は小日向屋敷の歴とした武士ではないか。それが御家人が身にまとうものか。勤めは終えたのか」

「勤めも何も、やることは半年前から何もありませんよ」

芸名、玉秀こと御家人、小島弥三兵衛長重は好きな芸事が今では本分となり、寄席の高座に出演していた。

「おまえを見て、周りの御家人たちは武士の風上にも置けぬと呆きれておるぞ」

「組頭殿、私は元々、風上なんぞには立っていませんから」

「いいから今日の所は拙者の顔を立てて、寄席に行くのはよせ」

「おや、今のは上手《うま》い。さすが組頭殿」

「何を言っておる。ともかく言うことを聞くのだ」

「組頭殿のお言葉ですが、小屋では贔屓が待ってますんで、それに今日は拙者、いやあっしにとっては大事な日なんで。今日から雀家翫之助と名乗るんでございますから。失礼」

そう言った玉秀、今日から雀家翫之助は、御家人、小島長重にとうの昔に見切りをつけていたのである。

慶応三年、一月上旬、すでに徳川幕府は権力の首座としての場所を失っていた。

小石川から谷、坂ふたつ越えれば牛込である。本日は〝和良店亭〟という寄席小屋からはじめる。

幕末の江戸には各町内にひとつ寄席小屋があるほど、寄席は庶民の遊び場であった。

人の出る数が多い京橋、日本橋などには、〝伊勢本〟を代表とする大店の小屋が何軒もあった。

御家人、小島長重は芸事好きだということもあったが、それ以上にこの男の目には武家社会がやがて終わることが見えていたのである。

彼には武士の階級がすでに町方の家の上にあるとは思えなかった。武士の面目《めんもく》のために娘を遊郭に行かせる家はいくらでもあった。それほど幕府の経済は逼迫し、若い侍たちの将来への閉塞感は想像以上のものだった。

彼は、先刻の組頭が叱責したように武士に風上があるとは思っていなかったし、こうして落語家として生きることが、上から下へ流れたとも思っていなかった。風通しの良い場所へ、おのずと人は流れるのである。

かと言って武士を捨てたわけではなかった。その証拠に、彼は上野での官軍最後の戦さの時は彰義隊の一員として参加し、無事に生きて戻り、維新後はいったん司法省に入り、裁判官の書記から判事補にまでなった。ところが赴任した函館で被告の女性と懇《ねんご》ろになり、女に有利な判決を下すという大胆なことをして、官を辞し女と東京へ戻った。

帰京後は再び高座に上がり、三遊亭圓遊の門人となり、三遊亭遊三という回文の名前を貰《もら》う。芸を磨いて、明治十年になる頃は、時の名人、圓朝の人気を追う落語家になった。

明治という時代を迎えたこともあるが、御家人、小島長重の目は間違っていなかったのである。


玉秀が牛込の寄席小屋の楽屋口に入ろうとすると、いきなり声がした。

「よう、五明楼玉秀師匠、いや違った今日からは雀家翫之助師匠、立派なお名前、お目出度うございます」

見るとこちらも同業者のごとく派手な宇治色の羽織を着た、牛込では手広く口入れ屋をしている中店の若旦那が立っていた。

「おや、若旦那、こりゃ口開けからいらっしゃるとは嬉《うれ》しい限りですな」

「見逃すもんか。それも地元の小屋だ。あ、こいつは大助って、私のポン友だ。おやじはこの辺り　帯の世話役の名主をしている」

「ほうそりゃご立派な家のお子さんですな」

「飯より芝居、浄瑠璃、落語が好きでね。こうして連《つる》んで遊びに連れてやってるんだ。師匠よろしくね」

「そりゃもう、私でよければ何なりと」

「それに今日はこいつにも目出度いことがあってね」

「ほう、何でございます？　その目出度いってことは」

「こいつに弟が、つい今しがた生まれたんだよ」

「そりゃ目出度い。よござんしたね」

「よかないよ。おふくろはもう四十二歳で、おやじにいたっては五十一歳だ。生まれて来た子は〝恥かきっ子〟さ。それが証拠にすぐ里子に出すらしい」

「そんなことはございません。この世にオギャーッと生まれて来られたら、それだけでもう運がいいってことです」

「はら大助、俺が言ったとおりだろう。師匠は世間をよくご存知なんだ。何しろ羽織を脱げば、きちんとした旗本のお侍だ」

大助はそれを聞いて、驚いて玉秀を見返した。

玉秀は頭を掻きながら、

「若旦那、そんなことを大声で人前で言ってもらっちゃ困ります」

「何を言ってるんだ。俺はいずれ師匠が圓朝を越える噺《はなし》家になると見てるんだ。芸事の愉《たの》しみは贔屓の芸人が出世する前に見つけることだからね」

「いやいや、お恥ずかしい。穴があったら」

さてさてこの〝恥かきっ子〟が物語の主人公でございます。


東京、牛込は地名の字のごとく、江戸期の初めには、谷間に牛の姿ばかりが目に付くちいさな村落だった。

家屋もぽつぽつとあるくらいの村で、と言うのはこの一帯が湿地の上、雨が少し続くと一面あふれた水で氾濫してしまったからである。この牛込に人が住み着きはじめたのは、江戸城が完成し、城を取りまく土地に、大名や旗本が屋敷を建てた頃である。牛込の坂上からは本丸が目と鼻の先で、牛込の隣りの小石川に〝天下の御意見番〟水戸《みと》光圀《みつくに》が十万坪の上屋敷を持っていたほどである。徳川の中期から、江戸は日本の経済の中心を大坂から奪い取り、毎年、大勢の人が移り住みはじめた。牛込にもずいぶんと人が増え、寺社が建てられ、いっぱしの町のかたちとなっていった。

幕末の頃はもうたいした家と人の数で、寄席小屋まである賑《にぎ》わいであった。

その一軒が和良店亭である。なぜか瓦版屋が多く、その名残《なご》りで今も牛込に大小の印刷会社、出版社がある。

この牛込に夏目小兵衛（直克）という町方名主がいた。支配地は小兵衛の居がある牛込馬場下横町から、来迎寺にはじまる六つの寺の門前と中里町にいたる十一ヵ町、高田馬場一帯だった。

名主の権力は思いの外人きく、御上からのお達しを町内衆に守らせるだけではなく、支配地に、家一軒、水茶屋ひとつ、こまかいところでは夜鳴き蕎麦《そば》の屋台一台を町内で引くにも名主の許可が必要だった。それゆえ懐具合いも良く、表を歩けば皆が挨拶をする。

慶応二年の春の宵、小兵衛の妻、ちゑが何やら言いにくそうに話を切り出しました。

「何をぐずぐず言っとるんだ。早く用件を言いなさい」

「あの……、あの……」

「いい加減にしないとしまいには怒るぞ」

「あの……、子ができました」

「えッ、今何と言った？」

「お腹《なか》に子ができまして、年明けに産まれます」

そう言ってちゑはそそくさと消えた。

――あいつは今年何歳だ？　たしか後妻に来たのが……、もう四十を越えてるじゃないか。

慶応三年の元旦から五日目、一人の赤児が産声を上げた。

取り上げた産婆が、奥さま、男児です。お目出度うございます、と言った。

「すまないが、うちの夫《ひと》に赤児が男の子だということだけ伝えておくれ」

「先刻からお出かけだそうです」

ちゑはそれを聞いて、十一年前に長男の大助を産んだ折と夫の態度がずいぶんと違うものだと思い、大きく嘆息した。

小兵衛五十一歳、ちゑ四十二歳、近所でもこれほどの遅い出産はまれで、生まれた赤児は〝恥かきっ子〟として誕生したのである。

生まれる前から里子に出すことが決まっていた。それでも小兵衛は我が子に名前を付けた。生まれた時が庚申《かのえさる》の、中の刻であった。庚申に生まれた子は、出世をすればおおいに出世するが、ひとつ間違うと大泥棒になるという。小兵衛、我が町方名主の家から石川五右衛門が出てはいけないと思案し、大泥棒の筋を断ち切るには、名前に金の字を入れるといいと言うので、金之助と命名した。

〝恥かきっ子〟の上に、大泥棒である。

明治、大正の時代に数々の名作を世に出し、令和の現在も、日本の近代文学に、作品とその名前がかがやく小説家は、母の大きな吐息を聞いて誕生したのである。

金之助は生まれてほどなく首が落着くと、ちゑに母乳が出ないこともあり、四谷の古道具屋に里子に出された。

丁度《ちょうど》、その古道具屋は、新宿の通りに夜店を出すようになっていて、幼い赤児を放っておくわけにもいかず、夜店の屋台の古道具を陳列した片隅に、籠の中に入れて置いていたらしい。

「おっ、主《あるじ》、これも古道具かい？」

「いいえ、それは違います」

その様子を名主の家を知る吉蔵という男が見つけて、次女のふさに言いに行った。

江戸の娘のちゃきちゃきのふさは、まあうちの可愛《かわい》い弟に何てことを、と夜店まで駆けて行き、夏目家に連れ帰った。

事情を聞いた小兵衛は眉間にシワを寄せ、

「養子先が来るまで家に置きなさい」

置きなさい、とはどこか道具と変わらぬが、金之助、大きな瞳を光らせて笑ったらしい。

鉄砲洲の大工の作業場に朝から男が数人集まって何かを真剣にこしらえている。

「これじゃ、旦那、客がちょっとでもふん反《ぞ》り返ったら、車ごとひっくり返っちまいますぜ。もう少し持ち手を長くしてもらわなくちゃ。坂道にかかろうもんなら、あっしら駕籠舁《かごかき》が宙吊りでさあ。江戸は坂と谷の土地ですからね」

江戸の駕籠屋の中では、ちょっと名前が知れた頭領の弥兵衛が、鼻の先にメガネをかけて、設計図に見入っている和泉要助《いずみようすけ》に言った。

「長いと申しても、大八車の持ち手では大き過ぎるだろう？」

「ちょっと旦那。いくら仕事にあぶれてると言っても、痩せても枯れても、あっしらは大江戸の駕籠屋ですぜ。鉄砲洲の駕籠屋と言やあ、元禄の赤穂義士を、江戸から赤穂までの百五十五里、まず十日は経《か》かる道を、四日半で走り抜いた駕籠人足を百人ごとかかえた駕籠屋ですぜ。それを大八車引きと同じにしないでくだせえ」

「そういうもんか、そりゃ失敬」

弥兵衛は百人と言ったが、今江戸市中にあふれ出して仕事を失った駕籠人足の数は五千人をくだらなかった。

それもそのはず一年半前、江戸屋敷から侍がまとめて居なくなった。その上御用商人はめまぐるしく変わる時代の様子見で以前のように動かない。飯の食い上げだった。

「この人力車なら百五十五里を四日どころか二日で行くはずだ」

平然と言った和泉要助は町場の発明家である。

侍も職を失ったが、町方衆はもっと大変だった。弥兵衛の駕籠屋もそうだが、武家、商人の伝書、手紙を届けていた飛脚たちも、前島密《まえじまひそか》の建議で、逓信所が設けられ、政府、公用の郵便がやがてそこで扱われるようになる。

「お役人さま、商家は伝書、手紙はどうなるのでしょうか？」

「私信《そっち》は今までどおり飛脚がやれ」

「はあ……」

大工がトンカチして、こんなもんでどうだ？　と発明家が弥兵衛に訊いた。

「おう、これなら大丈夫だ」

一年後、江戸（いや東京）市中に人力車があふれかえった。タクシーの第一号だ。

和泉要助のような発明家がいたから、駕籠屋は救われたが、大半の仕事を失なった人たちは時代のめまぐるしい変化に戸惑っていた。

「まだ将軍さまは御城に居るって話だぞ」

「ああ、それを今、品川の薩摩藩邸で、西郷隆盛《さいごうたかもり》と勝海舟《かつかいしゅう》が話し合ってるらしい」

そこまで町方衆が知るはずはないが、京都の公家が宮中で〝王政復古〟の大号令をかけた。何しろ普段でさえ何を話しているかチンプンカンプンの公家による大号令だから、三百藩の侍と、そこに暮らす町衆は、そんなもの聞こえるはずがない。

四月に江戸城は無血開城を二人の大立者が果たしたが、翌月には上野の山で彰義隊と新政府軍の上野戦争があり、たった半日で終わった。これで戦争は終わりと思いきや、上野で敗れた武士たちは北へむかう。そこには榎本武揚《えのもとたけあき》もいる。戊辰戦争の終了には翌明治二年まで要した。

明治天皇が即位し、明治と改元されたのはその年の秋である。

新政府の風は、あちこちに吹きまくった。

一番の大風は〝仏さま〟に当たった。神仏分離の風をもろに受けた。

ちいさい風もある。

江戸を東京という名称に改変する詔勅がおり、江戸の町方名主制度が廃された。

二百三十八人いた名主は皆罷免。名主に許されていた家の玄関がこわされた。これには牛込馬場下の夏目小兵衛も驚いた。

しかし名主にかわる〝中年寄〟〝添年寄〟が百名任命された。小兵衛は〝中年寄〟となった。

物語の主人公の金之助君は、明治二年すでに塩原家に養子に出されていた。

養父の塩原昌之助の妻やすは以前、夏目家に奉公に来ていた。塩原家も維新前は名主の端に名をつらねる家で、小兵衛より格下の〝添年寄〟の家の長男として、金之助は浅草にいた。

「ああ、痒《かゆ》い、痒い」

というように突然、金之助がむずかった。たちまち顔、身体中に疱瘡《ほうそう》に似た斑点があらわれた。

「こりゃ、いかん。すぐに人力車を呼びなさい」

金之助、すでに東京に普及していた人力車で病院へむかった。

金之助の養子先、塩原家は、当時浅草三間町にあった。

目の前が雷門で、家の裏手の二階の物干しからは隅田川が見えた。

養母、やすの膝の上にちょこんと乗った金之助は、人力車が風を切る速さに目を丸くした。

たちまち富坂町の医院に着いた。この医院で種痘を受けた折、痒い、痒いと言い出したらすぐに連れて来なさい、と言われていたからだ。

先月、太政官が全国に、「種痘令」を発布し、その一番手を金之助は受けていた。

何しろ欧州では天然痘が国ひとつを滅ぼしたと聞いていたので、新政府は至急ワクチンを増産し、対処したのである。

「奥さん、これは天然痘だ」

「えっ？　うちの金之助は死んでしまうんですか」

「いや、そうじゃない。いっとき熱が出るだけで発疹もあるのだ。一晩で熱はおさまる。大丈夫だ。痒いからって掻かせておくと傷が残るからね。まあ男の子だし、多少の傷は勲章になる。家で少し寝かせなさい」

　元どこやらの藩医であったという医者が笑って言った。

――勲章なんかになりゃしませんよ。家《うち》の大事な長男なんですから、この藪《やぶ》が。

　子宝に恵まれなかったから、亭主に頼んでやっと来てくれた長男である。養母やす（もっとも金之助は幼い頃、ずっと本当の母親だと思っていたのだが）は、娘の頃、金之助の実家に奉公に出ていたことがあったから、この家の子供が皆頭が良いのを知っていた。

　やすは家に戻ると、金之助の手をちいさな袋で包んだ。傷が残っては大変である。

「痒い、痒い」

「いけません。男前が台無しになるよ」

　それでも金之助、よほど痒かったのか手袋をはずして鼻のてっぺんを掻いてしまった。

　文学者になってからの漱石先生の写真をよくよく見ると、この時の傷が鼻の頭にかすかに残っている。

　金之助は青年になってから、この痘痕《あばた》を大変に気にかけるようになり、男子にしては珍しく自分の顔を鏡で見る癖がついてしまった。ナイーブな青年だった。

　どうやら金之助君、かなりこの鼻の頭の傷痕が気になっていたらしい。

あとで、その時代の夏目金之助を語る時に詳しく話すが、彼の努力の一端がある。

明治二十八年十二月、金之助は見合いをした。

相手は、のちに妻となる中根《なかね》鏡《きよ》である。

鏡が金之助と見合いをする気になったのは、優秀な学歴、英語教師としての給与の高さもあったが、どうも決め手は、彼女の手元に届いた見合い写真の、金之助の男振りであったらしい。

金之助は見合い写真をわざわざ神田の写真館に撮りに行っている。

見合いは簡潔に終わり、鏡の印象も悪くなかったようで、その場で婚約が成立した。金之助もまんざらではなかった。

鏡が家に戻ると、両親も話の進みようにたいそう喜んだ。

「いやよかった。よかった」

父親が去ると、母親が鏡に相手の印象を尋ねた。

「どんな人でした？　写真はずいぶん男らしい感じでしたけど」

「写真はね」

鏡がおかしな言い方をした。

「写真はね、って何かあったの？」

「あの方、鼻の頭に、これくらいの痣《あざ》があるのに、それを修整してよこしていたわ」

「あらまあ。それが嫌だったの？」

「そんなことはないわ。そうだっただけのこと……」

鏡は少し変わった性格だった。結婚後、鏡がそのことを金之助に尋ねた形跡はない。

金之助の帝国大学の学生証の写真もすべて鼻の頭は綺麗に修整してある。一人の青年の、これから先の自分の人生を何とかしっかり歩もうとする気持のあらわれではないか。実にけなげではないか、と思う。

後の時代の、私たちがよく目にする文豪、夏目漱石の、あの頬杖《ほおづえ》をついたようなポーズで、何かもの思いに耽《ふけ》っている写真の鼻の頭はそのままである。それでも時々、漱石先生、一人になるとじっと鏡の中の顔を見て、指先で鼻の先をさわっていたそうである。

これは、のちに詳しく語ろう。

やすは金之助の手を引いて、よく浅草界隈《かいわい》を散歩した。夏は隅田川沿いを白帆をふくらませた大、小の船を見ながら、母子は川風に吹かれた。秋から冬にかけては雷門から仲見世通り、浅草寺の賑わいを歩いた。

牛込で生まれ、浅草で幼少期を過ごした金之助の目に映った風景は、まさに江戸の情緒であり、彼はまぎれもない江戸っ子であった。

やすは金之助が可愛くてしかたなかった。

夏目家に奉公していた時、先妻ことの子、さわ、ふさの二人の女の子、後妻のちゑの長男、大助、栄之助（直則）たち七人の子をよく知っていた。

皆それぞれ性格の違いはあったが、牛込の名主、小兵衛の家は裕福で、子供たちは活発で、元気だった。そんな性格を金之助も受け継いでいるのだろうと思っていたら、この子は夏目家の他の子供とどこか違っていた。

元気がないのではない。かと言ってむずかったり、大声で泣いてやすを困らせたことはない。

普通の子なら、一緒に隅田川沿いを歩いていて帆かけ船が勢い良く走るのを見れば、指をさして声を上げたりするのだが、金之助は夏の陽に光る船をじっと見ているだけだった。口数が少ない。おとなしい子なのだ。

やすはそんなふうに金之助が目の前の世界を静かに見ている姿が、兄姉の中でただ一人だけ養子に出されたからかもしれないと思うことがあり、余計にいとおしかった。

やすが生まれ育った実家も、三多摩では一番の金持ちと言われた家で、両親から、花嫁修業も兼ねて牛込に行かされた。

同じように夫の昌之助も、内藤新宿の名主の家に生まれながら父親が子供の時に死に、十五歳で名主を継ぐまで小兵衛に何かと面倒を見てもらった。二人の仲人も小兵衛がしてくれた。

夫は金之助を溺愛したりはしなかったが、息子が疱瘡を患った時、真っ先に人力車を呼びに家を飛び出したのが昌之助だった。

おとなしい金之助が無事に育って行った明治二年から七年の東京の様変わりは凄じかった。世相のことには疎い、やすの目から見ても、彼女の生涯で、これほどいろいろなことがめまぐるしく変わって行く数年はなかった。

やすはそれを目と耳で実感していた。

天子さまが江戸城に入り、〝明治〟の元号となっても、まだ北の地では戊辰戦争が続いていた。それがようやく終わると、江戸屋敷から侍たちが居なくなり、藩というものが失くなり、三府、三百二県に〝廃藩置県〟が施行された。殿様は華族になり、侍は士族になった。

あんなに往来していた駕籠屋が消え、丁髷《ちょんまげ》が散切り頭になり、いつの間にか刀を差して歩く人がいなくなった。

人力車の数が、毎日のように増える。

昌之助は数日前、日本橋から横浜まで乗合馬車に乗ったと言った。

何の用があるのかは知らないが、この頃、夫はよくあちこちに出かける。暇なのだ。名主制度が廃止になり、添年寄に任命された。牛込は中年寄で、夫より格が上だった。これで安心だと言っていた夫が、何やら汚職にかかわったと謹慎を命じられた。暮らしは先祖、新宿名主の貯《たくわ》えがあるので大丈夫らしい。

「戸締りをちゃんとしておけ」出かける前に蔵や表木戸の大きな錠を自分で掛ける。

いっとき強盗が増えた。牛込の家もやられて五十両を奪われたという。

強盗が増えたのは町から番所が消え、同心、岡っ引きが廃止になったからだ。だからやすは、夜半の岡っ引きの笛もとんと聞かない。かわりに何を言ってるかさっぱりわからない〝巡査〟があらわれた。奇妙な格好で警棒を持ち、威張っている。

「ですから旦那、物取りが今しがた……」

「ものとりとは何のこっつでごわす×○△」

東京警視庁が明治七年に設置された。東京の〝巡査〟の多くは薩摩人だった。

やすの耳に、男衆たちがその言葉を発する時、声を潜める〝御上〟というのが入ってこなくなった。名主の時代は門前に立てた〝御上〟の御達しも掲げることがなくなった。瓦版屋の声も消えた。かわりに男衆たちは〝新聞〟というものを額を寄せて読みはじめた。『東京日日』『横浜毎日』『郵便報知』『朝野』が出揃い、四大新聞と称された。

その日の昼前、やすは鉄砲洲にむかった。昌之助に頼まれた届け物があった。

大川沿いから入船、築地にむかうと、むこうから見たことのある顔がやって来るのが見えた。

夏目家の長男、大助であった。

「まあ大助お兄さん」

「おう、やすじゃないか」

「ご無沙汰しています。この頃はご挨拶にも伺えませんで」

「昌之助さんも金之助も元気にしてるか」

「うちの夫《ひと》は何やら厄介に巻き込まれて添年寄も取り上げられてしまいまして」

「暮らしは大丈夫か」

「ええ、祖父《じい》さんからの貯えがありまして」

「そうだな、内藤新宿の塩原家だものな。金之助も大きくなったろう」

「ええ、近頃は勝手に一人で蔵の中に入って、家の古道具なんかを引っ張り出して一人で遊んでいます」

「古道具？　何のことだ」

「祖父さんの集めた我楽多《がらくた》ですよ。丁度よろしゅうございました。大助さんならご存知でしょう。金之助の寺子屋をどこにしたらよいのか、私はそっちの方はとんと……」

「もう金之助もそんな歳か。しかしおまえは何も知らねぇのか。寺子屋なんてものはとっくに廃《なくな》っちまってるよ」

「えっ、どうしたんです」

「少しは世の中のことを勉強しないと。寺子屋は去年の春に皆なくなって、今、子供は小学校へ行ってるんだ」

「小学校？　何ですか、それは」

「新政府が文部省というところを設けて、寺子屋は皆小学校に移るようにお達しがあったんだ。幼いのは小学校、次が中学校、上まで行かせるんなら大学校が、東校と南校とある」

明治四年、政府は文部省を設立。初代大輔《たいふ》に江藤新平《えとうしんぺい》、文部卿に大木喬任《おおきたかとう》を任命した。

「それじゃ金之助は小学校に入れるんですね。ところで今朝は何の用でまた」

「芝の新銭座にある私塾が移るってんで、挨拶に」

これが英学私塾を改めた慶応義塾のはじまりである。大助は英語を大学南校で学んでいた。

築地の道端で塩原やすと夏目大助が立ち話をしていると、皇城の方から、ドーンと大砲の音がした。

半年前から昼の十二時になると、旧江戸城本丸から時刻を報《しら》せるために大砲を射つようになった。最初は、また上野の山で戦争がはじまったかと、江戸っ子は驚いた。

「おう、もう十二時か。どうりで腹が空《す》くはずだ。やす、どうだ！　近くの精養軒という西洋料理を食べさせる店が評判らしい。一緒に行かないか」

「そんな贅沢はできません。家《うち》は無職ですから」

「いいよ。ご馳走してやるよ。俺は今、海軍省で英語の通訳をしてる。給金もまんざらでもない」

この年（明治五年）政府は兵部省を廃止して、陸軍省、海軍省を設置した。山縣有朋《やまがたありとも》が陸軍大輔に任命され、その後勝海舟が海軍大輔となった。

すると汐留の方から、鶏が雄叫びを上げたような音がした。

やすは首をすぼめた。

「何ですか、今の音は？」

「ありゃ、鉄道の汽笛の音だ」

「鉄道？」

「ああ、もうすぐ汐留から横浜まで鉄道が通る。鉄の線路を敷いて、その上を蒸気機関車が鉄の車輛を引っ張って走るんだ。新橋から横浜まで四十分で行くらしい」

「その四十分、五十分が私にはわからなくて」

やすの言うとおり、それまでの時刻の言い方を一時間とか、十二時だと定めたが、庶民は、それを理解するまで皆苦労した。十二時を告げる大砲を皇城から射つようにしたのも、この新しい時間制をひろめるためだった。維新前の東京は、各寺々が朝と夕に突く鐘の音でしか時刻を知る方法がなかった。昼間はどうしたかと言うと、物売りがやって来る、その声で時刻を見た。

魚屋、野菜、水売りが来るのが昼前、飴《あめ》売り、饅頭《まんじゅう》売りが来ると、八つ時で、三時という塩梅だった。日本人に時間の観念を持たせることが、新しい時代にとって必要だったのである。

やすは数日後、浅草の小学校へ様子を見に行った。

何のことはない、それまでの寺子屋に看板が掲げてあるだけのことだった。

無職だった昌之助がいっとき竹橋から小石川の二等戸長となり、一家は新宿に戻ったが、すぐにまた浅草の戸長に任じられ、諏訪町に移った。

浅草に戻ると、夫の帰りが遅くなった。酒の匂いをさせて帰る夜もあった。

女の勘か、どうも怪しいので、元浅草の岡っ引きの下っ端で、今は伝言運びをしている仁吉を呼んで、夫の様子を探らせた。二日も経たずに、女の下に通っているのがわかった。相手はなんと元旗本の未亡人だという。たいした度胸である。

やすは逆上した。生《うぶ》とまでは言わないが、多摩の父も、夏目の小兵衛も、やすの知っている男は、酒も口にしない生真面目な男ばかりだった。

正月、松の内に平然とした顔で出かけて、ほろ酔い加減で帰宅した夫にむかって、やすは初めて金切り声を上げた……。

さて物語の主人公の金之助、この年の初めあたりからようやく自分を取り巻く〝世界〟というものが見えはじめて来た。

いわゆる〝ものごころ〟がついて来た。

金之助は、蒲団《ふとん》の中で冷たい足先を重ねて、両足の指をこすっていた。蒲団の中で寒い時はこうするんだよ、と母が教えてくれた。

足をこすりながら瞼《まぶた》の奥にあらわれたものを見ていた。元旦の青空を昇って行く凧《たこ》であった。まるで鳥のようだと、ずっと眺めていた。年長者の中に巧みに凧を操る子供がいた。かわるがわる周りにいた子供が、その凧の糸を引かせてもらい笑っていた。自分もあの糸を持ってみたいが、それは言い出せない。あれから二日続けて浅草寺へ行ったが、空に凧はなかった。

――どこへ行ったのだろうか。

その時、隣りの部屋から金切り声が聞こえた。

「そんな言い訳が通用すると本気で思ってるんじゃないでしょうね。まさかこんなことが、まさか、まさか……」

母の声であった。初めて聞く甲高い声だった。

「そうじゃない。おまえが何を聞き違えたかは知らないが、そんな家へ私は出向いたことはない」

父の言葉の様子もおかしい。

もしかすると言い争っているのかもしれない。

「こんな目に遭うくらいなら、私はもう死んでしまいたい。こんな人だとは思っていなかった」

「こんな人とは何だ。こんな人と誰にむかって言ってやがる」

「あんただよ。目の前にいるあんた以外にこの家に誰が居るんですか。どうりで金之助の小学校へ行かせる話もうわの空で聞いていたはずだわ。あの子が不憫《ふびん》で……」

とうとう母は泣き出した。

金之助は何やら悲しくなった。

夜半の、闇のむこうから聞こえた養父母の諍《いさか》う声が、のちに漱石となった先生が語った、幼い頃の最初の記憶であったそうだ。

漱石先生、居並ぶ弟子たちの前で、庭先の柘榴《ざくろ》の木を見つめながらぽつぽつと昔を懐かしむように言われた。

「闇のむこうの諍う声というのは子供ごころに怖いものでした。どの家もそうなのか、自分の家だけで起こっていることなのか、そんなことさえわかりませんでしたからね」

金之助がものごころつき、初めて人の諍いに怯《おび》え、不安になっていた夜、東京からはるか離れた伊予、松山で一人の少年が口をあんぐりと開き、寝間着の帯が首まで上がった恰好で爆睡していた。

少年の片足は隣りですやすやと寝息を立てている妹、律のお尻の上に乗っていた。

少年は一言、二言寝言を発し、何の夢を見ているのか、かすかに笑った。

この少年、幼名を正岡升《のぼる》。周囲からはノボさんと呼ばれていた。

身体は小柄だが、気性は激しく、いったんこうすると決めると何が何でも実行するパワーにあふれていた。そして愛嬌《あいきょう》があった。

「やるしかないぞなもし」

それが口癖であった。そう言ってからニヤリと笑う少年。のちに日本の俳壇を築き、俳句を文学の領域に高めた、正岡子規である。

正岡子規は金之助と同じ慶応三年、伊予松山藩、馬廻役、正岡常尚と八重の長子として誕生した。名は常規と言った。

二人は十数年後、東京で出逢う。子規をして〝畏友〟と言わしめるほど漱石とはかたい絆で結ばれる。

生まれつき体軀のちいさな子供であった。青白い顔から〝青びょうたん〟とからかわれ、いつも半ベソをかいて家に帰って来る子で、八重が松山で盛んだった能見物に連れて行くと、能を見るどころか鼓、太鼓の音色に驚き、大声で泣き出す始末だった。

だが母の八重は、我が子が怖がりなのではなく、他の子供より神経が敏感なのだと見た。子規六歳の春、父、常尚が好物の酒が原因で身体をこわし病死した。若き母、八重は六歳の息子と三歳の娘をかかえた未亡人になった。

しかし若き母は再婚の道を選ばず、このベソをかいてばかりの息子に教育を受けさせ、一人前の大人に育て上げることを決意した。

その決意を実家の父に打ち明けた。

八重の父、大原観山《おおはらかんざん》は松山藩きっての漢学者であり、かつて松山一の藩校、明教館の筆頭教授であった。旧松山藩主、久松家は江戸期より藩士の教育に熱心で、明治になっても藩校を存続させていた。〝観山塾〟と称した。観山は教授を弟子たちにまかせ、生徒の前に立つことを止めていたが、娘の申し出を聞き、孫の指導を了承した。

観山の教育は厳しいことで知られていた。

八重は息子について、他の子より言葉の覚えが遅いと告げるが、観山はそれを無視して言う。

「夜明けとともに塾の門を通させよ」

夜明け前に起床し、着換え、習字用の板をかかえて暗い道を歩くのはたやすいことではない。なにしろ昨日までは半ベソの〝青びょうたん〟である。八重は息子をやさしく起こし、半目を開くと好物の飴玉を見せ、手で取ろうとする息子の前で好物を持ち上げ蒲団から起こした。息子は好物を追って追いながら着換えさせられ、迎えに来た年上の友と二人、塾までの道を歩いた。門前に観山が立っていた。孫の入塾を松山きっての漢学者は大きくうなずいて迎えた。

観山は六歳の孫に、いきなり漢詩の素読をさせた。

観山は孫の持つ習文帳の一行に指を当て、それを読む。孫は大声で、それに続く。これが観山の教育法であり、教育者として優れた点であった。

子供の身体に漢文をそっくり入れる。解釈など当然できない。しかし生半可な解釈より、無垢《むく》な身体に文章を入れる方が、漢学の本質を植えつけることがある。

漢籍という大きな根のかたまりをそっくり孫に与えたのである。これを受け入れる器があれば、のちになって、その根から幹は伸び出し、枝葉は放っておいても手をひろげ、やがて大樹となる。

素読の底力である。

半年後、半ベソは孟子を諳《そら》んじはじめた。

観山は、目を見張った。

――この孫のどこにかほどの器があった？

ノボさんの母である自分の娘の八重が様子をうかがいに来た時、

「ノボさんはなんぼ、た〜んと教えてやっても皆覚えるけ、教えてやるのが楽しみじゃ」

観山は上機嫌で笑って言った。

書の教育は、父、常尚の兄であり、旧松山藩の祐筆までつとめた佐伯政房の下へ通わせた。

後年、漱石が子規の文章を綴る速さとその量の多さに感心し、書としての味わいに魅せられるのは、この幼少の習いがあったからだ。

一年半後、観山は病に倒れた。観山は、この人と見込んだ儒学者、土屋三平に、孫のあとの教授を頼んだ。

初めて子規が祖父の観山の塾へ通う折、習字の板を、母の八重が持たせたと書いた。

これは瓦板の半分ほどの大きさの板で、文字を習う時、この板の上に、墨をわずかに感じさせる水に筆を入れ、千字文《せんじもん》の字を書いては消していくのである。紙が貴重であったから、皆そうして字を覚えたのである。

〝千字文〟とは、中国から伝わって来た一千字の漢字を重複することなく作られた、文字、書を覚えるための教科書で、江戸期には寺子屋などでも、これが使われたのである。

書を学ぶに、東晋時代の書聖、王羲之《おうぎし》の千字文が有名である。

六歳から祖父に漢籍を学び、七歳にして孟子を諳んじ、書も巧みになった正岡子規が、松山において秀才の誉《ほま》れが高かったか？

とんでもない。

塾へ通いはじめると、子規はいつの間にか活発な気性になった。元々、そういう性分がどこかに潜んでいたのだろう。

学問以外のものに目を引かれ、興味を示しはじめた。松山という土地柄は、江戸期において西国の中でも、不昧《ふまい》公らを輩出した越前松平家の出雲松江、代々学問を好んだ細川家の熊本と並んで、能が盛んなことにあらわれているように京、大坂の上方文化がいち早く届く土地だった。

芝居が来る、浄瑠璃が打たれる、おまけに新聞を人々が読み、中央の情報が届く。

そちらに夢中になる。

残念ながら、優等生とは離れた方へ走った。

その証拠に、子規は十年後、上京してほどなく、これから入学を目指す、大学予備門のキャンパスを見学に行った際の逸話がある。

物珍しさできょろきょろしていた子規のむこうから一人の青年が歩いて来るのが見えた。並んで歩いていた半年早く上京していた同じ松山出身の学友が、その青年を指さして言った。

「あれが予備門一の秀才、優等生の夏目金之助じゃ」

「何ら、あれが、秀才いうもんの顔ぞなもし。うん、なかなかぞな」

と他人事のように言ったというから、若い日々というものは、驚くほど若者の姿を変えてしまうものだ。

さて一方の金之助の方はまだ小学校へも通わせてもらえず、夜半になるとはじまる夫婦喧嘩《げんか》の声に、蒲団の中で首をかしげたりしていた。

そんな金之助にも秘かな愉しみがあった。

それは父、昌之助も母のやすも家を空けた午後のひととき、一人で家の蔵に入って、仕舞ってあった掛け軸の絵画を見ることだった。

元々、塩原家は名主の家であったから、来客も多かった。盆、正月に挨拶に来る客を迎えるのにかなりの数の画があった。

中でも金之助は南画が好きだった。

南画が好きと言っても、時代も何も知らぬ六、七歳の子供の好みである。

その上、画そのものが維新前に内藤新宿の数町の区画の名主であった塩原の家の祖父、曾祖父が、盆、暮れに家に挨拶に来る客の手前、適当に収集して床の間に掛けておいたものであるから、名も、価値もある画はなかった。

それでも金之助は、その画をじっと眺めるのが唯一の愉しみであった。

南画は、中国の南宗画に由来する文人画で江戸の中期からたいそう流行し、将軍はもとより、各大名、侍たちにひろがり、やがて裕福になった町人も家の床の間にこれを掛けるようになった。

五、六十幅あった家の画の中で、金之助は彩色してある画が好きだった。それも風景画の、遠景にまで手の入れてある、ひろがりのある構図のものを好んだ。遠い海が淡い青色で、同じく遠い空とまぎれるあたりが丁寧に描いてあると、そこに自分がいるかのように思え、何やらやさしい海風まで感じられる。

南画の特徴のひとつである庵《いおり》からの眺めや庵が置かれた山河を描いたものも好きだった。

庭を描いた作品に一点、春の陽に照らされた梅を植えた庭に、門前のちいさな河が生垣に沿ってゆるく流れる画があった。遠方には赤い丸い山が霞《かす》んでいた。

この画を見た日、金之助は自分がその庭に佇《たたず》んでいる夢を見た。なにやらしあわせなこころ持ちになった。

実は、この夜が、その後、漱石が生涯で何度となく見ることになる、現実の情景と、それを夢の中で再び、違う心理状態で見るようになる最初の夜であった。

相変らず、夜半、父と母は諍っていた。

この頃は、父が帰宅する夜が減ってきて、それはそれで安堵をするのだが、家の中にはやはりどこか冷たいものが流れているのは、子供ごころにもわかった。

かと言って、この画の愉しみ、夢でそれを見たことを、小説家の原風景との遭遇などとは言わない。むしろ養父母とは言え、唯一の家族の温度が冷やかに思えれば、子供は殻に閉じこもったり、無茶な行動に走る。

画は金之助の救いだったのである。

明治五年から七年にかけて、ふたつの大きな法改定があった。

ひとつは江戸期より全国各所に掲げられていた一札の高札が取り除かれた。

キリスト教禁止令の高札である。

明治政府はすぐにすべての体制が新しく変わったのではなかった。江戸幕府で遵守されていたいくつかの法を継承していた。そのひとつが「切支丹邪宗門厳禁」であった。明治になっても依然、日本のキリスト教徒は弾圧され、発覚すれば流罪となり、流刑先では改宗のための拷問や忌まわしい私刑が続いていた。この信徒の惨状をしきりに欧米列強国に訴えていたのはバチカンのローマ法王であった。日本が新しい政府になったことを知り、法王はさらに列強の主要人物に手紙を書き送った。

これに一番困っていたのが、幕末に否応なしに締結させられた各国との通商条約の改正の準備のため、欧米諸国を歴訪した使節団だった。

アメリカの交渉団の代表などは交渉の席で、「いまだに信教の自由を認めておらず、キリスト教徒の弾圧をなお続けている日本が通商条約の改正を求めるのは甚《はなは》だ心外である」と、堂々と蛮国呼ばわりをする始末だった。さらに、欧州各国では夜の宴会の席でも各国代表団の夫人たちから信徒迫害の即刻廃止の訴えを聞かされるありさまだった。

「また切支丹の話だ。こりゃ何とかせんと交渉にはならんぞ」

全権大使の岩倉具視《いわくらともみ》はうんざりした顔で言った。

安政の通商条約改正は明治政府の最重要課題であったから、交渉決裂の報告とその理由を知って、政府は「禁止令」の高札を外した。徳川二代将軍、秀忠の禁止令から実に二百六十年後のことだ。

条約改正の交渉の席では、もうひとつ厄介な問題があった。それは交渉の経緯を各国が報告書にする折、必ず相手国が「これでは覚え書きが複雑過ぎます。ＡＮＳＥＩ（安政）、ＫＥＩＯＵ（慶応）、ＭＥＩＪＩ（明治）と全部が違う事項になります」と言った。つまり元号と陰暦による年月日の記載が陽暦の相手国と統一できなかった。

明治五年十一月九日（新暦の十二月九日に相当）、太陰暦（旧暦）の廃止が公布された。

そして、明治五年十二月三日を、明治六年一月一日とした。

この決定を聞いた町場の高利貸しが仰天して言った。

「これはまずい。ひと月分の利息が消えちまう」

太陽暦の公布とともに、一日を二十四時間に等分する定時法を導入した。

　明治七年の春も終わろうとする四月下旬、残る桜がぽつぽつと花びらを落す、豊島坂、別名、夏日坂を母子が下りて行く。やすと金之助である。うしろからついて来る下駄《げた》音がとだえ、やすは振りむく。金之助が桜木を仰ぎ見ている。やすは、またそんなという顔をして、

「金之助さん、もうすぐそこですから」

と息子に歩くようにうながした。

　何か物珍しいものに目がとまると必ずそこにじっとして、それを見てしまう。三、四歳の頃から息子のその癖に気付いた。子供は誰もそうなのだろうが、金之助の、それは特別だった。だが今日はそうさせられない。

　夏目の旦那さまが待っていらっしゃる。やすはあと戻りして金之助の手を取ると、坂下の家の玄関に入った。

　やすは奥方のちゑに挨拶し、土産品を差し出し、娘のさわやふさにお辞儀し、金之助を土間に残して、奥の間に入った。

「金之助、また大きくなったね。何歳だい？」

　笑いながら早口で話すふさの声に返事もせず、養子に出された男の子は天井を見ている。

　奥から何やら深刻そうな声がする。すすり泣いているのは、やすらしい。

「まったく、そりゃどういうことだ？」

　夏目小兵衛が腕組みをして眉根にシワを寄せて言った。

「ですから、うちの夫《ひと》が女をこしらえたんですよ」

やすはまた涙を拭う仕草をした。

「だから相手が旗本の元女房というのが私には解せない。そんな大胆なことを、昌之助がするとは思えん」

「浅草の元岡っ引きの下の者がちゃんと突きとめたんですから。この頃は一日置かずに……」

やすが夫の裏切りをあまりにも訴えるので、主人の小兵衛はしばらくやすと金之助を家に置かせた。

台所の隅でやすと金之助が夕餉《ゆうげ》を食べていると、大助が帰って来て、おう珍しいなとやすに言い、金之助の顔を見て、こいつ親父に似て来たな、と言うと、大助さん、そんなことを言わないで下さい、当人にも教えてないんですから、とやすは真顔で言った。そうだったのか、そりゃ悪かった、ところで小学校へは上がらせたのか、と大助が聞き、この冬に浅草に立派な小学校ができるんで、そこにと思ってます、とやすは応えた。

その間も金之助は飯茶碗を持ったまま珍しいものでも見るかのように大助の顔をまじまじと見ていた。

「そうか、そりゃ良かったな、金之助。飯を食い終えたら来な。小学校へ上がる前に覚えておいたら何かと役に立つことを教えてやろう」

「本当ですか、大助さん。ありがとうございます。金之助、大助さんがいろいろ教えて下さるそうだ、ほらお礼を言いなさい」

金之助はこくりとうなずいた。

「すみませんね。愛想がない子なんで。でもこころ根はやさしい子でして」

やすが話しているのに大助は奥の方へ歩いて行った。

「ほれ、これが読み書きを覚える最初の読本だ。こっちはこれまで寺子屋で使っていた手習い帳だ。どっちも同じようなもんだ」

大助は金之助の前に二冊の本を並べた。

金之助はまだ新しい『小学読本』の方を手に取った。

「ほう、そっちがいいか。新しい時代の子ってわけか」

金之助は本をめくって、鳥が飛んでいる絵を見つけ、顔を近づけた。

「それにしてもおまえは口をきかねぇな。まあいい。べらべらしゃべる奴よりは賢く見えるからな」

二時間ばかり、読本の中身を教えて、大助は感心したように金之助を見た。

——こいつ本当に親父の子か？

弟の和三郎の何倍も覚えがいいし、二時間前に教えたことをちゃんとわかっていた。

その年の十二月、金之助は創設されたばかりの浅草寿町の戸田小学校へ入学した。

戸田小学校は浅草周辺の小学校が寺子屋、私塾に毛がはえたようなものばかりであったのに対して、教える内容も文部省の指導に基づいた、優秀な学校だった。その分授業の水準も高かった。

家の事情もあって近所の子供より一年遅れての入学だから、やすは心配した。

ところが金之助は、最初の半年で二級も進級してしまった。一級進むのに半年の学期を要するのが普通であるのに、一気の〝飛び級〟であった。やすは大喜びだった。

「金之助さんはやっぱり他の子とは違ってたわ。母さん、嬉しい。自慢の子だよ」

無理に頬ずりされても、金之助はきょとんとしていた。

やすは早速、牛込にそのことを伝えに行った。小兵衛は、そうか、と言ったきりでさほど興味を示さなかったが、兄の大助は、

「あいつならそうだろうな。この先、授業が難しくなれば、もっといいもんが出て来るかもな」

大助の言葉どおり、翌年の秋にはまた二級の特進をした。

この年の初め、やすはすでに昌之助との離婚の手続きを取り、小石川にある父親の家に戸籍を復帰させていた。

特進、〝飛び級〟は戸田小学校でも一、二名しかいなかった。男児の数が百四十六人、女児が七十八人在籍し、他と違って授業料を取る学校だったので、優秀な子供が多かったのだが、金之助はそんな生徒の中でも群を抜いていたのである。

特進の生徒は、賞状と合わせて褒賞を頂く。

初めての褒賞は、箕《み》作《つくり》麟祥《あきよし》が著述した『勧善訓蒙』なる書物だった。西欧の立憲国家の概要を日本で最も早く紹介した本であった。

すでにやすと金之助は、昌之助の下を出て、牛込の家の世話になっていたから、賞状も褒賞の立派な本も、やすの自慢だった。

とは言え、長男の大助がなかなかの秀才で、寺子屋へ通う時から、これじゃだめだ、と自分で習う先をどんどん移ったほどだったから、やすの喜びほどに、夏目家では金之助を見ることはなかった。

「金之助、おまえ特進をしたそうだな」

大助が本を読んでいる金之助に言った。

金之助は顔を上げてこくりとうなずいた。

「ほう、それが褒賞でもらった本か、どれ、見せてみろ。箕作麟祥か、こいつは天下の秀才だ。十五歳で蕃書調所の御用掛になった。学問をする場所に行けば、日本中から秀才が集まっている」

「ガクモン？」

金之助が声を出した。

「何だ、口はちゃんときけるのか。そうだ、学問だ。人が何事かを学び、学ぶことを問うて、己の身に入ることを学問と言うんだ。今、おまえはその本を読んでも珍紛漢だろうが、解らずとも読んでみるんだ。声を上げて読んでいれば、おまえの身体に入る。まあせいぜい頑張れ。やすが喜ぶ。ハッハハ」

そう言って笑いながら家を出ようとする大助のあとを、二人の会話を土間の陰から聞いていたやすが追いかけて言った。

「大助さん、お蔭《かげ》で金之助もよく小学校へ通ってくれています。これからもどうぞよろしくお願いします。金之助はきっと立派な人になると私は思っています」

「やす、そういうのを親馬鹿と言うんだ」

「はい？」

やすは家に戻って、息子を探したが、先刻まで居たはずの小机の前に姿がなかった。

「金之助さん、金之助さん、どこに行ったのかしら？」

小机の上には、やすが題字も読めない褒賞の本が開いたまま置いてある。

「また、全部をおっぽり出してどこかへ行ってしまったのかしら……」

そう、金之助のミチクサはすでに九歳のこの年からはじまっていた。

すでに浅草雷門から新橋間を二階建ての乗合馬車が走りはじめていた。京橋、銀座、芝金杉橋の街路の両側に八十五基のガス燈が点火され、東京の夕暮れは、まぶしいほどに賑やかになっていたし、人力車が往来する道は活気にあふれていた。

金之助はどこへ行ったか？

これがまたそのあたりの子供と違っていた。

金之助のミチクサは、同じ年頃、十歳前後の子供たちが、寺の境内で追いかけっこをしたり、駄菓子屋で飴を買ってがやがやする類いのものと、かなり違っていた。

金之助は、学校へ出かける振りをして、学校のある浅草にはむかわず、日本橋、京橋といった繁華な街の中へ入って行った。

何をしていたか？

寄席小屋へ堂々と入って行った。

まさか、と思われようが、本当なのである。

当時、日本橋に、今の三越があるむかいに、大きな看板が立っていた。この看板に昼席の出演者と演目が、真新しい板に、見事な黒文字で描かれていた。

瀬戸物町で一番の寄席小屋〝伊勢本〟の看板である。

金之助は、その看板に、大好きな宝《たから》井《い》馬琴《ばきん》の名前があると嬉しかったというのだから、やはり変わった子供ではあった。

十歳前後の子供に講談が果して理解できるのか、そんなちいさな子供が寄席に入れるのかと思われようが、江戸時代の中頃は寄席全盛の時代を迎え、各町内に寄席小屋が一軒はあったほどで、繁華の町なら数軒の小屋があった。

町内にひと小屋というのは、まさに町の人の主要な遊興の場と考えた方がいい。

実際、金之助は二、三歳の頃から、まだ夫婦仲の良かった塩原昌之助、やすの夫婦に手を引かれて、浅草界隈の寄席小屋に入っていた。

昌之助の女遊びに腹を立てたやすが牛込の家でしばらく世話になっていた時は、今度は芝居、浄瑠璃、落語好きの夏目家の息子、娘たちが連れ立って小屋へ行くものだから、八歳くらいになると金之助も、小屋の名前も、見物の要領も覚えてしまったのである。

木戸銭は両親や、兄貴、姉さんたちが払ってくれる。子供の木戸銭は安かった。

酒は一滴も飲まず、遊里での遊びもしない家長の小兵衛だが、こと芝居、浄瑠璃、落語の小屋へ子供たちが行くのは容認していた。

兄、姉たちが芝居に涙し、笑い転げるのをおとなしい金之助はじっと見て、どこを面白がって、どこでしんみりするかを覚えた。

寄席通いの下地は十分できていたのである。

とは言え、十歳の子供が寄席通いをするのはいささかおかしい。

実は夏目家の一族には道楽者、見世物好きの系譜があった。金之助の祖父は無類の道楽者であった。元々夏目家は江戸の初めに三十人しかいなかった草分け名主の一人で牛込一帯を仕切り、そこで興行をするのにも名主の許可が必要だった。名主は興行の内容を吟味し、芝居であれ、それを見物する。

金之助の祖父は、この見物に一族を連れて行った。これが夏目の家の恒例になり、皆が芝居見物を楽しむようになった。この中に父の小兵衛もいた。特に女たちはこれを好んだ。娘たちは役者の楽屋まで行き、扇子に絵を描いてもらうほどだった。贔屓筋の家の子供だ。

家の中でも芝居、浄瑠璃の話で盛り上がる。ところが、この祖父が遊び過ぎた。名主の蔵の金までも蕩尽《とうじん》した末、酒席で頓死した。

その頃、名主を継いでいた息子の小兵衛も浄瑠璃節を習ったり、馴染《なじ》みの女をこしらえていたが、父の突然の死と大変な放蕩《ほうとう》にひどく苦労し、以来、遊びをやめてしまった。

このような一族の慣《なら》いなど、生まれてすぐ里子、養子に出された金之助は勿論知らない。

それが幸いしたとも言えるが、八歳の頃、牛込の家に厄介にならざるを得なかった金之助を、姉や兄は芝居、寄席へ連れて行った。

芝居の見せ場も、落語の妙も最初はわかるわけはない。しかし観続けるうちに、たとえ五歳の子供でも、泣かせ場、ヤマ場はわかって行く。それが下地を作った。だから十歳に足らない時に、見せ物の善し悪しが身体に入っていた。

金之助は小学校の読本の内容の大半を、兄の大助から学んだ。要領は教師より的確だ。

そんな或る日、大助は金之助との俄か授業に飽いたのか、金之助に言った。

「どうだい。寄席小屋にでも行くか。講談へ行こう。歌舞伎、芝居なんぞは女、子供の観るものだ。その点、講談は〝筋立て〟があるし、話のヤマ場で、胸がスーッとする」

その夕、連れて行かれたのが日本橋の〝伊勢本〟だった。木戸で大助が声を掛けると、「夏目の坊ちゃん。あとひと演目だ。どうぞお入りを」と笑って言われた。

金之助は、その夕の大助との寄席小屋入りがひどく印象に残った。

「こいつは家《うち》の弟で金之助だ。また来ることがあれば頼むよ」

「わかっております。お顔は皆さんで見えた時から覚えております」

かと言って金之助はろはで小屋に出入りはしなかった。母親のやすが小遣いをくれていた。それでも二十を超える小屋の木戸番は少しませたこの子供の顔を見知っていた。

金之助は、蔵の絵以来、独りで愉しむ場所を得たのである。

大助の影響もあったが、金之助はいつしか講談を好むようになった。兄の言った〝筋立て〟と、胸がスーッとする気持ちを知った。

ミチクサはしばらく続いた。なにしろ戸田小学校で四級も特進したのは一人だけだった。読本はすでに大助に教わっていたから、小学校の授業が退屈この上ない。

新宿、四谷、日本橋、京橋の寄席へ行く時は牛込の家。浅草界隈は父の昌之助の家からミチクサへ出発していた。

それぞれの家を往来していた時、トヨという昔から夏目家にいる奉公人から言われた。

「旦那さんをお祖父《じい》さんと呼ぶのはおかしいですよ。旦那さんは金之助の本当のお父さんなんですから」

薄々は気付いていた。〝伊勢本〟に大助と入った時、〝家《うち》の弟だ〟と大助が言った。

――何のことだろう?

と思ったが、どうやら自分は妙なところに立っている気がした。

その微妙なこころ持ちが、講談の中にある、胸がスーッとする快感に身を置くと忘れることができた。

人にはそれぞれ違った人生があるように、講談の話の中にも、主人公、仇《かたき》役の生き方があり、勇ましい軍談だけではなく、人情話や出世譚《たん》もあった。

やがて金之助は、名人の圓朝や圓遊と言った噺家の話を聞いて、落語に興味を持つようになった。それは庶民の物語を知ることになり、江戸の情緒、おかしみを身体の中に入れることだった。この体験が、のちの金之助の仕事（小説）に何かを与えたことは間違いなかろう。

その日、金之助は浅草の寄席へ行った帰りに、養家に戻った。

「あら、お帰りなさい」

今はすっかりこの家に落着いている元旗本の未亡人、カツが言った。

「父さんは出かけてるの」

「ええ、まだ鍛冶橋ですよ」

この年（明治九年）の二月、昌之助は戸長を免職され、麴町区鍛冶橋にあった東京警視庁につとめはじめていた。

金さん、お帰り、とカツの連れ子のれんが言った。金之助はれんの御下げの髪を見て笑った。

れんは金之助よりひとつ歳上でおとなしい性格だった。

「金之助さん、戸田の学校の方はしっかりやってますか」

カツが菓子を盆に載せてやって来た。れんが嬉しそうに笑った。

「で、しっかりやってるんですか？　返事をして下さいな」

金之助が顔を上げるとカツの目が鋭くなっていた。気の強い女の人だといつも思う。

「ああ、いつものとおり……」

「そうですか。成績が優秀だと聞いてお父さんは喜んでますよ」

金之助は返答をしなかった。カツが苦手だった。やすが自分の母親だと今も思っていた。

一年余り毎夜のごとく、昌之助とやすの諍う声を聞いていた。やすがすすり泣く声を何度も聞いたのを覚えている。

仲が良かった昌之助とやすが諍うようになったのが、カツのせいなのではと何となくわかる。

だからと言ってカツが嫌いなのではなかった。

カツも金之助が塩原家の長男、跡継ぎだということは承知している。夕餉は三人で摂った。ほどなく昌之助が帰って来た。少し酒の匂いがした。

金之助は川側の小部屋で読本を読んでいた。

隣室から声が聞こえた。……金之助という言葉が耳に入った。

「あの子は、金之助は私を嫌ってるんですよ」

「そんなことはない。あれをいつまでもここに置くつもりはない。給仕にでもさせて働いてもらう」

「給仕はいいかもしれませんね。あの子は」

納得したようなカツの声が聞こえた。

――給仕？

金之助は思わず読んでいた本を落とした。

まさか昌之助が自分をそんなふうに考えているとは思わなかった。

金之助は、その時、生まれて初めて、自分の、この先のことがひどく不安になった。

養父の言うように、学校を出たら自分は給仕として働かねばならないのか。それは金之助にとって、思いもしなかったことだった。

――どうしたらいいんだ？

畳の上の学校の読本を見つめた。

金之助は、小学校の読本を拾い上げ、文具を懐の中に素早く仕舞うと立ち上がった。

——この家にいてはいけない。

金之助は音を立てずに裏木戸から外へ出ると走り出した。

春の闇の中を、金之助は牛込の家にむかってひた走った。

夏目坂を下ると、牛込の家灯りが見えた。

土間の方から家に入ると、話し声と兄の笑い声が聞こえた。

金之助の足音に奉公人のトヨが気付き、あら金之助さん、どうしたんですか、こんな夜遅くに……、と金之助を見た。

「誰だ？」

小兵衛の声がした。

「旦那さん、金之助さんです」

トヨが大声で返答した。

「金之助？　何でこんな夜遅くに、厄介者が来たんだ」

小兵衛の言葉に姉兄の笑い声が続いた。

「そんな言い方はよして下さいな。せっかく顔を見せに来てくれたんですから」

ちゑの声だった。

「我楽多が顔を見せに来たのか」

小兵衛の声にまた皆が笑った。

金之助は土間の三和土《たたき》に立ったまま動けなかった。身体が震え出した。

「どうしたの、金之助。そんなところに突っ立って」

ちゑは金之助を見て、部屋に来るように言った。

「何をしてるの？　さあ入りなさい」

ちゑは先に部屋に入って廊下に立っている金之助を呼んだ。

金之助はおずおずとちゑの部屋に入った。

「桜餅が取ってあったから……、さあお食べ」

金之助の好物だが、手を出さなかった。

「どうしたの？　好きだったろう桜餅……、ああ、そうか、さっきのうちの夫《ひと》の話を気にしてるんだね。子供にむかって厄介者だ、我楽多だって、よくあんなことが言えるね。でもあれは本気で言ってるんじゃないんだよ。あれがあの人の言い方なんだ。この家の男たちはあんなふうに道楽者が使う言葉を面白がって使うんだ。だから皆があんなに笑ったんだよ。気にすることなんかないよ」

金之助はちゑの言葉に少し安堵したが、それでも切なかった。

小兵衛から面とむかって、そんな言い方をされたことはなかったが、自分のいないところで、自分がそう思われているのだ、と思うと悲しかった。

「でもね、金之助。たとえ冗談にしても、おまえはそんなふうに他人に言われる人にはなっちゃいけないことをよく覚えておくんだよ」

ちゑの言葉に金之助は顔を上げた。

「世の中には、厄介者、我楽多と呼ばれている者が案外と多いんだ。そういう人はいつも誰かの厄介になったり、何をやっても使いものにならないんだ。そういう言われ方をするような人に、おまえはなっちゃいけないってことなんだ」

金之助は大きくうなずいた。

「そのためには、辛《つら》くても辛抱して修業をしなくちゃなんない。人より何倍も修業すりゃあ、他人から、あの人は立派な人だと言われるようになる。おまえは学校の成績がいいそうだね。大助も学校で学んだものが、今の仕事に役立っているんだよ」

ちゑからこんな話を聞くのは初めてだった。

「さあ、固くなるから早くお食べ。お茶を入れてあげよう」

温かいお茶のぬくもりと甘い餡子の味が、金之助には嬉しかった。

「今夜、ここでお寝」

春にしては夜寒であったから、金之助はちゑのそばに身体を寄せて寝た。

この夜が、金之助十歳にして、自分の人生は自分で拓《ひら》かねばと決心した夜だった。


明治政府は、この十年の間にさまざまな法律、新制度を発令し、実施してきた。十年ひと昔と言うが、日本の歴史の中で、これほど目に見えて、街、市の風景、人々の姿が変わったのは初めてだった。

同時にこの時期、新政府はひとつのターニングポイントとなる出来事に直面する。中でも旧体制（江戸幕府）の下で、政治の中枢を担っていた武士階級が、廃藩置県、禄高《ろくだか》収入の撤廃で、いっときの分配金を得ただけで野に出された。士族という名は与えられたものの、大半の生活は困窮していた。それ以上に彼等の生き方を支えていた武士としての誇り、矜持《きょうじ》を失なったことが、新政府への不平、不満となってあらわれ、全国各地で反乱が起こった。

熊本、神風連の乱（明治九年）、福岡、秋月の乱（同年）、山口、前原一誠《まえばらいっせい》の乱（同年）。新政府はこれを軍事力で制圧したが、なおも全国各地の士族の不満は消えなかった。その士族たちが最後の砦としたのが、征韓論で新政府と対立し、野に下って鹿児島にいた西郷隆盛であった。〝西郷決起すれば全国の二十万余の士族立つ〟と噂されるほどだった。

明治十年二月、西郷は一万三千の士族を率いて熊本鎮台にむかった。九州士族三万人が加勢した。新政府が初めて遭遇した危機であった。しかし政府の対応は迅速で、海路五万の政府軍が七日後には九州に上陸した。

〝西南の役〟である。兵力は五分、いやそれ以上の全国士族の加勢のある反乱と言われたが、戦闘の実態は抜刀隊と西欧式軍隊の戦いで、三月の田原坂の戦いですでに勝敗は決していた。反乱軍は九州各地を転戦したが、九月、鹿児島、城山で西郷が自刃して終焉《しゅうえん》を迎えた。

これ以降、士族による蜂起、反乱は失《う》せた。

士族のすべてが不平、不満を抱いていたわけではない。

明治六年、渋沢《しぶさわ》栄一《えいいち》は欧州歴訪の経験を買われ新政府の大蔵官僚として活躍していたが、官途を辞して実業界へいち早く進んでいたし、武士道に基づく実業を提唱した中上川《なかみがわ》彦《ひこ》次郎《じろう》、福沢諭吉は慶応義塾を創設、商法講習所（のちの一橋大学）創設に尽力する。新しい分野にむかう士族たちだ。

西南の役は、新政府に政府軍の軍備拡張と兵員増強という、富国強兵策の口実を与えた。

一方、ようやく日本の教育制度が整いつつあった。小、中学制度、その上に大学を設置した。明治十年四月に東京医学校と東京開成学校（前開成所、大学南校）を合併し、東京大学を設立した。同時に教育者を招聘し、札幌農学校へアメリカ人教師、ウィリアム・スミス・クラークを、東京大学工学部は後に英語教師としてイギリス人のディクソン、また政治学や哲学の教授としてフェノロサ等を招いた。私塾、専門学校もこれに倣うように誕生し、麹町にフランス法を学ぶ明治法律学校（のちの明治大学）、神田に東京法学校（のちの法政大学）が設立された。

明治十二年三月、愛媛、松山でコレラが発生した。治療法、予防薬がない上に感染者の隔離が徹底していなかったのでたちまち全国にひろがった。全国の感染者数は十六万余りにおよび、十二月までに十万五千七百人が死亡した。

医師もなす術《すべ》がなかった。消毒と感染者隔離だけが政府のできる対処法だった。

近代医学を学ぶことが急務とされた。

この近代医学を息子に学ばせようと島根の津和野《つわの》から上京した一家があった。

時間は少し戻るが、明治五年、父に連れられ森林《もりりん》太郎《たろう》は東京に移り住んだ。のちに陸軍軍医総監となり、文学者として数々の作品を世に出した森鷗外《おうがい》である。

東京に着いてすぐに、十歳の林太郎は本郷、壱岐殿坂にある私塾の進文学舎でドイツ語の勉強をはじめた。十歳でドイツ語？と思われようが、この若者、津和野藩において西周《にしあまね》（哲学者）と並ぶ秀才と呼ばれていた。

文久二年（一八六二年）に代々、藩の典医をつとめる森家の嫡子として誕生し、四歳の時に論語、孟子、五歳にして藩校「養老館」で四書を学び、七歳でオランダ語をはじめた。九歳にして館の教師より、すでに十五歳以上の学力ありと評された。父は息子の才を敬い、林太郎に最高峰の医学を学ばせるべく上京したのである。なんと上京二年後、年齢を二歳偽って第一大学区医学校（のちの東京大学医学部）予科の試験に合格した。

森鷗外こと森林太郎の幼き時の秀才振りは今も地元島根、津和野町で伝説になっているが、鷗外の勉学振りの本領は東京の医学校の本科に進んでからだった。ドイツ教官の講義を受けるかたわら佐藤元長《さとうげんちょう》に師事して漢方医書を読み、漢詩、漢文を学び、和歌までも詠《よ》んだ。中でも文学への傾倒は異様なほどで、小説を読み耽り一睡もせずにドイツ医学の講義に出ていた。その上、四君子（草木を君子として称える画題）を墨画したり、庭を写生したり、寄席通いにも夢中であったと言う。何やら金之助に似ている。これが災いして卒業試験は八位で大学の研究室には残れなかった。鷗外の秀才振りを知る友人たちが見兼ねて、陸軍軍医となることを勧めた。明治十五年は軍医本部付となり、二年後にはドイツ留学に出発した。

一方、伊予、松山の幼き日は秀才と呼ばれた正岡子規こと正岡常規は、中学校へ進むと、これがとんと勉学に目をむけなくなった。

明治十二年頃から全国に自由民権運動がひろがった。前年、大阪で愛国社が大集会を開き、日本で最初の全国規模の政治結社となった。

その影響で、全国各地で民権運動と称して演説会が行なわれるようになった。

中学生となった子規は、この演説会を見物に行き、いっぺんに気に入り、学校の同級生を集めて演説をするようになった。まだ政治も、政党も、民権運動もよくわからぬまま子規は壇上でご満悦だった。

一方で大阪からの上方落語が小屋で立つと、同じ演目を何度も聞きに行き、それを同級生に話して聞かせた。

本屋が縁日の夜店に、流行りの本を並べると、それを手に取り、たちまちのうちに内容を把握し、翌日には学校で同人誌を出す提案をはじめる始末だった。

母の八重は、息子のそんな姿を黙って見ていた。同人誌を出すのに掛かる金を、ぎりぎりの生活費から工面してやった。

「ノボさんはいつも夢ばかりを追いかけておる。今度の夢は同人誌言うや？」

妹の律は兄が一人机について筆を執りはじめた同人誌の綴じを手伝ったりした。

その子規が、いつの頃からか、東京へ行くと言い出した。

正岡子規は人一倍、好奇心の強い若者であった。

見て、聞いて、触れて……、そこに何かがあると直観すると、そこへ飛び込み、凝視し、自分の興味を昂《たか》ぶらせる対象の本質を見抜こうとする性癖があった。その上、瞬時に本質の周辺にたどり着いた。若者にしては極めて高い判断力があったのだろう。その上、卓越した記憶力の持ち主であった。

演説を一度聴いたら、それを諳んじた。

〝朝にあっては太政大臣、野にあっては国会議長、少年老い易く学なりがたしじゃ。客気《かっき》愛すべし〟と中学生同士、目の前でやられれば皆目を丸くする。同人誌もしかりである。夜を徹して一冊に編纂《へんさん》してしまう。

すべては興味、好奇心の賜物である。

その子規の興味が、日本の中心都市である東京にむけられた。

「あしは東京へ行くぞなもし」

突然、そう言い出し、妹の律は驚いた。

理由はあった。すでに同級生の何人かが東京の親族、先輩の伝《つて》で上京し、勉学をはじめていた。

東京には元松山藩主、久松《ひさまつ》家が旧藩士の子弟の教育を支援するために〝常盤《ときわ》会給費生〟の制度を設け、月額七円を給費生に支給していた。その上、給費生のために〝常盤会寄宿舎〟を建て、安い借賃で、賄いと部屋を与えていた。

　上京していた同級生から、東京での生活の楽しさや、専門学校や大学を目指しての日々を伝える手紙を読むたび、子規は居ても立ってもいられなくなる。

「あしは早う東京へ行かんといかんぞなもし」

　子規の中で、これ以上の望みはないほど、東京という土地、そこに生きる人々、待ち受けるさまざまなものが勝手にふくらんだ。

「母上、あしは東京へ行かねばならんぞな」

「してノボさんは何をなさりに東京へ行かれるぞなもし?」

　母の八重がやさしく尋ねると、子規は自分のおでこをポンと叩いた。

「あっいかん。それを考えておらんかった。これはいかんぞな、ハッハハ」

　子規は笑ったが、八重は息子が本気で上京を望んでいることを理解した。

　子規が上京する唯一の伝は、八重の弟の拓川《たくせん》こと加藤恒忠《かとうつねただ》であった。

　八重は拓川に息子の望みを手紙に書いた。拓川はその頃、久松家の援助を受けてヨーロッパ留学が決定していた。

　勉学を望む甥っ子のために拓川は、大学へ進めば外国語の修得が必須になると、フランス語の読本を松山に送って来た。

「こらさっぱり、わからんぞなもし」

　子規は頭をかかえた。

　森鷗外はドイツ語を、正岡子規はフランス語をと、さまざまな土地で、いろんな若者が東京を目指した。

明治十四年の一月、金之助は市ケ谷にある陸軍省の官舎で、兄大助の部屋の片付けを手伝い、大助の蔵書を整理していた。

「金之助、その本はこっちの棚だ。陸軍の関係には、ほれ五芒星の印が押してあるだろう」

大方の片付けが終わると、いつものように大助から英語を教わった。

「違う。Ｌは舌を上の歯の裏に付けたまま発音をするんだ。おまえの発音ではＬとＲが同じだ」

明治二年、英語教師パーリーが開成所（のちの東京大学）で初めて英語授業を始めた折、語学を〝正則〟、講読を〝変則〟と定めた。

今、大助が金之助に教えているのは、大学南校で定めた韻学会話を優先する発音の体得だった。

これからの外国語は、フランス語でもドイツ語でもなく、英語が主流になるというのが大助の考えだった。

「陸軍にとって、今一番怖いのは清国の動きだ。その清国を操っているのは英国だ。次がどんどん国が大きくなってるアメリカだ。このふたつの国が使っているのが英語だ。金之助、おまえも学ぶんなら英語だ。二松学舎《にしょうがくしゃ》へ行きたいと言っていたが、それはそれでかまわんが、やはり英語は身に付けておけ。おまえの好きないろんな本がイギリスにはある」

正直、金之助は英語が嫌いだった。

何度読んでも、聞いても英語が肌に合わない。それで漢学を勉強するため、二松学舎へ進もうとしていた。

金之助が大助から英語の発声をくり返し直されていた時、官舎の部屋のドアを叩く音がした。

「夏目さん、夏目大助さん」

ドアを開くと官舎の用務員が立っていた。

「ご自宅から電信が入ってます」

こんな時間に何だろうと、大助は電信部へむかった。金之助がついて行こうとすると、おまえはここにいろ、と大助が言った。

すぐに戻って来た大助は右手に紙を一枚握りしめていた。顔が青くなっていた。

「金之助、すぐに牛込の家へ行くぞ」

「どうしたの？」

「おふくろさんが危篤だ」

「えっ、ちゑさんが……」

二人は陸軍官舎を出て牛込にむかって駆け出した。

ちゑは、去年の夏に風邪をこじらせ、秋の初めまで寝込んでいたが、快復して元気になり、正月を迎えた。しかし松の内が過ぎてまた高熱を出して寝込んでいた。

ちゑは小兵衛の下に後妻に来てから、それまで一度も病気などしなかった丈夫な女だったから、家族はそのうち元気になるだろうと、さして心配はしていなかった。

坂を下ってようやく家に着くと、男が玄関に提灯《ちょうちん》をぶらさげようとしていた。

「何だ、これは？」

「あっ大助坊ちゃん、このたびはご愁傷さまでございます」

「えっ、おふくろは死んじまったのか」

大助の声を聞いて、金之助も目を丸くした。奥にむかって走り出した大助のあとを金之助も追いかけた。

十数人の男女がぐるりと蒲団を囲んでいて、その蒲団にちゑは目を閉じて眠っていた。

「何だ、大助、今頃……」

小兵衛が言うと、下男の仁助が会釈し、

「大助坊ちゃん、警視庁の官舎へ何度も電信を入れたんですが……」と言った。

「警視庁は先月までだ。今月からは陸軍官舎だと言ったじゃないか」

「そうでしたかね」

「そうか陸軍か……」

下男と小兵衛が悠長に言った。

大助は金之助を手招き、枕元に呼んだ。

オフクロ……、とつぶやき大助はちゑの手を握って嗚咽《おえつ》していた。

金之助はちゑの顔を覗《のぞ》いた。死んだ人間をこんな近くで見るのは初めてだった。

ちゑの頬は普段より白く見えた。見ていると今にも目を開いて、何かを言い出しそうに思えた。

「ほら、金之助、おまえも手を握ってやりな」

大助に言われて、ちゑの手を握ると、冷たかった。その冷たさに、ちゑは死んでしまったのだとわかった。

旦那さん、支度ができました、と女中のトヨの声がした。

「おい、皆、腹ごしらえをしとくか。そちらの方も向こうの間で一杯やって下さい」

小兵衛が家族と客に言った。

皆がぞろぞろと部屋を出て行った。

部屋の中は、大助と金之助とちゑだけになった。大助がかしこまっていた足をくずし胡坐《あぐら》を組んで大きなタメ息をついた。

「金之助、線香が終わりそうだ。継いでくれ」

金之助は祭壇の線香に火を点け香炉に差した。見ると床の間に鶴と亀の掛け軸があった。隣りの間から笑い声がした。笑い声で次男の直則だとわかった。

「直則の奴はもう酔っ払ったのか。おふくろが死んだと言うのに、どうしようもないな」

大助はまたタメ息をついた。

「仏の頭の上に鶴と亀だ。これが夏目の家だ。おまえもよく覚えておけ」

障子戸が開いて、トヨが顔をのぞかせ、旦那さんが呼んでます、と言って笑った。

「わかった。仁助に言って床の間の掛けもんを替えるように言ってくれ」

は～いと尾を引くような返答をしてトヨが消えると、玄関の方から人の声がした。

弔問客の姿がほぼ失せたときには、日付が変わっていた。

小兵衛は羽織を脱ぎ、トヨのいれた茶を飲んだ。かたわらに酔った直則が横になっている。

金之助は小兵衛に挨拶した。

「何だ。おまえ来てたのか……」

小兵衛は金之助をまじまじと見た。

「金之助、おまえ何歳になった？」

「十五歳です」と応えると小兵衛は黙ってうなずいた。

ちゑの四十九日の法要が終わった後、陸軍官舎に帰るという大助に付いて、金之助も市ケ谷にむかった。

「腹が空いたな。蕎麦でも食べるか」

二人で牛込から地蔵坂へ向かうと和良店亭から入れ込み太鼓と出囃子《でばやし》の音色が洩れて来た。

「金之助、寄席には行ってるのか」

「はい、時々」

「圓遊がえらく人気らしいな」

「圓遊はいいですね」

地蔵坂から神楽坂通りへ出ると、大助は一軒の家の二階を見上げた。

「ここは昔、髪結いの店だったんだ。俺は赤ん坊のおまえを背負って、ここに来たことがあるんだ」

「ここに？」

「ああ、そうだ。おまえはおふくろが四十歳を過ぎて生まれた赤ん坊だったので、おふくろはもう乳が出なかったのよ。それでここの髪結いの新造さんが赤ん坊を産んだばかりで、おまえの乳を、その新造さんにもらいに来たんだ。丁度、家は人が出払っていて、俺がおふくろに頼まれたんだ。落としちゃいけないっていうんで、俺は背中に帯紐《おびひも》でくくられて泣き続けるおまえを背負って、坂道を走って来たのを覚えてるよ」

大助にそう言われても、金之助に記憶があるはずはない。

「それはありがとうございました」

「礼なんぞ言われることじゃない。乳をもらったらおまえはすぐに寝ちまっておとなしいものだった」

大助が懐かしそうに店の二階を見ていた。

坂下の屋台で蕎麦を食べて市ケ谷に戻ると、用務員が大助に郵便物が届いていると、包みを渡した。

「おう届いたか」

部屋に入って大助は包みを開けると、金之助に二冊の本を差し出した。

「これがおまえの教科書だ。読んでみろ」

「ナシィオン?」金之助が首をかしげた。

「ナショナル・リーダーズだ。バーンズというアメリカ人が一般双書として書いたもんだ。これをまず一巻分、読み切るんだ」

金之助は、その本の装丁が気に入った。


金之助は英語を毛嫌いしていた。

しかしそれを、こんなに丁寧に教えてくれる兄の大助の前では口にはできない。だから教えてもらっている時は懸命にやるが、教える大助は、実はたいした癇癪《かんしゃく》持ちで、昨日、教えてもらったことを忘れていると、

「何だ、過去形のことをもう覚えてないのか。いったい昨日、何をしてたんだ、おまえは」

と怒り出す。

何とか『ナショナル・リーダーズ』のI巻を読み切るのにえらく時間がかかることになった。

それでも金之助が大助に付いていったのは、塩原の家では自分を給仕にさせようとしているし、夏目の小兵衛は金之助の将来などとんと関心がない、自分を大事にしてくれていたちゑも死

んでしまい、唯一自分のことを気にかけてくれているのが大助一人だったからである。

大助には妙にこまやかな一面があり、陸軍の官舎の棚にポツンとちいさな人形のこしらえのようなものが置いてあった。

「これは何？」

金之助が訊くと、大助は、

「そりゃ、〝根付け〟だ。おふくろが付けてたもんだ。おふくろは和歌を詠んでた」

「えっ、和歌を？」

「そうだ。その根付けを少し見てみろ。十二単《ひとえ》の女が筆を持っているだろう。たぶんおふくろはそういうことが好きだったんだろう。俺はおやじ似だ。直則は死んだ放蕩祖父さんにそっくりだ。おまえはおふくろ似だ。おまえが通いはじめた三島中洲《みしまちゅうしゅう》のやってる二松学舎で学びたいと思うのは、案外、おふくろの血がそうさせてるのかもしれないな。俺は、ある時、おふくろに言われたんだ。『名主という役はもう二度と戻ることはないよ』とな。おふくろは、あれで時代をよく見てたんだろう。だから自分にしかないものを身に付けておけ、と上の学校へ行こうか迷っている俺を、おやじに頼んで行かせたんだ」

そんなことがあったのか、と金之助は根付けと大助の顔を交互に見た。

「塩原の家はおまえに学問などさせない。だから、おふくろにしてもらったように、今度は俺が、おまえを学校へ行かせることを頼んでやる」

二松学舎への学費はやすが出してくれた。

安い学費だった。それもそのはず学舎とは名ばかりで広い講堂に机が二、三あるだけで、畳は破れて中の稲藁《いなわら》が飛び出していた。

三島中洲は、学問は身恰好や学舎の見てくれではなく、実を学ぶことが大切と、苦学生が寄宿する費用も驚くほど安くさせていた。中洲は人格の陶冶《とうや》を重んじた。

中洲自らの講義は皆がボロ畳に座り込んで聴いた。〝輪講〟と呼ばれる授業は生徒の順序を定める時、細長い札が入った竹筒を握り、生徒が一本ずつ引いた。そこに一東、二冬、三江、四支、五微、六魚、七虞、八斉、九佳、十灰と記されているという徹底した漢学一色の授業法だった。

金之助はこの授業が愉しめた。

実は浅草にいた時、漢学塾へ通ったことがあり、そこで塾の先生から「漢籍の素養あらばひとかどの人物と見なされる」と最初に教えられた。五言、七言絶句の韻を踏んだ漢詩の響きが心地良かった記憶がずっと残っていた。

その上、塩原家の蔵の中で独り見つめていた南画の、あの牧歌的な田園風景の中に人が悠然として生きている姿に憧れがあった。

二松学舎で陶淵明《とうえんめい》を知り、〝歳月人を待たず〟や「帰去来辞」の〝帰りなんいざ〟などの詩を身体に入れると、自分に一番合った生き方はここにあるのではなかろうか、と思ったりした。

故郷という知らないものへの憧れと、依るべきものがないのだと若くして思わざるを得なかった金之助に、漢詩の世界は清々《すがすが》しいという以上のものがあった。

それでも夏目の家や陸軍官舎の大助の下へ行くと、

「漢籍、漢詩もわかるが、あんなものはこの先おまえが生きて行く上で何の役にも立たないぞ、上の学校へ進み、おまえにしかできないものを見つけるんだ」

と言われながら、英語の〝L〟の発音が悪いとか、現在形と過去形がゴチャ混ぜだと、時に頭を叩《たた》かれたりした。

英語は苦手と思い込んでいたから、『ナショナル・リーダーズ』はⅡ巻で止まってしまった。

ところが金之助も気付かぬうちに英語の力がついていたのである。

これが若き漱石の大きなミチクサであった。

漱石の若き日の一番のミチクサは、実は自分が何を学ぶべきか、何をする人を目指せばよいかという道程でのミチクサであった。

二十歳になる以前に、彼ほどさまざまな学校をミチクサした人はいなかった。

浅草の戸田小学校を皮切りに、漢学塾にも顔を出し、〝飛び級〟でどんどん進級し、牛込、市谷学校下等小学を三級から一級卒業まで一年半、続いて上等小学八級を半年で修了。錦華学校を経て東京府第一中学校正則七級。ここも授業のつまらなさに中退し、漢学塾二松学舎へ。たちまち三級、二級を修了した。

金之助の成績優秀な面もあったが、このようなミチクサは、この時代珍しいことだった。

明治十五年春、金之助、漢籍もずいぶんと読み、漢詩を同級生と贈り合ったりしていたが、兄、大助の助言もあり、どうも何かが足りないと思いはじめた。

——今の時代、漢学者になって生きて、自分はいいのだろうか。

この若者の生まれついての性格に、岐路に立った時、平然とそれまで培ったものと離別するという大胆さがあった。

金之助は大助の下へ行って言った。

「大学へ進もうと思います」

「それはいい。まずは予備門へ合格しろ」

大助は取り掛かっている翻訳の分厚い本に目を落としたまま金之助の顔も見ず言った。

予備門は東京大学へ入るための修業校である。その予備門に入るには英語の試験があった。

金之助は、家の棚にあったお気に入りの陶淵明の漢詩までいっさいを古本屋へ売ってしまう。

坪内逍遥《つぼうちしょうよう》らが開いていた英語塾の中に駿河台にある成立学舎があった。ここに入った金之助はいきなり上級組を選び、英語と向き合った。金之助、スウィントンの『万国史』などと格闘しつつ一生懸命に踏ん張った。面白いもので、最初はチンプンカンプンでテンデンバラバラに見えたものが、半年、一年過ぎると、発音、文法、読解と一本の糸でつながるようになった。

「夏目は英語ができる」と噂になった。

予備門の試験は一番で合格した。

予備門の試験に見事に合格したものの、またミチクサがはじまる。

怠け癖が頭をもたげた。次第に勉強を懸命にする同級生から離れて、寄席や花見見物にうつつをぬかし、二級の時、進級試験に落第をした。追試験を申し込んだが、学舎が忙しいらしく埒《らち》があかなかった。

同様に落ちた遊び仲間は方々に手をつくし上級を目指したが、金之助は、ここで考えた。級友らが追試験を受けろとすすめるのも聞かず、自ら落第を選んだ。

秀才、金之助の初めての落第だった。

必須科目の数学も一から徹底して学んだ。数学の点数の優秀さは同級生に、夏目は将来理科系を目指すに違いないと言われるほどになった。英語もあらためて勉強し直すと、大助から注意を受けていたことが、このことだったのかと納得できた。

時折、やって来るアメリカの英語講師と平然と会話ができるようになった。

実は金之助には、他人には言えない困った性癖がある。自分でもどうしようもないものだった。それは他人と打ちとけて話すことがいっさいできないことだった。緊張もするのだが、こう言うべきだということが、わかっていても口から出て来なかった。これを解消できはじめたのも、落第生という立場に立ってからだった。

生きて行く上での辛苦を味わうことは人にさまざまなことを与える。

不思議なもので自分からすすんで話をすると相手も打ちとけてくれて、友情というものの良さがわかるようになった。

一級に進級すると、それぞれが専門を選択して勉学するようになる。金之助は英語以外の語学にフランス語を選び、工科の建築科に進もうとした。

フランス語を選んだのは、これを専攻する学生が少なく、将来、フランス語に関する仕事が自分に来ると思ったからだ。建築は美的なものを好んでいたから実用ともに美術的なものを目指そうとした。

一級に上がると金沢からやって来た米山保三郎《よねやまやすさぶろう》という若者が哲学科の同級にいた。

秀才の誉れ高い米山は金之助に言った。

「夏目君。君が言うような美術的建築は、今の我が国の技術では不可能だよ。百年経ってもできやしないよ。まったくもって無駄だ。それより文学をやりたまえ。文学なら勉強次第で、何百年後、何千年後にも伝えられる大作もできるじゃないか。それが新しい国家のためというものだ」

金之助はそう言われて、フランス語も建築工科も、自分の利害をふまえて選んだふしがあったので、国家、世界を見据えている同級生の言葉に、強く感じるところがあった。

米山は第一高等中学と改称された予備門で、あらゆる試験をトップで進級し、授業も役に立たぬとほとんど出席しなかった。そのせいで落第して以降の金之助がトップの座に立っていた。

米山は生徒たちから一目置かれていた。すでに哲学書を原書で読み漁《あさ》り、教師にまで哲学理論を指導することがあった。

米山は成績を鼻にもかけず、地方出身者に対しても気さくに応対する金之助の性分を好いていた。

秀才、米山に忠告され、金之助は考えた。

――新しい日本か……。新しい国家か……。

たしかにその発想は持っていなかった。

丁髷に大小を差した男たちが江戸から東京に変わった街を歩いていたのは、つい昨日のことである。

――自分たちには、新しい日本を荷う役割があるのかもしれない。

しかし具体的に何をするかは、今の金之助にはわからない。

秀才、米山の忠告である。従うのもひとつの方法だ。

文学と言うが、正確には、文学も、文芸という言葉も確立していなかった。

「国文、漢文なら今さら研究する必要はなかろう。それなら英文学をやってみるか」

ここに夏目金之助は英文学という道を進みはじめた。

漱石のミチクサはこの先も果てなく続くのだが、こと勉学に関して、八歳の時より続けたミチクサは、ひとつの峠を目指した山径《やまみち》に向かうのである。

時間は少し遡るが、明治十六年初夏、一人の若者が居ても立ってもいられず、毎日、家の郵便箱を覗き込んでいた。

「律、あしが留守の間に東京から葉書か手紙は届かなんだかもし」

「ノボさん、郵便は昼前に一度切り来るだけじゃなもし。それに貼り紙も郵便夫の人は見ておる」

「おう、そうじゃったな」

正岡家の郵便箱には、この若者、正岡常規、のちの正岡子規が自ら書いた紙がご丁寧に貼ってあった。〝普通便に限らず、速達の葉書、書簡もこの箱に入れるべし〟

子規は東京へ行きたくてしかたなかった。東京への唯一の伝は母の八重の弟、拓川こと加藤恒忠であった。

久松家（旧松山藩主の家）から許可を貰ったヨーロッパ留学の日取りが決まり、拓川はおおいに喜んだ。渡航費、滞在費のすべてを久松家から与えられる。この喜びを自分だけのものにしてはと、すでに十数回、上京の希望を手紙でよこしている姉の息子、常規に宛てて、〝上京ヲ許可ス〟と葉書を送った。

その文字を見た時の子規の喜びようは近所の人全員に聞こえるほどの興奮振りであったという。

「やった。やったぞ。やったぞなもし。あしは東京へ行くぞ。やった。やったぞな」

子規は後年、自分の生涯でみっつの嬉しかったことを述懐し、その一番に挙がる喜びのことを記している。

〝余は生まれてより嬉しきこと三度あり、第一は、東京ニ来レ、といふ叔父よりの手紙なり〟

手紙を受け取った翌々日に、子規はもう松山を出発した。ずいぶんと急で、中学校への手続きなど準備が整っていたものかと思われるかもしれないが、子規はすでに母に内緒で松山中学校を退学していたのである。拓川の許可がない時は一人で東京へ出発すると決意していた。

三津浜港からの出発であった。

有頂天の我が子を母、八重は黙って見ている。

この子が六歳の時、夫を亡くし、以来、息子をひとかどの人として世の中に出させるために、夜明けとともに父、大原観山の下へ通わせた。〝青びょうたん〟とからかわれ、いつも半ベソをかいて家に逃げ帰っていた少年が、学問に励み、小学校から名門、松山中学校へ秀才と呼ばれて進んだが、いつの頃からか、息子の目は松山でなく日本の首都たる東京に向きはじめたのを八重は知っていた。息子が東京で何に出逢い、何を見て、己の生涯の道を見つけることができるのかは、八重には皆目わからなかった。

しかし八重は信じたのである。我が子が歩む道を信じたのだ。

「母上、律、あしは東京で立身出世して、二人を呼ぶけに、その日を待っておいとくれ」

「はい、ノボさん、待っとります」

律が明るく言った。

子規が八重を見た。八重は何も言わず微笑を浮かべてうなずいた。

三津浜から神戸へ行き、一泊して神戸から横浜へ航路でむかった。

三日目の朝方、富士山が見えるぞ、と言う三等客室の客の声に子規は急ぎ甲板に出た。

「おう、さすがじゃのう。これが日本にふたつとない〝不二〟かよ」

生まれて初めて見る霊峰は客船が全速力で進めど進めど、目の前にあった。

「まっこと祖父さまの観山先生が言うたとおりじゃ。この広さはどうじゃい」

子規は六歳の折、漢学教授の大原観山から言われた。

〝不二は、その山頂《いただき》の高さだけで見るものではナシ。その裾野の広さを見るベシ。ノボルよ。おまいも不二のようにこころひろく、人を、道を受け入れる者になるベシ〟

子規には不二であった。この世にふたつとない人に自分もなりたいと、美しい山景を見て何度もうなずいた。

横浜から陸蒸気《おかじょうき》こと、蒸気機関車に乗った。

「これぞ、これが新しい日本ぞ」

子規の胸はほどなく到着する東京にむかってますますふくらんで行った。

新橋ステーションのプラットホームに降り立った子規は、まずは駅舎の中に群がる人の数の多さに目を丸くした。

「これはどうじゃ。まるで祭りのようじゃ」

駅舎を出ると、目の前に大通りがひろがっていた。左右に煉瓦《れんが》造りの堂々とした建物が遥か日本橋まで真っ直ぐに続いている。

その大通りに馬車が、人力車が往来し、これまた大勢の人が歩いている。洋装の婦人がパラソルをクルクルと回しながら、シルクハットに髭《ひげ》をたくわえた紳士がステッキ片手に婦人の手を引いて歩いている。人力車の引き手の威勢の良い声が響いているかと思えば、馬車を曳《ひ》く馬の蹄《ひづめ》の音が聞こえる。

子規は嬉《うれ》しくなって、大通りの遥かむこうへ届くほどの声を出した。

「あしは東京へ来たぞ。あしの新しいことがはじまるぞ～」

その声に驚いた客待ちの人力車の引き手が、

「いきなり何だ！　びっくりするじゃねぇか」

「おう、それはすまんのう。あんたはこの人力車を引く者か？」

「見りゃわかるだろう。ひやかしならむこうへ行きな」

「いや、あしはその人力車に乗る」

「おう、お客かい。そりゃ失礼したな。で、どこまで行かれやす？」

　子規は懐から小紙を出して行った。

「浜町の久松邸へやってくれ」

「合点《がってん》だ」

　子規が乗り込むと、人力車は勢い良く走り出した。

　左右の景色が流れていく。

「これはええもんじゃ。ええ風が吹くぞ」

「何だって、お客さん」

「もっと早う引いてくれ」

「合点だ」

　子規は上半身を反り、青い空と雲を見上げた。

「東京じゃ、東京の空じゃ」

　久松邸に着くと、松山より到着したことを書生に告げた。給費生になるための申請をするよう叔父の拓川から言われていた。

「すぐに書生小屋に入りますか」

「いや、まず東京見物をするぞなもし」

そう言って子規は来た道を走り出した。

浜町から日本橋に入ると、これまた大変な人混みであった。

魚河岸は荷を積んだ大八車が狭い道を走り回り、あちこちから掛け声が響いて、まるで喧嘩騒ぎのようだ。

子規はその賑やかさにますます嬉しくなった。

「おいおい、どこの山猿だ。そんなとこに突っ立ってんじゃねぇよ」

「山猿？　あしが山猿かや。ハッハハ、そりゃえぇ、そうじゃ、あしは伊予の山猿ぞな」

日本橋から、先刻、人力車で走って来た大通りに出た。左右にガス燈が並んで、まるで別世界を見ているようだ。

足元が何かにはまった。見ると下駄先の半分が溝のようなところに埋もれている。

——何じゃ、これは？

子規は裸足《はだし》になり、下駄を引き抜いた。

溝は鉄製で新橋まで続いていた。

子規はしゃがみ込んで、その鉄製の奇妙なものに指で触れた。

オイオイ、あいつを見ろよ。鉄道馬車の線路にしゃがみ込んでやがる。大方どっかの山から出て来たんだろうよ。誰か声を掛けてやりな。

「お〜い。お〜い。そこの山猿さん」

その声に子規が顔を上げた。見ると大通りのむこうから、男たちが手を上げて子規を見ていた。

「何ぞ、あしを呼んどるかい？」

子規が自分の顔を指さしたら、相手の男たちもうなずいた。

「お～い、山猿さん。そこに立ってちゃ、轢《ひ》かれちまうぞ」

しかし子規には相手が何を言っているのかわからなかった。

「何ぞ？　もういっぺん言うてくれ」

「そこに突っ立ってちゃ、おいおい乗合がやって来やがった」

「お～い、そこをどきな」

すると背後から警笛が響き渡った。

振りむくと馬に曳かれた鉄道馬車の御者が警笛を鳴らしながら迫って来た。

すんでのところで目の前を馬車が過ぎた。

「おう、なかなかの乗り物じゃ」

子規は笑って御者に手を振った。

子規は到着するやいなや、東京の街を精力的に歩き回った。

江戸、明治の人たちは現代人では考えられないほど健脚だった。

片道二里、三里は平然と歩いた。若者は信じられない距離を話をしながら、歌を歌いながら、十里（四十キロメートル）を歩き通した。

二年ののちのことだが、金之助は友人たちと夕刻から〝闇鍋〟をつついて、酒も少し入っていたが、仲間の一人が、おい江ノ島に海でも見に行かないか、と言いはじめた。すでに夜の九時を回っていたが、皆が、それは面白い、よし行こう、と本郷からワイワイ言いながら江ノ島にむかって歩き出した。誰一人、江ノ島まではずいぶん遠いぞ、などとは言い出さない。ついこの間まで、日本橋から京都、三条までの五十三の宿場を、侍も、庶民も歩いて行っていたのだから。

本郷から江ノ島までは約六十キロメートル、これを、この時代の若者たちは平気で歩き通した。さすがに、この夜のピクニックは酒が入っていたせいもあり、戸塚辺りで全員がしゃがみ込んでしまった。

浅草、上野で下町独特の繁華の賑わいを見て歩き、日本橋、京橋、新橋で洒落《しゃれ》た文明開化の建物、紳士、淑女を横目で見つつ、夕暮れ、先端に火を点した長い釣竿《つりざお》のようなものでガス燈に点火するのを見物したりした。新橋までの大通りがガス燈のきらめきに照らし出されるとまことに美しいものだった。

「こりゃ、昼間のようじゃ」

子規は感激して、この別世界のごとき美しさを松山の母と妹に葉書に絵まで描いて送った。

折から季節は、江戸の夏の風流を見せており、子規は芝、上野と言った〝公園〟（明治六年、太政官布告により各地に公園が誕生した）なるものに入り、蓮《はす》の花が咲き誇るのを眺めて満喫した。

内藤新宿、渋谷、青山へも足を伸ばした。

「いや、それにしても東京は谷と小山ばっかしようけ（たくさん）あって、坂ばかりで疲れてしまうところじゃのう」

子規は四谷から渋谷の村を見ながら額に光る汗をぬぐった。

四谷の丘のてっぺんから渋谷の村、内藤新宿を見渡すと、いくつもの山、谷が連なっている。

子規は東京の生活に慣れた何年か後「はて知らずの記」として旅日記をまとめている。その健脚振りは、三十日間で東北一周の実にさまざまな場所を独り歩きとおした折の繊細で美しい描写を読めばわかる。


この健脚と並んで、子規の大好きなものに、食べることがあった。

子規は大が付くほどの〝食いしん坊〟だった。

この日は松山の後輩の清水則遠《しみずのりとお》と一緒に上野から浅草へ出た。

二人は言問橋を渡り、隅田川沿いを歩いた。

「ほれ、則遠、あれじゃ、早うあしらに来てくれと幟《のぼり》がなびいとるぞなもし」

則遠は子規より歳下だが、松山では乳母が同じだった。

長命寺のむこうに幟が川風になびく店が見えた。

「則遠、足が痛いの大丈夫か？　おんぶしようか」

則遠には生まれついて脚気《かっけ》があった。

「今日はいい足の具合じゃ。ノボさんにおんぶしてもろうたら、伊予の者に叱られてしまうぞな」

子規は松山でなぜか人気があった。

子供の頃、則遠を何度も背負っていた。子規は他人に何事かをするのを少しもいとわない。

「美味《うま》いと評判じゃぞ」

店前に立った子規が舌舐《したな》めずりをした。それを見て則遠が子供のように笑った。

〝名物、桜餅、名物、みたらし団子〟とある。

席に座った子規は注文をとりに来た女に言った。

「あしは桜餅十皿、みたらし団子十皿」

「えっ、お客さん一人でですか」

「そうじゃ。美味いと聞いたもんでのう」

卓が狭いので、と二階に案内された。

「おう、これはええ眺めじゃ。隅田川か」

二十皿をぺろりと平らげ、さらに五皿ずつ追加した。ともかく大食漢であった。

美しい娘が茶を持って来た。子規はしばしその娘に見惚《みほ》れていた。


明治十七年、子規は久松家の十名の給費生に選ばれた。月額七円の給費がもらえるようになったので、子規は好物の菓子や鰻《うなぎ》も食べられるとおおいに喜んだ。数年後には貧乏な仲間との下宿生活から〝常盤会寄宿舎〟に入舎する。寄宿舎は本郷、炭団坂上にあり、坪内逍遥が私塾に使っていた建物を久松家が買収し、百三坪の土地に舎室十二、食堂賄所《まかないしょ》があり定員三十名であった。

九月、いよいよ大学に入るための予備門への試験である。

子規は予備門受験のための共立学校に通っていたが、自称、堕落生であった。付け焼き刃の一夜漬けの一ヵ月間の準備であったからいきなりの合格はなかろうと、来年の再勉強を覚悟していた。


ところがこれが一発合格した。一番驚いたのは子規自身である。

「さすがはノボさんじゃのう。給費生も、予備門も一発合格じゃ」

上京してまだ予備門の試験に苦労していた同郷の同輩、後輩が感心した。

「いや、その、あしは本番に強いのかもしれんな……」

合格の報せを誰より喜んだのは、母の八重であった。

子規は母の八重にだけは、今回の合格は決して実力ではなく、たまたま運が良かっただけである、と手紙に書き送り、これは学問の神さまが常規に真剣に学べとおっしゃってくれたのだろうから、これからは勉学に励み、出世して、母上と妹を東京に呼びます、と後記した。

合格の発表は校内の掲示板に貼ってあった。一年上の同郷の予備門生と校内に、その発表を確認に行った。

予備門は本校、俗称〝赤門〟の学舎と併設しており、松山中学校の田舎学舎とは比べものにならぬほど立派である。

子規が颯爽《さっそう》とキャンパスを歩いていると、

「あれが今回、一番で合格した秀才、夏目金之助だ。ほれ外国人教師と立ち話をしておる」

「外国人と話ができるとか？」

見れば大きな瞳に鼻の先に手を当てた学生が立ち話をしていた。

——ほう、あれが秀才の顔ぞなもし。

子規は秀才の顔をまじまじと見た。

秀才はどこかそれを鼻にかけていることが多いと聞くが、そんなふうにも見えない。

「な〜に同じ人間じゃ、欠伸《あくび》もすれば屁《へ》もひるぞ、ハッハハ」

「何が可笑《おか》しいんだ、正岡君」

かたわらの同郷が訊いた。

「いや何もありゃしませんわ。秀才も同じ人ではあると思うただけですわ」

「そりゃ、そうだ」

広いキャンパスを歩いて二人は近くにあったベンチに腰を下ろした。

「今日は合格祝いに鰻でも食べちゃろか」

「そりゃいい」

すると同じベンチの隅に座って頭を掻きむしり本を読んでいた学生が、

「鰻はいいね、頭の回転が良くなる」

二人は顔を見合わせ、その学生を見直した。また本を夢中で読み耽っている。相手は子規たちの会話を聞いて独り言をつぶやいたらしい。

子規はそっと相手に近づき、本を覗いた。

「はうドイツ語ぞな」

子規が言うと、相手はガラス瓶の底のような眼鏡で子規をまじまじと見て言った。

「君、ドイツ語ができるのかね?」

そう言われて子規は照れたように頭を掻きながら笑って言った。

「できるかね、と訊かれると、ちいっとばかり困ってしまうがの……」

「でも君は今、これを見てドイツ語と言ったではないか」

「ちょこっとドイツの本を見たことがあるけえ」

「何を読んだのかね?」

「ハルトマンの『美学』ぞなもし」

叔父の拓川から送ってもらった本の著者とタイトルだけは覚えていた。

「ハルトマンを……。君は予備門生かね」

「こん秋から予備門生じゃ。伊予、松山の正岡常規と申す。皆は升《ノボル》と呼ぶがのう」

「私は金沢から来た米山だ。なら君は本科に行けば哲学を専攻するのかね。そりゃ奇遇だ。私も哲学を目指しているんだ」

握手を求めた学生は、漱石をして天下の秀才と言わしめた学生、米山保三郎だった。

その年の彼岸の入りの朝、金之助は大助と二人で小日向にある夏目家の菩提寺、本法寺に母、ちゑの墓参に行った。

本法寺は万治元年（一六五八年）に牛込に移った寺で、草分け名主である夏目家先祖代々の墓がある。

金之助は、幼い時に何度か法要で訪れていた。その時には何の感慨もなかったが、母、ちゑの納骨、供養で訪れるようになり、この寺の静かな佇まいが好きになっていた。

秋晴れで天気も良く、墓前で手を合わせると胸の中に風が抜けるような清々しさがあった。他所の家とは少し違って、ちゑと金之助は奇妙な関係の母子であったが、ちゑが死んだ後、兄の大助から、母が和歌を詠んでいたとか、嫁いでからの苦労話を耳にすると、どこかそれまでとは違ったちゑの像のようなものが湧いて来た。

「いいかい。あの人が言ってることは間違いじゃないんだ。世の中には、厄介者、我楽多と呼ばれている者が意外と多いんだ……」

ちゑの言葉が耳の奥に聞こえた。

「そのためには辛くても辛抱して修業しなくちゃなんない、人より何倍も修業をすりゃあ、他人から、あの人は立派な人だと言われるようになる……」

実母から聞いた言葉がよみがえった。

かたわらで大助も手を合わせている。

二人は住職に挨拶に行ったが、住職は不在だった。二人は供養の品と金を渡し寺を出た。

「腹が減ったな。蕎麦でも食べて行くか」

大助が言った。

今日は二人して、小兵衛に話をするからと大助に言われていた。

牛込坂上にちょっと評判の蕎麦屋があった。

蕎麦を二枚注文して、大助は、酒を一本くれるように言った。

大助は盃に口を付けると咽《む》せて、咳《せき》をした。咳が止まらなかった。

「大助兄さん、大丈夫ですか」

「う、うん。今日は酒はいい」

蕎麦が来ると、大助は酒を下げさせたが、蕎麦を食べると、また咽せた。

一年前から大助は、こういうふうに咳込むことが度々あった。

蕎麦屋で咳込みはじめた大助を見て、金之助は兄の身体の具合いを心配した。

二年前、咳が続くので大助は結核ではと病院に診てもらったが、結核ではないということだった。

しかし半年前から、また咳込むようになった。

今年の正月、大助は夏目家の家督を相続した。

大助、二十九歳。小兵衛はすでに六十八歳になっていた。

大助は茶を飲むと、ひと心地付いたように大きくタメ息を零《こぼ》した。

「あの寺はいい寺だ。江戸でも、いや東京でも指折の名刹だ。夏目の家の者は皆あそこで眠っている。おやじの自慢の寺だ」

「私も、あの寺に入ると落着きます」

「そうか……、今日、おふくろの墓参りに行くことは前もって寺に報せてあった。俺は家督を継いだ挨拶にも行った。これまでは夏目の家の者が、たとえ線香一本を上げに行っても、住職は必ず迎えに出たもんだ。おそらく住職は何か用事があったんだろう。これは勘ぐるわけじゃないが、こういうことも起こるだろうと思った」

　金之助は兄の言葉の意味がわからなかった。

「何のことでしょうか？」

「俺が妙な勘ぐりをするのは、草分け名主からはじまって百年以上この界隈を仕切って来た夏目の家が凋落《ちょうらく》したってことだ。おやじも最初は名主ってものが、世の中からなくなるとは思っていなかった。〝中年寄〟と名前が変っただけと思ってたんだろう。ところが名主がなくなっちまった。おやじも初めは、それを受け入れられなかったようだ。今年の正月、俺はおやじに、夏目の家を頼むと言われた。ところが、この半年どうも俺の身体の具合いがおかしい。俺の身体のことは俺が一番良くわかっている。直則もあんなふうだ」

　そこまで言って大助はタメ息をついた。

「俺は夏目の家が好きだ。家の者が皆仲がいいってわけじゃないが、それでも好きだ。金之助、俺に何かあったら、夏目の家を頼んだぞ。今日はそれを言いたかったんだ」

　金之助は兄の話に困惑した。

　二人は牛込の家に戻ると、奥の間の小兵衛に挨拶に行った。

「住職は元気だったか？」

「ああ、供養の金子も品物も喜んでたよ」

大助はあっさりと嘘を言った。

「実はおやじ、今日は金之助のことで話があるんだ」

「金之助のことで？」

小兵衛は妙な顔をして、金之助を見た。

大助は金之助を手招きし、小兵衛の前に座らせた。小兵衛は怪訝《けげん》そうな顔をしていた。

「実は、この秋、金之助は予備門へ合格した」

「何だ？　その予備門ってのは？」

「大学へ入る予科のような学校だ」

「こいつが大学へ行くのか？」

小兵衛は驚いた顔をしたが、その口調は不機嫌だった。

「大学へ行って何をしようというんだ」

「そりゃ学問に決まってる。俺は金之助を大学へ行かせてやりたいと思っている。予備門も予科で三年、本科で二年、それから大学だ。だがどっちも金がかかる。それを出してやってはくれないか」

「こいつは夏目の家の者じゃない。塩原へ出した者だ。それにおまえもわかってるだろうが、この家にそんな余裕はない」

小兵衛はきっぱりと言った。

「なら、どうだろう。その学費を金之助に貸し付けてはくれないか。大学を出れば、新しい仕事はたくさんある。役人にもなれれば、教師にもなれる。その給金は大学を出さえすればかなりのもんだ。そこからこの家に返済できる。何とかしてくれないか？」

小兵衛は黙り込んでいる。

「金之助、おまえもおやじさんにきちんと頼むんだ」

金之助は畳に手をついて、

「どうか大学へ行かせて下さい」

と頭を下げた。

「…………」

小兵衛は黙ったままだった。

「金之助、誰に似たのか学校の成績がいい。これからこの国はどんどん変わって行く。新しい仕事も生まれる。こいつはきっとやってくれるはずだ」


父、小兵衛から学費を借り入れることが決まったのを機に、金之助は牛込の家を出て下宿をすることにした。

下宿と言っても予備門の同級生の下宿に同宿するだけのことで、下宿代も半分で済む。

金之助は二畳ばかりの自分のスペースにゴロンと横になり天井を見上げた。

ここが自分だけの空間なのかと思うと、妙な安堵があった。下宿代、自活の費用もあって、金之助は週に二度、私塾へ英語教師に行った。塾の事務課で初めての講師料（月五円）を手にした時、その重みが、養父母や大助から貰うお金と感触が違う気がした。

——大切に使わねば……。

と思ったのは最初だけで、同じく教師のアルバイトをしていた米山保三郎と逢うと、二人して寄席に出かけ、米山が目を付けていた屋台の鮨屋で散財してしまった。

金之助は金銭に無頓着ではなかったが、夏目家、塩原家の人々が共通して持つ、金銭に対して鷹揚《おうよう》なところがあった。江戸っ子気質を受け継いでいた。

やがて秋になると、金之助は猿楽町で自分一人の下宿を借りて自活をはじめた。鍋、釜は手にしない。近くに賄いの飯屋はいくらでもあった。それらに授業が終わると同級生と連れ立って出かける方が多かった。

〝十人会〟なる仲間の会を作り、富士登山や江ノ島へ汐見に出かけた。江ノ島までは皆で巻いた赤い毛布を背負っての遠足だった。宿などは取らない。陽が暮れると毛布にくるまって砂浜で寝た。翌朝、汐がいい加減に引くと、あらわれた砂州をズボンをたくし上げて江ノ島にむかった(まだ橋はなかった)。

ボート漕《こ》ぎもやれば、器械体操もやる。

「金之助君、上手いこと宙返りをするね」

仲間に言われて、金之助は顔を赤らめた。

予備門は名称があらためられ、第一高等中学校になっていた。

以前、述べたように落第してから後の金之助の成績は抜群で、特に英語と数学が良かった。

では勤勉な学生であったかと言うと、そこは江戸っ子気質、夏目家の血である見せ物へは足繁く通った。

「米山君、午後からの数学の授業は講師が休みだそうだ。どうだい日本橋あたりに繰り出さないか」

「いいね。魚河岸のそばにもう一軒、安くて美味い屋台の鮨屋を見つけたんだ」

「また鮨かい。お大尽じゃあるまいし、そう度々、鮨を食べてはいられないよ」

「大丈夫だ。昨日、郷里の金沢から仕送りが届いた。私がご馳走する」

「いいよ。私も塾の講師料が入った。割にしよう」

二人は本郷から日本橋にむかって歩き出した。

たいした人の数である。賑わいが半端ではない。米山が人の群れを見ている。

「何か祭りでもやっているのか」

「そうじゃない。このところ毎日、こんなものだ。東京は今、日毎に増えているのさ。地方からやって来る人が住みついているんだ。この十年で三十万人も増えたらしい」

「そうなのか……。ところで今日はどんな講釈だい？」

「今日は講釈じゃない。今、評判の圓遊だ。落語を聞くんだ」

「ああ圓遊か。圓朝の弟子だな」

「ほう、米山君は落語の方か」

「違う、違う。金之助君のご伝授だろう」

「そうか、ハッハハハ」


金之助と米山が日本橋に入ろうとする数時間前、三人の若者がひさしぶりに逢っていた。

「お～い、ノボさん。正岡のノボルさんよ」

子規は、その声に振りむいた。自分の幼少名を知るのは伊予の者しかいない。

雑踏の中を手を振って近づく若者の顔を見て、子規も大声で応えた。

「おう、淳さん（真之《さねゆき》の幼少名淳五郎から）、こっちらい（ここだ）」

今秋、海軍兵学校へ行った秋山《あきやま》真之の懐かしい笑顔だ。兵学校の制服がまぶしかった。

「ノボさん、逢いたかったぞ」

「浮さん、日焼けして見違えたぞ」

予備門にともに入ったが、真之は家の経済事情で、学問を断念し、海軍兵学校へ入ったのだった。

真之と子規は松山時代から腕白《わんぱく》坊主の双璧だった。

腕相撲も、浜相撲も二人が大関だった。真之の腕白振りは有名で、参考書を読んで自身で花火を作り、それを打ち上げて巡査に捕まったことがある。それを知り、やさしい真之の母が「おまえを殺してあしも死にます」と言ったほどだった。

のちに日露戦争で連合艦隊司令長官、東郷平八郎《とうごうへいはちろう》の名参謀と呼ばれ、海軍中将までになる若者は、やっと兵学校の生活に慣れたばかりだった。

もう一人は井林広政《いばやしひろまさ》である。故郷、松山から上京したばかりだった。

「い〜や、そうたいぶり（ひさしぶり）じゃのう」

「うん、うん、そうたいぶりじゃ」

「い〜や、腹がえろう空いたのう」

「うん、うん、腹がえろう空いた」

二人は子規の言葉にいちいちうなずく。

「何を食べるかの」

鮨、と広政が言った。

「鮨はいけん。日本橋の鮨はえろう値が張りよる。今日、行く寄席は木戸銭が高い。何しろ今評判の圓遊じゃから、普段より五厘上がるけえ。三銭五厘じゃ」

「そんなかよ、圓遊は」

「圓朝ならもう五厘で四銭はとりよう」

「しかし、そりゃ楽しみじゃ」

三人は鳥屋に入って、鶏のごった煮を突っつきはじめた。

「淳さん、兵学校はどうや？」

「やはり厳しいの。兄さんに手紙ではっぱかけられとるわ」

「好古《よしふる》さんも海軍かの」

「いや、兄さんは陸軍じゃ」

「そうか、秋山兄弟で陸、海とは頼もしいわいのう」

そうじゃ、そうじゃ、と広政も言った。

子規は真之が無類の学問好きなのを知っていた。仕送りが続かない事情で退校を決めた折の真之の失望振りをよく覚えていた。

「淳さん、兵学校のやり甲斐《がい》はどうじゃ？」

「学問よりやり甲斐はある。この国を守る使命があしには湧いてきた」

胸を張る真之を見て、子規は嬉しくなった。


金之助と米山が伊勢本の小屋に入ると〝中番〟と呼ばれる寄席元の若頭が二人を席に案内した。金之助がさりげなく駄賃を相手の袖に入れた。

「一高、学生の数多しといえども寄席元の中番が案内する学生は、夏目君、君一人じゃないか」

「あれは私が子供の頃、木戸番だった。それで顔を覚えているだけさ」

高座ではまだ前座が落語の席の最中である。話がつまらないのか場内はざわついている。時折、高座の話とは関係のない掛け声がして客がドッと笑う。酔客の掛け声だろう。

「今日はやけに騒がしいな」

見ると一段下の安い木戸銭の席に屯《たむ》ろしている客たちだ。河岸の若衆だろうが半裸の者もいる。面白いもので、人は同じ匂いのする者同士が集まる。金之助のいる下手《しもて》の段上の席には身なりのよい客が多く、席もゆったりとしている。上手《かみて》は詰め合った客がざわついている。

「おい、あれは一高の同級の正岡君だ。夏目君、君は正岡を知っているかね」

「校内で何度か顔は見た。面白そうな男らしいね」

「なかなかの好人物だ。彼、ドイツ語も少しやっているらしい」

「はう、珍しいな」

「うん、伊予、松山の出身だ。落語にもよく通じていた」

「はう」

金之助は三人連れの真ん中にいる子規の横顔をそろりと見た。

――落語もやるのか……。

「ノボさん、こりゃたまげた（驚いた）数の客ぞなもし」

真之が感心したように言った。

「ざっと四百は、いや五百はおろうぞ」

子規は客席を見回した。下手の段上に米山保三郎の姿を見つけた。隣にもう一人顔見知りが悠然と座っていた。

「淳さん、下手の段上に二人ほど書生がおろうが……」

真之は子規が目を配った方を見た。二人の書生は目立っていた。

「手前の立派な鼻で腕組しとるのが、夏目金之助言うて、一高で一番の秀才じゃ」

場内がざわめきはじめた。

鳴物が音を立てた瞬間、小屋が揺れるように客が沸いた。

圓遊があらわれた。あちこちから声が掛かる。その声のひとつひとつに会釈する。客がそれを見てまた声を掛ける。また会釈だ。客の気をそらさせない。人気者が持つ才能である。ようやく高座に座った。深々とお辞儀をしてゆっくり顔を上げ、客席を検分でもするように見回した。

さてこれからと圓遊が下唇を舐めた時、客席から「ハナ」と大声がした。すかさず圓遊が自分の手で特別大きな丸鼻を隠すようにおさえた。ドッと笑い声が湧いて、小屋も揺れた。

やがて笑いがおさまり圓遊が噺をはじめようと身を乗り出すと、また「ハナ」と声がして、圓遊は鼻をおさえて身を引いた。そこでまた先刻より大きな笑い声が響いた。その間合いは当代一である。

圓遊、四十歳手前で脂が乗っている。東京、小日向の生まれで、二代目五明楼玉輔門下にいたが、自ら進んで名人圓朝の門を叩き弟子となった。圓朝がよく鍛えた。

この圓遊とヘラヘラ坊の萬橋、ラッパの橘家圓太郎、釜掘りの立川談志が、当節、珍芸の四天王と呼ばれて大人気だった。

圓遊の噺がはじまったが、あいかわらず下手の客席から、ハナ、ハナと声がかかり圓遊も話し辛そうだった。

子規は声のする方を見た。

金之助も、その席にちらと目をむけ不愉快な表情をした。

「これ、静かにしたらどうだい」

すぐそばで聞こえた大声だった。

見ると広政が立ち上がっていた。広政は短気で直情型の正義漢である。

何を！　この書生野郎、文句があるならこっちに来い、と言い返された。

「書生野郎とは何だ。海軍である。海軍が許さんぞ。芸は黙って聞くべし」

真之が仁王立ちしていた。子規が笑って大声で言った。

「ぞなもし」これで笑いが起こり、拍手まで起こった。


「お〜い、正岡君」

声に振りむくと、伊勢本の方から見覚えのある学生が手を上げて子規の名前を呼んで駆けて来た。米山保三郎である。

「おう、大秀才の米山君じゃないか」

「正岡君、君なかなかやるね。いや、天晴《あっぱ》れだよ。ゾナモシはおおいに受けたよ」

「こりゃまた、みっともないところを見られてしもうたぞな」

「いや、そんなことはない。相手は酔客だ」

「私も同感だよ」

背後から声がして、金之助があらわれた。

「正岡君、紹介しよう。同級生の夏目……」

「金之助であろう。よう知っとるぞなもし。一高きっての秀才ぞな。初めまして伊予、松山から参った正岡常規です。よろしゅう」

「いや、こちらこそ」

「そうだ。丁度いい。私たちはこれから屋台の鮨をつまみに行こうと思っているんだ。どうだね、正岡君は。君たちも」

金之助もうなずいた。

子規と真之、広政が口をへの字にして口惜しそうな顔をした。

「どうしたんだい？　その顔は」

「いや、鮨とは残念。わしらはつい今さっき鳥のごちゃ鍋をたらふく食ってしもうたところぞな」

「美味い屋台を見つけたんだ。鮨は別腹だろう」

「そうじゃが、あしはこれから新橋ステーションの裏手でベースボールの約束をしとる」

――ベースボール？

真之も広政も、米山までが怪訝そうな顔をした。

「ほう、正岡君はベースボールをするのかね」

金之助が笑って言った。

「おう、夏目君はベースボールをご存知や。さすがじゃのう」

「〝白金倶楽部〟の連中の試合を見学したことがあります」

「そいか、白金もなかなかの倶楽部じゃ。けんど、あしがおる〝新橋倶楽部〟が一番の強豪じゃ。あしのベースボールの応援の時は〝野《の》ボール〟と呼んでくれたまえ」

何だね、それは？　米山が訊いた。

「正岡君の幼名じゃ、ハッハハ」

真之と広政が笑った。

新橋にむかって走り出した子規の背中に、

「正岡君、今度、私の下宿に遊びに来てくれよ。夏目君と三人で語り合おうじゃないか」

と米山保三郎の声が聞こえた。

汐留の鉄道局の裏手から打球音がした。

子規はユニホームに着換えると勇んでグラウンドに飛び出した。

「やあ、正岡君」

笑って迎えたのは新橋倶楽部の創設メンバーの一人で、主将の平岡凞《ひらおかひろし》だった。

平岡は幕臣の家に生まれ、明治四年から九年までアメリカで鉄道技術を学んだ。その折、彼はベースボールと出逢い、たちまち虜《とりこ》になり、バット、グローブ、ボールを持ち帰り、鉄道局の仲間に教え、チームを作った。

この平岡と子規の叔父が知己を得ていたのでベースボール狂の平岡が子規を汐留のグラウンドに連れて行った。子規は生まれて初めて見たベースボールに目を丸くした。

子規がベースボールに惚《ほ》れたのは、まず耳からだった。バットがボールを打った瞬間に響き渡った、カーンという打球音である。それまで聞いたことのない音色だった。次が目の中にひろがる澄んだ青空の中を上昇して行く白球の美しさだった。そしてグラウンドに伸びる白いラインが印象的だった。そのダイヤモンドの中に配置されたユニホームを着た選手たち全員が白球の行方を追う……。

音色と色彩が子規を魅了した。

子規はたちまちこのスポーツに夢中になった。当時、東京で最強のチームと呼ばれた新橋倶楽部へ毎日のように通った。この倶楽部で鍛えられたことで子規は野球の腕前を上げた。上手になればますます面白くなる。

子規の野球への異様とも思われる傾倒は周囲の仲間を心配させたが、子規は寄宿舎の書生たちにもベースボールを教え、チームまでこしらえ、彼等も取り込んでしまった。

子規は後年、俳諧、短歌、散文集を発表する上でいくつもの雅号（子規もそのひとつ）を持ったが、その中に〝野球〟というものもあった。これを見て、野球《やきゅう》という言葉の命名が子規という説もあるが、子規は〝のぼーる〟と読んだ。野球の命名者は中《ちゅう》馬《ま》庚《かのえ》である。

子規はこの年、毎日のようにグラウンドにいた。

その日、授業が終わって金之助は神楽坂にむかった。

米山保三郎と正岡（子規）と三人で地蔵坂の〝和良店亭〟に講談を聞きに行く約束をしていた。

米山が郷里の金沢から上京する親戚を新橋まで迎えに行くというので、金之助は一人で行くことになった。

子規と逢うのは、これで三度目である。

金之助は相変らず、人と話すことが苦手であったが、伊予弁が抜けないあの元気者に親しみを覚えていた。

日本橋の寄席、〝伊勢本〟での子規たちの武勇も好ましく思ったが、それ以上に子規には奇妙なやわらかさと潔さがあった。どちらも金之助にはないものだった。

「正岡君はあれでドイツ語もやっているらしいし、漢籍の素養もあるようだ。哲学を志望しているようだが、あの元気なら面白い哲学論を身に付けるんじゃないかな」

めったに学生を誉《ほ》めることのない米山が、こと正岡に対しては感心しているところが金之助には可笑しかった。

子規はすでに席にいた。

「よう、夏目君。大秀才はどうしたぞな？」

「郷里から縁者が上京するので迎えに行かねばならないそうだ」

「そいは惜しいことじゃ。今日の宝井馬琴は〝寛永三馬術〟ぞなもし」

子規の言葉を聞いて金之助が笑った。

子規は席に饅頭売りがやって来ると、饅頭おくれ、と言って、それをみっつ手に取り、金之助にも、食べんかね、と聞いた。

金之助は首を横に振った。

子規は講談の中で、落馬した侍が命を落とす件《くだり》では涙ぐみ、クライマックスで主人公が痩せた愛馬とともに神社の急階段を駆け登るシーンを聞くと、ヤッターの声とともに大きな拍手をし、金之助の方を見て二度、三度うなずき、やはり涙ぐんでいた。

――素直なのだ……。

しかしまるで子供のようでもあった。

寄席を出ると、子規はまだ興奮していた。

「あの痩せ馬、よう登り切った」

「本当だね」

金之助も何やら嬉しくなった。

「宝井馬琴は当代一ぞな」

「私もそう思うよ。あの馬琴は若い頃は琴凌《きんりょう》と呼ばれてた。先代の倅《せがれ》だよ」

子規は感心したように金之助を見た。

「夏目君は芸事に詳しいと米山君が言うとったよ。東京の寄席小屋はどこも顔が知れとるとな」

「そんなことはないよ。子供の時分、兄姉に連れられて寄席へ行っていただけだ」

「子供の時からかね。そりゃ羨ましいの。いや、あんまり馬琴が面白いんで夢中で声を出したり、何度も拍手をしとったら腹が空いてしもうた」

――えっ、さっき饅頭をみっつも食べてか。

「どこぞで何か食べんかね。夏目君は腹の方はどぎゃい（どんな）じゃ？」

「私はさっき……、いや、少し歩いたところに蕎麦屋があります」

「蕎麦かね？　丁度、あしの腹が蕎麦を食べたいと言うちょったところよ」

「君のお腹がですか？」

「そうじゃ、ハッハハハ」

金之助も連られて笑い出した。

二人は牛込にむかって坂を下りはじめた。

「あげな（あんなに）面白い講談は米山君にも聞かせてやりたかったな」

金之助もそう思った。

「しかし東京は坂と丘ばかりじゃのう」

「伊予、松山には坂はないのですか」

「ないことはないが、こんな坂に家があることはないぞな。お城の山の周りはぺったりとしておって海へ続いておる。いっぺん夏目君も松山に遊びに見えるとええ」

「ありがとう。あの蕎麦屋です」

店に入ると子規は蕎麦を二枚注文した。金之助は一枚頼んだ。

「そいじゃ、二日前に米山君と話をしたんじゃが、あの男の哲学の話にたまげてしもた」

「たまげた？」

「びっくりしたいうことじゃ。伊予弁ばかりで話して、済まんのう」

「そんなことはない。国元の言葉は大切だと私は思います」

「ありがとう。そう言ってくれる東京の人はあまりおらんでのう」

「あっ、そうだ。正岡君に……」

蕎麦屋の卓の上に薄い一冊のノートのようなものが置かれた。

「これは、私が今、塾の生徒に使わせている英語の読本の写しです。皆が最初に難しいと思うところを解り易くしたものだ。先日、君が英語が苦手で困っていると言っていたので。私の手書きで読み辛いかもしれないが、かまわなければ」

「これを、あしに？」

「はい」

子規はそれを手に取り、頁《ページ》をめくった。丁寧に一文字一文字が写してあった。こんな綺麗な英語の綴りを子規は初めて目にした。

「夏目君はあしのためにわざわざこれを写してくれたかね。何とお礼を言うてよいか。あしから何かをお返ししたいが、何も……」

子規は胸元をまさぐり、一冊の綴帳を出して言った。

「これはまだ読みはじめたばっかりでのう」

色褪《あ》せた古い綴帳であった。

「それは何の本ですか？」

「蕪村《ぶそん》の句集じゃ」

「ブソンですか？」

「あしも十日ばかり前に初めて蕪村を知ったのじゃが、これがなかなかのもんじゃ」

「何がなかなかなのかね？」

「蕪村は革新じゃね。俳句の革新じゃ」

「俳句と言うと、あの俳句のことですか」

「そうじゃ。俳句、俳諧とも言う」

「あの五、七、五で創作する俳句を君が……」

「ハッハハ、その五、七、五じゃ」

「ずいぶんと枯淡《こたん》なものをするんだね」

「枯淡？　どうして俳句が枯淡なのかね」

「俳句は、町の隠居や少し変わった趣味人がするものと聞いたことがあります」

子規が急に腕組みして顔を正面にむけて言った。

「夏目君、それは断じて違うとるぞな。俳句言うもんは、ここを、こころを伝えるもんじゃ。春には春のこころ持ちがあるじゃろう。夏には夏のこころが……、それを人それぞれの見方と、言葉の探し方で伝えていくものじゃ。松尾芭蕉《まつおばしょう》を知っとろう?」

「奥の細道でしたか」

「そうじゃ。蕪村は芭蕉よりええぞな」

「はあ……。しかし綺麗な表紙ですね。蕪村句集……これはあけがらすと読むのだよね」

「そう、与謝《よさ》蕪村の七部集の中の〝明烏〟じゃ、江戸期の人じゃな」

「蕪村とは変わった号だね」

「あしも同じことを思ったが、〝帰去来〟から取ったのじゃろう」

「帰去来? 陶淵明の〝帰去来辞〟ですか」

「そいじゃ。あれはこう歌っとる。かえりなんいざ、でんえんまさに、あれなんとす」

と子規が声を出して歌うと、

「田園将蕪《しんえんまさにあれなんとす》、ああ、本当だね。たしかに蕪《あ》れなんとすの一字だ。胡不帰《なんぞかえらざる》だ」

金之助が嬉しそうに冒頭部を声に出して笑うと、子規も大きくうなずいてから、

「夏目君、君は漢詩をするぞなもし?」

「はい。漢詩、漢籍は好きで、少し学びました。正岡君は?」

「あしは六歳の時から祖父に教わったぞな」

「それは羨ましい」

「そげん誉められることではないんじゃ。飴玉につられて通っただけじゃ」

「飴玉ですか?」

「飴と鞭《むち》よ。ハッハハハ」

「少し中を見ていいですか」

「どうぞ」

　金之助は初めて読む蕪村のひとつの句に釘付けになった。

　　山は暮《くれ》て野は黄昏《たそがれ》の薄《すすき》哉《かな》
　何の理由かはわからぬが、その風景が見える気がした。もう一度読み返すと、その風景の中に佇んでいる自分が見えた。

——俳句というものは案外と世界が広いものなんだな……。

「正岡君、君は俳句を創作するのかね？」

「あしかね。まあぼちぼちじゃのう」

「それはぜひ見せて欲しいものです」

「では次に逢う時までに創作をしておこう」

「えっ、これから創作するんですか」

「そいじゃ。今日、夏目君と逢うて、二人してこの牛込界隈を散策した折の、こころを伝えるんじゃ」

「なるほど、それは面白い」

「どうじゃ、君も創作をしてみてはどうだ。最初はあしが手ほどきをしよう」

　秋の陽はまだ中天にあったが、少し傾きはじめていた。

　二人の青年は早稲田から高田馬場にむかって歩いていた。風が心地よく、散策するには打ってつけの午後だった。

「このあたりは田圃《たんぼ》ばかりじゃのう」

子規が目前にひろがる稲田を見て言った。稲は刈り上げる前で黄金色の穂をつけて静かに揺れていた。

「ああ早稲田というくらいだからね」

子規は足元の稲の一本を抜いてクルクルと遊ぶように回した。

「上京して印象に残ったところはあるかい」

「そりゃ皆びっくりしてしもうてたまげることばかりじゃった。そうじゃ、この夏に行った日光は良かった」

「日光へ行きましたか」

「ああ、若様のお供でのう」

「若様？」

「うん、かつての伊予、松山十五万石の殿様の若君、久松定靖《さだしず》公のお供を申しつかっての」

子規は給費生になった東京にいる士族の若者から一人だけ久松家から選ばれて、定靖公と日光近辺を旅した。そのことは松山にも知れることになり、母の八重はたいそう喜んだ。

――そうか、正岡君は、士族の出身なのか。

「松山のご家族は健在なのですか」

「父はあしが六歳の時亡くなった。それからは母の実家の、大原観山という祖父さまに、毎日、孟子、孔子、四書五経と鞭でしばかれる（叩かれる）ように教えられた……」

子規は幼い時、母が自分の鼻先に飴玉を見せて塾まで通わされたエピソードを面白可笑しく金之助に話した。

「ハッハハ、それでさっき飴と鞭と言ったのですか。そりゃ愉快だ」

「夏目君の家は皆さんご健在やもし」

「五年前に母が亡くなった。父は七十歳になったが何とかやっている。兄が三人に姉もいる。皆何とかやっているようだ」

「そりゃ大家族ぞなもし。子育ても大変じゃったろう」

「私の家は、さっき行った蕎麦屋のあった牛込で代々名主をしていた」

子規は金之助のことを端《はな》っから旗本か御家人の家の子だと思っていた。

実際、松山もそうだが、地方から上京して進学する若者の大半は士族の子だった。

――ふぅ～ん、夏目君は名主さんの子か。

子規は子供の時から相手がどこの出身、家柄かをまったく気にしない鷹揚な性格だった。

ただ上京して二度目に入った下宿が、猿楽町一帯を仕切っていた大名主の家の離れだったので、江戸の名主の力を知っていた。

「そいか、東京の名主さんはえらく力があったと聞いたぞ」

「そりゃ江戸までの話だ。今はそんなものは廃れてしまっている。凋落《ちょうらく》する一方だ」

「いやいや、そんだけの子を育てて、君を大学まで進ませるのは、たいしたもんじゃ。あしの家も母上はえらくご苦労されとる。じゃ夏目君は根っからの東京っ子じゃのう」

「東京っ子とは言わないんだ。江戸っ子と今も言う」

その時だけ金之助が胸を張った。

「少しおっちょこちょいで野次馬根性が抜けないのが多いが……」

「〝宵越しの銭は持たねぇ〟ぞな」

「よく知っているね」

「寄席の授業で習ったぞな」

「ハッハハ、寄席の授業か、そりゃ愉快だ」

金之助は自分のいつもより大きな笑い声に気付いて、どうして今日はこんなに笑っているのだろうかと思った。

「けんどあしは〝宵越しの銭は持たねぇ〟というのは嫌いじゃないぞな」

「ほう、どうしてだい」

「あれは他人のために使うとる。イサギヨシじゃ。けんどそれをあしがやると母上がえらく怒るでのう」

ハッハハ、金之助はまた笑った。

「江戸っ子はやせ我慢なんだよ」

ハッハハ、今度は子規が笑った。

「夏目君、このノート大事にするけぇ。ほんまにありがとうさんな」

子規はぺこりと頭を下げた。金之助は目をしばたたかせ、どこかがむず痒い顔をした。

「正岡君、君は本科に入ると哲学をやるのかい？」

金之助が訊いた。

「いや、あしには無理じゃ。米山保三郎君の哲学の話を一晩聞いたんじゃが、とてもじゃない、あしの頭ではやっていけん」

「そんなことはない。米山君も、君の哲学の話を誉めていたよ」

「いや、哲学はやめじゃ」

「なら、何を専攻するんだい？」

「さあ……、夏目君は何を専攻するつもりじゃ」

「私は英文学をやろうと思っている」

「夏目君は英語がようでけるからの。じゃ卒業したら外交官、行く行くは外務大臣じゃな」

「いや政治家や役人は好きじゃない。ともかく本科へ行ったら英語研究に励もうと思っている。哲学もいいが、卒業後に何をするのかが見えないのが心配だ。さっき君は俳句の話を私にしてくれた。論理も明快で感心したよ。漢籍にも造詣が深い。私が思うに君には国文科も合っているかもしれないよ。国文科なら漢籍も、俳句も、国文学も自由にできるじゃないか。おそらく国文科を選ぶ学生は一人か、二人だ。そうなら君が我が国でただ一人、最高の国文研究の学生と言うことになる。卒業しても仕事には不自由しないだろう」

子規がまじまじと金之助の顔を見ていた。

「どうしました。私の顔に何か付いていますか？」

金之助は鼻先や頬を指でさわった。

「そうじゃない。夏目君があしのそんな先のことまで考えてくれとるのにたまげ……、いや驚いたんだ。ありがとう」

「学生は皆考えてると思うよ」

「そいか、いや本当に夏目君のような東京者《とうきょうもん》、あっ失礼、江戸っ子は初めてじゃ」

子規は傾いた秋の陽《ひ》差《ざ》しに光る友の顔を何度も見返した。

「五年、十年先、あしらは何をしとるかの」

「本当だね」

この会話こそ、やがて日本の近代文学で重要な仕事をする二人の大切な時間だったのである。

「ところで何を持ってるんだ？」

「稲の穂じゃ。米になる前に拝借した」

「えっ、それが、あの米になるのですか」

子規がぽかんとして金之助を見た。金之助は稲が米になるのを、その日まで知らなかった。

明けて明治二十年、金之助は二十一歳になっていた。

年明けから金之助は、授業、塾講師に行く以外、牛込の家に詰めていた。

兄の大助が、去年の暮れから寝たきりになっていた。肺結核であった。結核の疑い無し、と二度も病院で言われていたのに、寝込んでしまった兄の下にやって来た医者は、結核です、と言った。それを聞いた父の小兵衛は大きくタメ息をつき肩を落とした。

当時、肺結核は日本人の死亡原因のトップ級で、治療する術もなかった。感染症のひとつであることが判明したばかりだった。できることはただひたすらに患者を休ませることで、栄養をつけさせ患者自身による快復力に委《ゆだ》ねるしかなかった。

寒いと言い出せば寝具を足して温め、熱が出れば冷たい水に浸した手拭いを額にあてこまめに交換する。悪寒と発熱のくり返しだった。

大助のこの世話を金之助がすべてやった。

母、ちゑはなく、姉は嫁ぎ、次兄の直則も結核の疑いが見つかって寝たり起きたりだった。夏目家に古くからいた女中のトヨも実家近くの男に嫁ぎ、若い女中が一人いるだけだった。

家の中は暗く、去年、警視庁警視属を退職した小兵衛のタメ息が聞こえるだけだった。毎日、誰か人がやって来て、客の笑い声や姉兄たちの黄色い声がしていた時代はとうに消えていた。

それでも離れの部屋に横臥《おうが》する兄のそばで金之助は授業の内容のことや、昨秋、天長節の大夜会で鹿鳴館に千六百人が招待されたことなどを大助に話して聞かせた。

大助は体調が良い時は寝床で上半身を起こし、陸軍省の寮に買いためていた英語の雑誌などを読んでいた。枕元に屏風を立てて仮眠する金之助が物音で起きると、ランプの灯りの下で大助が本を読んでいることもあった。

「兄さん、静養が一番と医者も言っていたのですから、そう読書に根《こん》を詰《つ》めてはいけませんよ」

「俺はもう長くはない。直則もおそらく同じ病だろう。何度も言うが、家のことは頼んだぞ」

しかし小兵衛の金之助に対する態度は違っていた。

一度、塩原家に養子に出し、証文まで交わしている金之助は小兵衛にとって夏目家の者ではなかった。その上金之助の養父の塩原昌之助は小兵衛の友の息子であった。昌之助の父が早逝《そうせい》した時、昌之助が成人して名主を継ぐまで見守り、夏目家の奉公人だったやすと所帯を持たせた男であった。その昌之助が元旗本の後家とできてしまい、小兵衛の説得も聞かなかった。小兵衛にとって塩原家とは疎遠な間柄になっていた。

小兵衛には金之助は疎遠な家の後継ぎだという意識があった。彼が金之助を夏目家に再びもらい受けたいと昌之助に申し入れ、それまでの養育費として二百四十円の金を支払うのはまだ先のことだった。

金之助の学費、生活費を貸し付けたのには他家の人という考えがあったからである。

三月二十一日、大助は息を引き取った。

金之助は兄の手を握り、蒲団の上に顔を埋めるようにして嗚咽《おえつ》した。

小兵衛は肩を落とし、しばらく茫然《ぼうぜん》としていた。

通夜は淋しいものだった。冠婚葬祭を見れば家の興隆、凋落がわかると言うが、金之助はそれを実感した。

大助の遺骨は本法寺におさめられた。

住職の経を聞きながら、金之助は兄、大助が一番夏目家の凋落を憂いていたのだと思った。

納骨が終わってからも、家に引き揚げる父、姉たちとは別れ、金之助はしばらく寺の庭先に佇んでいた。

空を仰ぐと真澄の青空だった。

「金之助、おまえ学校の成績が良いそうだな。そりゃよくやった。いいか、これからの時代は学問を身に付けなきゃダメだ」

「漢籍、漢詩もいいが、外国語を習え。やるなら英語がいい」

「その〝L〟の発音じゃなくて、ほら舌先をこうして……」

口を開けて舌を見せた兄の顔がよみがえると金之助は声を上げて泣き出した。

子規は時折、あの秋の日、夏目金之助と二人で牛込、早稲田界隈を散策した時間を思い出すことがあった。

上京して以来、子規は郷里、松山の若者と過ごすことがほとんどだった。子規がそれを好んだと言うより、皆が子規という若者の人柄に惚れ、何かにつけて子規の下に集まった。

子規自身ものちに語っている。〝余は交際を好む者なり　すきな人ハ無暗《むやみ》にすきにて嫌ひな人ハ無暗にきらひなり〟

ただ子規が相手に面とむかって、嫌悪をしめしたのを見た者は誰もいなかった。

子規はよほど、あの秋の日のことが印象に残ったらしく、雑記帳に、〝夏目金之助君、秀才の人なり、その上、こころねやさしく、余のことを常に思ってくれる人である。余にとって金之助君は、畏友《いゆう》なり〟と記している。

その日の午後、子規は一人の人物に挨拶《あいさつ》するために下谷の根岸にむかって歩いていた。

薫風の中、子規は田植えの終わったばかりの田圃の畔道《あぜみち》を歩いた。

風にそよぐ苗が水田の中に揺れる姿を見て、「えっ、米は稲穂からできるのですか」と真面目な顔をして訊いた金之助の表情が可笑しくて、目の玉を大きく見開いた顔が何度もよみがえった。

――秀才言うもんは、たまげた（驚く）ことを言い出すぞなもし、ハッハハハ。

子規は訪問先の門前に立つと、大声で言った。

「たのみ申うす。おたのみ申うす。伊予、松山の正岡常規であります」

木戸が開いて一人の男があらわれた。

「正岡君、そんな大声を出さぬとも十分聞こえているよ」

陸羯南《くがかつなん》であった。

明治論壇の雄と呼ばれる陸羯南は、この若者を特別可愛いがっていた。

羯南の親友である拓川こと加藤恒忠は子規の叔父にあたる。拓川が甥《おい》っ子の指導を頼んだので、羯南は子規の東京での後見人になってくれた。

羯南は津軽藩の貧乏藩士の子として生まれ、大志を抱き法学校へ入学したが、義憤からストライキを起こし退学させられるほどの熱血児だった。

陸羯南は、その論の鋭さことで論壇に知れ渡っていた。その鋭さゆえに泰西（ヨーロッパ）文明ばかり偏重する明治政府を良しとしない論陣を張って、国粋主義者のごとき印象を持たれることもあったが、さにあらず、一年後の帝国憲法の公布と同時に新聞『日本』を創刊した折の宣言には、羯南自身がヨーロッパの人々の権利、自由の説を重んじ、諸国の法律を貴ぶ者であり、哲学道義の理を敬し、西洋諸国の工業技術、文芸を愛する者なり、と堂々と述べている。

　この中で法律を貴ぶとしているのは、子規の叔父、加藤拓川と司法省法学校でともに学んだことが、その基盤になっているし、注目すべきは、西洋の工業技術と並んで〝文芸〟を愛すると述べている点である。政府の政策、社会風潮として〝富国強兵〟が優先される時代に、〝文芸〟の大切さを訴えていた。

「先生、この秋にはあしも本科へ進むことになりました」

「そうか、叔父上も期待をしていますが、吾輩《わがはい》も正岡君に大いに期待していますよ」

「それはおそれ多いお言葉です」

「まもなく私も新聞を創刊するつもりです。その折には正岡君の才能でぜひ協力して下さい」

「はい、何なりと、あしは松山の中学校では一人で学校新聞を発刊しておりましたぞな」

「そりゃ頼もしい」

「はい、先生」

　羯南は上京して来た親友の甥っ子の面構えと、若者の口からどんどん飛び出して来る将来の夢を人一倍興味を抱いて聞いた。

　羯南の下には地方から上京して来た大勢の書生が訪ねて来る。皆一様に夢を語り、どこからか持って来た論を述べるが、了規の語る夢は違っていた。

「あしは自分の好奇心を信じております」

子規は目を光らせて言い切った。

――この若者には、他の若者にはない何かがある……。

羯南はいつも子規をやさしく迎えた。

実際、新聞『日本』が発刊されると、子規は俳句、短歌の投稿欄を委《まか》され、そこに子規自らの創作句、歌が掲載され、夏目漱石も、のちに上京する高浜虚子《たかはまきょし》、河東碧梧桐《かわひがしへきごとう》も作品を寄せるようになるのである。

「羯南先生、根岸いうところはまっこと静かで、ええとこでございますぞなもし」

「正岡君もこちらに移って来ればいい」

「いや、あしは秋には久松家の寄宿舎に入ることになっとりますし、給費生のお金だけでは足りんで、松山の母上から仕送りをしてもろうとる身ですから。第一高等中学校の同級生で秀才の誉まれのある夏目金之助君と言う親友も、学費のために塾講師をやっとります」

「そうか、しかしそれは大いに結構だ。若い時の苦労は買ってでもしなさい。昔の人は言っておる。苦学は良い実を結ぶ学び方だと」

「はい」子規は元気に応えた。

明治二十一年の夏、金之助は友人たちと江ノ島に遊び、その遠足で富士山にむかって歩き出していた。御殿場口へは江ノ島から箱根を越え、乙女峠からむかう予定であった。

同じ頃、子規は、ある事を思い立って、向島にむかっていた。

連れは松山の後輩、藤野古白《ふじのこはく》と、母の従弟にあたる三並良《みなみはじめ》である。この時期、夏休みを迎えると地方からの上京書生の大半は故郷に帰った。しかし子規は東京でやるべきことを見つけていた。子規を好きな二人は喜んで、この陽気な若者に従った。

「ノボさん、向島に家なんぞ借りて、ひと夏何をやるぞな」

「それは今は言えんのう」

子規はもったいぶって言い、二人が聞いても笑うばかりだった。

子規は向島にひと夏家を借り、松山時代から創作して集めておいた漢文、漢詩、短歌、俳句、謡曲などを編集し、一冊の文集を作ろうとしていた。

大胆である。

「七草集」と文集名まで付けていた。

子規がひと夏をかけて一冊の文集を作るという計画を最初に打ち明けたのは夏目金之助だった。

第一高等中学校の予科を修了し、秋にはいよいよ本科へ上がることが、子規に新しいことをはじめる決意をさせた。

「夏目君、あしはここらで松山と、上京してから考えとったことの決算をしようと思うておる」

「決算とはたいそうなことだな」

「そうじゃ。文集をまとめようと思うとる」

「文集？」

「はい。漢文、漢詩、短歌、俳句、謡曲、戯曲……、それに小説もやる」

「ほう、それは面白そうだ。出来上がったらぜひ拝見したいものだね」

「おう、真っ先に夏目君に見せよう」

〝小説〟という言葉が少しずつひろがろうとしていた。

明治三年、西周が私塾「育英舎」で講じた『百学連環』で初めて小説という言葉に訳す英語をｆａｂｌｅ（寓話《ぐうわ》）とした。しかしまだ読み物としての範疇でしかなかった。明治十八年、坪内逍遥が『小説神髄』を発表し、近代小説の理論と方法論を説いた。これに応えるように二葉亭四《ふたばていし》迷《めい》が『浮雲』を発表し、江戸期より続いた黄表紙や、浄瑠璃、文楽に見られる文語とは一線を引いた言文一致の文体があらわれた。これを小説の基準のひとつとした頃から、〝小説〟の存在が一部の人たちの間で知られるようになった。

この時、子規も金之助も二葉亭四迷の作品は読んでいない。耳の早い子規が、言文一致の文体のことだけを聞いていた。

子規はいったん思いたったら、平然と見切り発車をしてしまう。

「〝秋の七草〟にかけて『七草集』よ。蘭《ふじばかま》、萩《はぎ》、女郎花《おみなえし》、芒《すすき》、蕣《あさがお》……。ええもんが上がるぞなもし」

「それは面白そうだ。ともかく愉しみにしているよ」

子規は、畏友、金之助が自分の創作を待ってくれているという言葉が嬉しかった。

金之助の言葉を思い返しながら、子規は長命寺の隣の茶店に入った。

店に入る子規たちの姿を見て、女将らしき女性が歩み寄って来て、

「ご連絡のありました〝一高〟の学生さんでございましょうか。当家の女将でございます」

と丁寧に訊いた。

すでに日本の最高学府に入る予科の学校として、第一高等中学校の名前は一般の人たちにも知れ渡っており、〝一高〟と略して呼ばれていた。

「そいじゃ。手紙を差し上げた一高の正岡です」

と子規は胸を張って自慢気に答えた。

子規のうしろにいた藤野古白と三並良までが、そいじゃ、と大きくうなずいた。

「一名様とお聞きしておりましたが……」

「こいはあしの学友で、数日逗留《とうりゅう》して引き揚げよる」

「ご学友さんで。よくお見え下さいました」

子規は首を伸ばして店の奥の方を見回していた。

「ではお部屋にご案内いたしましょう。なにしろ古い家でございますから気に入っていただけるとよいのですが。でも眺めだけは誉めていただけるのですよ」

女将のあとをついて階段を上がろうとする時、子規はまた店の奥を見回した。

「ノボさん、誰ぞ探しておいでか」

その様子を見て、良が訊いた。

「いやいや、何も、誰も、探しとりゃせん」

子規はあわてて言い、階段を上った。

十二畳ばかりの角部屋で、女将が窓を開け放つと、美しい隅田川の水景がひろがっていた。遠く荒川へつながる川の上流は八月の青空の下に霞《かす》み立ち、白い帆を張った舟が浮かび、対岸には浅草寺の伽藍《がらん》と浅草の町並が夏の陽差しに瓦を白く光らせていた。そこから先に上野の山がおぼろに見えた。

「こりゃ、たまげたのう。絶景ぞな。うん、ここならええ仕事ができるというもんじゃ」

「いや、こいは綺麗じゃのう」

古白と良が声を揃えて言った。

階段の方から声がして、盆に茶を載せた若い娘が一人あらわれた。

「娘のおろくでございます。何か御用がございましたら、このおろくにお申し付け下さいませ」

女将が言った。

窓から差し込む夏の陽の中で、その娘はまぶしく、どこか神々しく映った。

娘は卓の上に丁寧に茶をひとつずつ置き、畳に手をついて、おろくと申します、と消え入りそうな声で言った。

「まだ世間知らずで、正岡様から何かと教えていただければとお待ちしておりました」

「一高の正岡です。ひと夏世話になります」

子規が言うと、古白が小声で良に言った。

「たまげた。ノボさんが東京弁を話しとる」

「ほんまに、ノボさんが東京弁じゃ」

その声が聞こえたのか、子規はゴッホンと咳をひとつして、

「よろしくお願い申し上げる」

とまた他所《よそ》行きのような言葉を使った。

女将と娘が階下へ消えると、古白が子規に飛び付いて来て、その耳に、ヨロシクオネガイモウシアゲル、と大声で言った。

「何をする、古白。あしの耳がもげる（取れる）じゃないかよ」

古白は畳の上にドーンと転がって腹をかかえて笑っている。

「見たぞ、見たぞ。ノボさんの他所行き顔を、見たぞ。それで向島じゃったか」

古白は子規を指さして、また笑い出す。

ゴホン、とまた子規は、無理に咳をして、

「古白、何を言う。あしはそんなつもりでここに来たとは違うぞな。ここには〝文集〟を仕上げるために来たんじゃ」

「文集ですかの？」

良が訊いた。

「そいじゃ、文集じゃ。あしがこれまで書き溜めておった漢文、漢詩、俳句、短歌、浄瑠璃の戯曲、そして小説。そいをひとつにまとめるのよ」

「そいは面白そうじゃのう。俳句もか」

「そうじゃ」

去年の夏、帰省した折、子規は古白と良の三人で松山の三津に大原《おおはら》其戎《きじゅう》を訪ね、俳諧の手ほどきを受けた。其戎は松山で『真砂《まさご》の志良辺《しらべ》』という句誌を主宰する、松山きっての俳諧師であった。

それまで我流であった子規の俳句は、其戎の教えで格段と上達した。『真砂の志良辺』に子規の作品が載った。

虫の音を踏わけ行や野の小道

子規は、その日の午後、藤野古白と三並良を両国橋まで見送った。帰省する良に、母の八重宛の手紙を託した。

一人になると俄然《がぜん》、筆が進み出した。後年、子規が住んだ根岸の〝子規庵〟には大勢の文芸を目指す若者たちがサロンのように集まるのだが、弟子の一人、河東碧梧桐が、子規の筆の速きこと風神のようなり、と形容したように、異様な速筆と創作量であった。今夜は俳句を百作ろうぞ、と決心すると明け方までに百句を楽々越える。集中力があったのである。

のちにはやはり文芸のサロンの中心となる漱石（金之助）の、居並ぶ文人を前にしても寡黙で、熟考の末に作品を仕上げるやり方とは対照的である。

子規は向島で、後年、子規の仕事の金字塔となる『俳諧大要』につながる興味ある作業をしていた。

それは江戸期に隆盛を見た俳諧師たちの作品の分類、分析を試みたものだった。

江戸後期から明治半ばまでは、趣味人、隠居の旦那の遊びと見なされていた俳句に、子規は、文学と同等の価値を見いだそうとしたのである。

その最初が、金之助にも見せた与謝蕪村の仕事を再評価することだった。文集「七草集」は、六歳より、祖父、大原観山の下で培った漢詩、漢籍は勿論のこと、松山時代に仲間と創作した発句（俳句をこう呼んだ）、短歌、漢文、戯曲、そしてさらに小説に挑んだもので、それは子規の身体の中に積もった文芸全般の創作の総仕上げでもあった。しかしそれまでの諸作品は模倣の領域を出ていなかった。それらを子規なりにあらためて行く作業の中で、のちに写生文と呼ぶ手法を試みてみた。これが子規の作品のレベルをひと段階上昇させた。

子規独自のリアリズムの発見だった。

そのきっかけは、散策の度、夕涼みの折、向島の風景の中に、餅屋の一人娘、おろくがそこに佇んでいたからである。しかし生まれてこのかた恋愛感情を抱いたことがない子規は、そのことに気付いていなかった。

それでも折につけ、おろくがそばにいると安堵と、奇妙な胸騒ぎがした。

「こりゃいかん。創作が遅れるぞなもし」

そんな或《あ》る日、おろくの母親が二階にやって来た。

「正岡さん。お願いがございます」

「何ぞな？」

「おろくを浅草に連れてやってもらえませんでしょうか」

「あしでかまわんのか」

「はい、おろくが正岡さんと行きたいと申しております」


渡し舟で子規は乗り込むおろくの手を握ってやった。

ちいさくてあたたかい、おろくの手のぬくもりが伝わった時、子規は胸が高鳴った。

おろくは子規の隣りにじっと座り、何も言わない。おとなしい性格はわかっていた。

「おろくさん、浅草で行きたい所はどこかあるかね」

「牛鍋屋へ……、行きたいです」

おろくは顔を赤らめた。

「ハッハハ、牛鍋か、あしも大好物じゃ」

牛鍋屋でおろくはよく食べた。よほど好物なのだろう、と子規は笑って見ていた。

浅草寺の境内を回り、的矢をしてみたいというおろくに矢を射る要領を教えた。背後から手を回し、矢を放つと、鼻先に甘い匂いが漂った。

子規は少しボーッとなった。めまいにも似た心地である。

当たった！　おろくの素頓狂《すっとんきょう》な声に、子規は夢から覚めたように、目を見開き、的に当たった矢を見て、おう、お見事じゃ、おろくさんは合戦に出られるぞ、と背中を軽く叩いた。するとまた甘い香りが漂い、めまいがしそうになった。

帰りの渡し舟の中で、おろくは黙ったままだった。舟が岸に着きそうになるとおろくが重い口を開いて言った。

「正岡さまはいつまで向島にいらっしゃるのですか」

「『七草集』が仕上がったら、すぐに戻ります。あの文集を披露したい者が待っておりますからのう」

その相手は勿論、夏目金之助である。

たまげるぞ、金之助君は、と笑う子規の顔も見ないで、おろくは唇を固く結んでいた。

富士登山から戻った金之助は、秋からはじまる本科への進学の準備に追われていた。

そんな折、珍しい客が訪ねて来た。

〝ゼコウ〟こと中村是公《よしこと》である。

「よう、金サン、元気にやっちょるかい？」

「おや、これはゼコウ君、どうした風の吹き回しだい。お忙しいゼコウ君がわざわざ……」

「そうじゃ、忙しいわしがわざわざ来たんじゃ。少しは嬉しそうな顔をしちゃらんか。おうなかなか立派な下宿じゃないか。わしと二人の、あのボロ下宿からえらい出世じゃ」

中村是公は広島、佐伯郡五日市村の出身で、のちに官僚から二代目満鉄総裁、東京市長になった人物である。

是公がボロ下宿と言ったのは、金之助が予科へ通っていた頃の下宿先が、是公と一緒だったからだ。二畳ほどの狭い部屋で二人は過ごし、同じ塾の講師もやった。〝金サン〟〝ゼコウ君〟と呼び合う仲であった。共同生活は一年で終わった。

是公は元々、官僚、政治家を目指していたから、学問よりも、時間があれば官僚や政治家の下へ人脈を作るために通っていた。将来の道がはっきりしている是公と、役人、政治家をあまり好まない金之助はまったく違う学生生活を送っていた。

それでも是公は金之助を妙に好いてくれて、余禄《よろく》が入ると飯に連れ出した。

金之助は金之助で、下宿生活をしていた時、是公のことを思う美しい女性が下宿の門前でじっと彼を待っている姿を見て、二人の淡い恋が成就するように願ったことがあった。

しかしこれは、のちにわかることだが、とんだ間違いで、是公は無類の女好きであった。このことは後年、金之助がロンドン留学をした折、わざわざ逗留先を訪ねて来た是公のヤンチャ振りに、金之助は怒り出してしまうことになる。

「ところで何か用でもあったのかい？」

「おいおい用でもあったかはなかろう。ほれ、これじゃ、金サンが欲しがっとったものよ」

見ると洒落た紙袋を手にしていた。是公が中身を出した。

「沙翁（シェークスピア）の『ハムレット』じゃないか」

美しい装丁の原語版を手にして、金之助は目をかがやかせた。

「どうして、これを？」

「オイオイ、金サン、忘れちまったのか？」

「あっ、そうか、ボートレースの褒賞の本だね。そうだ、思い出した。それを覚えていてくれたんだね」

今春、一高のボート部と宿敵、高等商業学校（のちの一橋大学）とのボート大会で、一高は見事に勝利し、そのボートチームのリーダーが是公だった。

一高は校長をはじめ教師、関係者が、この勝利をおおいに喜び、勝利の記念、褒美として是公たちに本を贈呈することを発表するほどだった。

敗れた高等商業は無念の思いにかられ、翌年、再挑戦した。これが現代まで続いている一高（のちの東京大学）、高等商業の対抗戦のはじまりだった。

本の贈呈が発表されたものの、是公は本などにまったく興味がなかったので、金之助の本好きを思い出し、

「金サン、おまえの好きな本を買うちゃる」

と平然と言った。

「本当かい？　ゼコウ君」

聞けば、ボート部員が欲する本ならたいがいの本を贈呈するという。

金之助は以前から欲しかったが、高価で手が出なかったシェークスピアの『ハムレット』の原語版と小紙に記して是公に渡しておいたのだった。

金之助は嬉しさのあまり是公の手を強く握りしめていた。

「金サン、嬉しいのはわかったけえ、その手を離してくれんか。人が見たら誤解されるでのう」

そう言って是公は、じゃ失敬、と少し気取って立ち去ろうとしたが、振りむいて言った。

「余計なことだろうが、金サン、相変わらずの本の虫じゃあ男所帯に蛆《うじ》がわくでよ。少しは艶っぽいこともせにゃな」

とニヤリと笑った。金之助はその背中に、

「ゼコウ君、私は、この『ハムレット』で十分潤うから、心配ご無用だ」

と興奮した声で言った。

金之助は本を抱くようにして部屋に戻った。

机の上に美しい装丁の本を置き、つくづく眺めた。この本を漱石と名乗るようになってからも生涯大切にした。

「本の虫でかまわない。本の虫で結構」

金之助はそう言って立ち上がると、『ハムレット』を本棚に並べた。

金之助の本棚はいつもきちんと整理してあった。この時代、本というものが貴重品であったこともあるが、金之助にとって、本にはそれ以上の思いがあった。

本棚の一番目には、市谷学校で学業成績が優秀だった褒美として贈呈されたマッケー、ゴールドスミスら著の世界の地理書『輿地《よち》誌略《しりゃく》』があった。

この本を養母、やすに見せた時の、嬉しそうな表情を今もはっきりと覚えていた。

「金之助さんは、やはり、やすが思ったとおりの人です。こんな大人も読めない本をご褒美に頂いて、嬉しくてたまりません」

その隣りに『ナショナル・リーダーズ』が二巻ある。兄の大助が取り寄せてくれたものだ。金之助は大助に言われたページを読まされた。

「金之助、本を読むというのは船で海へ乗り出すようなものだ。一頁一頁、艪《ろ》を漕《こ》ぐように進んでいけば、見たこともないような海の眺めが見える」

兄はこう言っていた。英語を教わりながら、頭を叩かれたちいさな痛みが懐かしかった。

英語の本の少しむこうには陶淵明の本が並んでいる。二松学舎の大広間で漢詩を読んでいた時間がよみがえって来る。三島中洲の〝輪講〟には凜《りん》とした空気が漂っていた。

本棚の中には金之助が幾夜徹して写文した袋《ふくろ》綴《と》じの荻生《おぎゅう》徂徠《そらい》の、『左国史漢』もあった。夜明け方まで筆を持っていた自分が思い出された。

金之助の中には、蔵の中で見ていた掛け軸に見出した絵画への憧憬と同じ、いやそれ以上に文章が自分の身体の中に植えてくれる一本の木のような感覚があったのである。

書棚は金之助にとって、生きて来た道標のようなものだった。書物が人間に与える価値があったのだ。


金之助は、その日の朝早く起きて顔を洗い、いつになく丁寧に剃刀《かみそり》を顔に当てた。そうしてポマードを手の中にひろげ、これまた入念に頭髪に塗り込んで櫛《くし》を入れた。

昨晩、火鏝《ひごて》を入れシワを直しておいた一高の制服を着た。九月になったばかりでまだ市中は暑かったが、今日これから行く所へは、このところ身なりを整えて出かけるようにしていた。

金之助は洗面所にもう一度戻り、鏡の中の自分の顔を見直した。鼻先の、四歳の折に天然痘の種痘でできた痘痕が、今朝は濃く思えた。洗面台の棚から白粉《おしろい》を出し、それを鼻先に塗った。そうしてもう一度鏡を見直し、納得したようにうなずいた。

金之助はお洒落であった。彼に身嗜《みだしな》みを教えたのは兄の大助だった。

「男は身嗜みをきちんとしておかなきゃいけない。おやじが家の中でも着るものをいつもちゃんとしてたのは、何も名主だったからじゃない。人の大半は、そいつの容姿で、どういう器量かを計るもんだ」

「ヨオシ？　……キリョウですか？」

「そうだ容は顔だ。こりゃ変えようがない。しかしその顔が汚れていたり、目にヤニなんぞがあったら、こいつは顔も洗わない奴かと思うし、髪に櫛ひとつ入れてなきゃ、何をやらしてもだらしがないんだろうと思う。容姿のシは姿だ。どんな姿をしてるかで、人は人を見るものだ。キリヨウは器量だ。そいつの人としての器の大きさのことだ。それを人は身嗜みを見て判断するってことだ。けど必要以上にやるのは、これは野暮《やぼ》だ。野暮はわかるな？」

大助が言うと、金之助は笑って、笑われるってことだね、と言った。大助も、金之助も生粋の江戸っ子だから、大人の男、女たちが何かと口にする〝野暮な野郎だ〟〝野暮をお言いでないよ〟という言い回しは子供の時分から知っていた。

金之助は、漱石と呼ばれるようになってからも、一度もだらしのない恰好はしなかった。

ダンディーな一高の学生、金之助が凜とした姿でむかったのは駿河台の丘の上だった。

行き先は眼科の病院だった。

去年の秋、金之助は急性のトラホームを患った。その年の春先から、当時の劣悪な衛生環境のもとで、この細菌性の感染症が流行し始めていた。

トラホームは十八世紀にナポレオンのエジプト遠征軍が持ち帰った眼炎で、またたく間にヨーロッパ中に広がった。日本へはペリー来航以来、明治期に増えた外国船の船員から感染する人があらわれた。日清戦争後、この病気はさらに蔓延《まんえん》し、明治末期には日本人の大半を悩ませることになる。当時、子供や若者の四人に一人が罹患《りかん》していたという。

ヤニが出た目がやたらと痒い。ひどくなると失明すると噂されていたから、眼科の病院の待合室は患者であふれていた。

その上、この井上眼科は名医と評判だった。

金之助は待合室に入ると、そこにいる人々をゆっくりと二度見回し、ちいさくタメ息を零した。

診察の順番が来て、医師の前に座った。

「君、名前が変わったんだね」

「はい。養子に出されていまして、実家を継ぐ者が兄（三男）一人になりましたので戻りました」

それまで金之助は正式に提出する書類などには養子先の塩原の姓を記していた。

「夏目というと、あの牛込坂下の夏目さんかね？」

「ええ、そうです。ご存じですか」

「ああ東校（のちの東大医学部）に通っていた頃、牛込にある医院に出張に行かされてね。まだ名主だった君の家へ先生と挨拶に行ったことがある。立派な門構えの家だった。父上は元気かね？」

「はい」

立派な髯《ひげ》をたくわえた井上達也《いのうえたつや》院長は、東大医学部の助教授にまでなった人（当時の日本人の最高位）で、下野して人々を診る方を選んだ名医であった。

「夏目君、もう君の症状はきわめて軽い。二日に一度診せに来るのは有難《ありがた》いが、十日、いや二十日に一度でいいだろう」

「でも今朝はかなり痒かったものですから」

「なら好きにしたまえ」

金之助は診察室を出ると、待合室をまた見回した。

治療代を払い終えると、もう一度、待合室を見た。

そうして病院を出ると、こちらにむかって歩く人をまた見た。

——今日は見えてなかったか……。

金之助は胸の中でつぶやき、少し肩を落して本郷へ続く道を歩きはじめた。午後から上野の国立東京図書館へ行くつもりだった。

坂を歩きながら、一人の女性の面影を思い浮かべた。楚々《そそ》とした美しい人であった。

一点をじっと見つめている横顔は鼻筋がとおり、黒蜜のような眸《ひとみ》は、きっと見つめられるだけで、自分を喪失してしまうに違いないと想像していた。どこの令嬢か、名前も知らない。一目見た時から身体に何かが走った。

初めての経験だった。夜、本を読んでいる時に彼女の面影が行間にあらわれることがあった。くるおしいこころ持ちになる。

待合室で、彼女の座るベンチの近くに行ってみたいと思うのだが、それができない。ただ見ているだけで十分に心が満ちるのだ……。

本郷の本屋が数軒立ち並ぶ辺りに差しかかると、見慣れた書生の姿が目にとまった。

屋台の本屋の前で何やら男と話し込んでいる。その声がこちらまで聞こえる。

「そりゃちいっと高いぞなもし」

「ですからこれは珍品ですから」

「珍品とあんたは言うが、これが本物の蕪村の自筆本というのが、あしには怪しいぞな」

「ですから、この芭蕉と曾良《そら》の絵を見てもらえれば……」

「いいんや。蕪村の絵はもちいっと軽やかな筆致ぞな」

「正岡先生、屋台の本屋に真贋《しんがん》をご教授していらっしゃるのですか」

背後で突然、声がして振りむくと金之助が笑って立っていた。

「こりゃたまげた、夏目君じゃないか」

「先生はいつ向島からお帰りで？」

「こちらの方は一高の先生なんですか？」

本屋の主人の言葉に金之助がうなずいた。

「夏目君、これが与謝蕪村の自筆本で、七円と言うんじゃ。七円はいくらなんでも高過ぎるじゃろう。あしは、この西鶴《さいかく》と合わせて、二冊で五円がとこじゃと言うとるんだ」

「ほう、そっちは井原《いはら》西鶴かい？　それなら丁度今から上野の東京図書館へ行くところだ。たしか西鶴は揃っていたよ。そこで借りればいいだろう」

「ほう、図書館へ？　そりゃ、渡りに舟でござるな」

じゃ二冊で六円にいたしましょう、と本屋の主人が言った。

主人の言葉に二人は笑い出した。

上野へ行く道すがら、二人は今夏の出来事を話した。

「そいか、富士はそげえ眺めが良かったぞなもし」

「ああ、ふたつとなしで〝不二〟とはよく言ったものだ。この眺望を見た途端、それまでの登山の疲れが吹っ飛んだよ」

「あしも一度行かにゃならんのう。不二のてっぺんに立てば、なかなかの発句（俳句）ができるというもんじゃ」

「ところで『七草集』の方はどうだい？」

「うん、あとは清書をするだけじゃ。三日もあれば書き終えるて」

「それは楽しみだ」

「読んだら、たまげるぞ」

「たまげたいもんです」

「そうとも、ハッハハ」

金之助も笑い出した。

金之助は、先刻までの落ち込んでいた気分がいっぺんに失せた。

――どうしてこの人といると、こうも明るくなれるのだろうか……。

「夏目君、今日はやけに身なりがピリッとしちょるが、何かあったのかい？」

「い、いや何もない。いつものとおりだが」

「そいか……。そうじゃな。夏目君はいつもダンジーじゃからな」

「それを言うならダンディーだ。英国の洒落者の貴族が模範になっているのだ。ダンディーという名の町があるとも聞いた」

「それはご教授おそれいりました。さすがに本科の英文科の学士さんじゃのう」

子規の言葉に、二人はまた笑い出した。

二人がむかおうとしていた東京図書館は、文部省が創立した日本で最初の国立図書館である。明治五年、湯島聖堂に設置された書籍館を源流とする。当初は中央の大成殿を書庫とし、左右の回廊を閲覧所にあてていた。そして明治十八年、東京教育博物館と合併し、上野に移転していた。

東京図書館は明治政府の面目をかけて創設されていたから、蔵書数こそまだまだ不足していたが、すべての国内出版物を受け入れ、漢書、洋書、翻訳書など価値のある本の収集をできる限り続けていた。

「おう、こりゃたまげた。本の御殿のようじゃのう」

「本の御殿ですか、そりゃ面白い」

「この本の匂いと言うもんは、なんやええもんじゃのう」

「私も同感です。新しいものであれ、古い本であれ、紙の独特の匂いには、初めて立った岸辺から漂う汐風《しおかぜ》に似た香りがあるように思います」

「汐の香りぞな。さすがに一高の秀才さんはええことを言うぞなもし」

「子供の頃から、本を読むのは好きでしたが、本を読むことの愉しみを、私は兄から学びました」

「ほう兄上がのう」

「はい。大助という兄なのですが、一冊の本を読むことは、舟で海に漕ぎ出すようなものだと」

「海に舟で？」

「はい。一頁一頁をめくるのは舟の櫓を漕ぐようなもので、疲れたり、行き先が見えなくなる時もあるが、やがて今まで見たことのないような素晴らしい眺めが、世界があらわれると……」

「う〜ん」

子規が唸《うな》った。

「どうしました」

「そんなええ言葉を、本を読むことについて聞いたのは生まれて初めてじゃ。金之助さんはやはり他の者と違う人じゃ」

「いや、そんな……」

金之助が顔を赤らめた。

「一度、お兄さんに逢《お》うてみたいのう」

「去年、亡くなりました」

金之助がうつむくと、子規は、済まんことを言ったのう、とちいさく頭を下げた。

子規は井原西鶴の『好色一代男』『好色一代女』を借りた。

金之助はハーバート・スペンサー（一八二〇〜一九〇三年）の『フィロソフィー・オブ・スタイル（文体の哲学）』を借りようとしたが、すべて貸し出されていた。スペンサーは英国の哲学者で、明治期の日本で『教育論』などの著書が訳出され始めており、その思想は板垣退助《いたがきたいすけ》らの自由民権運動にも影響を与えていた。

図書館の外で落ち合うと金之助が言った。

「西鶴なら『世間胸算用』ですか、それとも『日本永代蔵』ですか？」

「いいんや、違う。あしが借りたのは好色物じゃ」

「ほうっ」

と言って子規の顔を見返した。

「金之助君、君の顔が、私にむかって、正岡は好色だったのかと言うとるぞ。あしとて男子ぞなもし。それに女子《おなご》の方を大切に思うとる。それがいかんかのう？」

「いいえ、私も女子を大切に思っています」

「なら同じじゃ。同志ぞなもし」

子規が手を差し出した。金之助も握り返した。

「金之助君、今日は古本代が助かったけえ。鰻をご馳走しようぞ」

「いや私も講師料が入りましたから」

「いや、先に言うたもんが払う」

「君は、江戸っ子みたいですね」

「そいは誉め言葉かね」

猿楽町の鰻屋で、子規は鰻を二人前ぺろりと平らげると、懐の中から筆と紙を出し、何かを綴った。

「発句ですか」

「いや出納帳じゃ」

そうして別の紙にさらさらと何かを書き記して卓の上に置いた。

願在衣而為領
承華首之餘芳

「今のあしの心境じゃな」

「えっ、正岡君、君は今、好いた女子がいるんですか」

と金之助が即座に驚いたので、子規の方が逆に驚いた。

陶淵明の漢詩の一節であった。淵明の漢詩の中でも、それは珍しい詩の一節であった。子規は悪戯好きの性癖があって、他人に知られたくない心情を、古典の漢詩や、いにしえの大和の歌を見つけて、これが今の自分の感情だと友人たちに見せ、理解できない彼等を見て一人ニヤニヤしていることがあった。

願在衣而為領
承華首之餘芳

この漢詩は〝願わくは衣に在りては領《えり》と為り　華首の餘芳《よほう》を承《う》けん〟と読み下す。恋しい人への恋情を歌ったもので、〝できることなら君の衣の襟になって、かぐわしい首の香りを嗅いでみたい〟という何とも艶っぽい内容の一節だ。

陶淵明は中国、魏晋南北朝時代の詩人で、四十一歳にして役人の仕事を捨て、故郷の田園の中に帰った人である。その故郷にむかう折に歌った詩の一節が、〝帰去来兮〟ではじまる〝帰りなんいざ　田園将《まさ》に蕪《あ》れなんとす　胡《なん》ぞ帰らざる〟である。

子規は松山時代に祖父、大原観山から漢詩・漢籍の教えを受けた折にこれを習っていた。

金之助は子供の時に漢詩を寺子屋で習い、二松学舎に通っていた折にも同じように学んでいた。

子規が書いた漢詩は、淵明の〝閑情賦〟の一節で、片想いの気持ちを歌っていた。これを子規も金之助も諳んじていたのだから、当時の若者の漢詩の素養はたいしたものであった。

——何！　金之助君は陶淵明をそこまで読み込んでおるのか。こりゃ、たまげた。

「金之助君には参ったぞなもし」

子規は頭を搔きながら笑った。

「そいじゃ、意中の人がおるぞなもし」

「そうですか。それは良かったですね」

「金之助君、君には意中の人はおらんかね」

「ワ、ワ、私は、そ、その……」

子規は金之助のあわてように、ニンマリとしてうなずいた。

金之助は本科の第一部（文科）に進学し、英文学を専攻した。英文学を専攻したのは金之助一人であった。

それぞれ友たちも本科へ進んだ。米山保三郎と正岡常規（子規）は哲学を専攻した。

誰でも進学した最初は懸命に勉強をする。

金之助も、年の終わりまで三ヵ月間、英文学の研究に打ち込んだ。何しろ文科の英文学を学んでいるのは金之助ただ一人なのだから、教授たちにとっても、金之助の勉強の進捗が、英文科の授業の進み具合いとなる。それに応えるべく金之助は猛勉強をした。

「いや、今後、我が校の英文科は広く生徒を募るべきです。夏目金之助の勉学の成果は目を見張るものがあります」

学長をはじめとする定例会で教授達がそう語るほどだった。

一方、早々にお手上げの生徒たちもいた。

子規をはじめとする、外国語の専攻で英語を選択し、その難解さに困った顔でテキストとにらめっこする本科生たちだ。

その子規に金之助は、英語の授業のノートを貸したり、直接、教えたりした。

一高の英語の授業のレベルは、日本の他の高等中学よりもかなり高かった。いったんあきらめてしまうと、すぐについていけなくなる。

丁寧な予習、復習が必要だった。

ところが子規は、今秋から下宿を移り、故郷、松山の元藩主、久松家が建てた常盤会寄宿舎に入舎していたから、そこで同宿する仲間と〝ボール会〟を結成し、授業が終わるとグラウンドに跳んで行った。そんな子規に金之助は言った。

「正岡君、そりゃベースボールが楽しいのはわかるが、学生の本分は勉強だよ。英語はそんなに難しいもんじゃないんだ。ほらこのノートの内容を今晩きちんと頭に入れておくんだよ」

「いろいろすまんのう。ほなあしは常盤会のベースボールに行ってくるでの」

金之助は笑って、あとで見学に行くよ、と子規を送り出した。

年が明け、金之助の勉学振りは校内でも有名になり、友たちも英語に関することでわからないことがあると、金之助の下に教えを請いにやって来た。

二月の或る日、大学の講座で英語会が開催され、金之助は兄、大助の思い出を英語でスピーチした。〝Ｔｈｅ　Ｄｅａｔｈ　ｏｆ　ｍｙ　Ｂｒｏｔｈｅｒ〟であった。

そのスピーチは教授陣から大好評を受けた。

自分にとって、兄の存在がいかに大切であったかということと、何より注目されるのは、金之助が英語の文章であるにもかかわらず、兄の死に対して、悲しみの淵に佇む自分を見つめ、兄を天使、星という比喩表現であらわし、なぜ悲しむのか？　どうすればこの苦悩から解放されるのかを文章化した点だった。それはのちの漱石の小説世界を予感させるものだった。

金之助のこころを詩的に告白した文章だったので、聴いていた外国人教師も感銘を受けていた。

この英語会で、子規も英語の演説をした。他に同級の芳賀矢一《はがやいち》もしたが、金之助の諳《そら》での朗読と違い、二人は原稿を見ての朗読であった。

詰まり詰まり、朗読をする子規の姿に、時折、失笑も混じったが、それでも子規は最後までやり切った。

金之助は一人立ち上がって、大きく拍手した。

「いや正岡君、立派な朗読でした。私は懸命に朗読する君の姿を見て、友人として誇りに思いました」

「そ、そうかのう」

子規は頭を掻きながら、照れ笑いをした。

「いや、そいでも夏目君の朗読は皆が感心しておったぞなもし。あしには金之助君が外国人教師のように見えたぞな」

たしかに原稿も見ないで、英語で流暢《りゅうちょう》に兄の思い出を語る金之助の姿は圧巻だった。

翌日、金之助は米山と本郷の空き地で行なわれた子規のベースボール大会の見学に行った。

「どうだ、あの正岡の姿は、昨日の英語会に比べて嘘のように躍動しているね」

米山が言うと、金之助が言った。

「私は、正岡君にも芳賀君にも、胸を打たれたよ。それが皆、君と同じように地方から出て来た人たちだ。東京の人間は理屈や、気取ったことは口にするが、いざという時の性根が足りない気がしてならない。江戸っ子は案外な奴が多いんだろう」

と自嘲気味に言った。


明治二十二年は、この後一十数年続く明治期の折り返し点の年で、新生明治政府が、新しい国のカタチを諸外国に見せた年であった。

二月十一日は早朝から雪が降っていたが、昼近くにあざやかな青空が東京の空にひろがった。

この青空の下で〝大日本帝国憲法〟が発布された。

明治天皇が草案作成を命じてから、実に十三年の歳月を要した憲法である。

草案作成過程では、ドイツの法学者、レスラー、シュタインの説に従い、バイエルンをはじめとする君主権中心のドイツ諸国の憲法を参考に、丹念に検討を重ねた。伊藤博文がドイツに渡り、法制度の下に運用されている行政の姿を見学したりした。結果、岩倉具視たちが主張し続けた〝強い権力を持つ行政府〟が憲法によって保障された。

この憲法の発布は、東アジアに初めての立憲君主国を誕生させた。

憲法は国家の柱である。

この憲法の下に、正しい行政が実施されているかを見守り、或る時は行政の行き過ぎ、誤りを批判し、それを国民に訴える声が必要だとする人々も、世に出はじめた。

新聞報道である。『横浜毎日新聞』『東京日日新聞』といった新聞はすでに明治初期に創刊されていた。明治十年代には自由民権運動の流れから、政党新聞がそれぞれの主張を繰り広げた。これに対し、個人の思想や意見を堂々と述べる新聞が登場したのがこの頃である。

大日本帝国憲法発布と同じ二月、陸羯南が創刊した日刊新聞『日本』がその先駆けだった。

陸羯南は『日本』創刊の辞で、近年の日本は「殆ど全国民を挙げて泰西に帰化せん」としていると批判し、失われた日本の「国民精神」の回復と発揚が必要だと訴えた。

長谷川如是閑《はせがわにょぜかん》、杉浦重剛《すぎうらじゅうごう》、池辺三山《いけべさんざん》、鳥居素川《とりいそせん》、安藤正純《あんどうまさずみ》、丸山侃堂《まるやまかんどう》ら、のちに大手新聞社で主筆となったり、政界で活躍する記者が集ってきた。

金之助も『日本』の創刊号を子規とともに読んだ。

「なかなかの主張だな。〝西洋主義〟に対する〝日本主義〟ということか。面白い」

子規は、文化面が甘い、と不機嫌だった。

帝国憲法の発布を誰より待ち望んでいたのは天皇であった。

天皇は京都御所にて王政復古の大号令を発し、五箇条の御誓文を発布し、元号を明治と改元したのち東京に遷都した。それからさまざまな制度を勅許し、新政府の統治者としての地位にはあったものの、国家の君主としての立場を憲法によって明記し、国内外に正式に発表することは、天皇が何より望むものであった。文明国の一員となることが名実ともに成就したのである。

　天皇にとって忙しい一日だった。

　午前中、宮中での発布式に洋装で臨んだ天皇は、招待された外国公使やお雇い外国人が居並ぶ中、第二代総理大臣黒田《くろだ》清隆《きよたか》に憲法を授けた。

　午後からは雪が上がった青空の下、青山で観兵式に臨んだ。統帥権を有す国家君主として、観兵式は重要な仕事だった。

　宮中を出て青山にむかおうとする天皇と皇后が見たのは、皇城前に集まった人々の群れだった。

　臨幸する天皇を祝う人々の群れから〝万歳、万歳、万歳〟の大合唱が起こった。

　これが今も残る〝万歳三唱〟のはじまりであった。この日のために宮中、新政府内で、前もって会議が開かれた。

「民は天皇陛下に何とお声掛けをすればよいだろうか？」

「いやいや、お声掛けなぞ無礼千万だ」

「いや桓武天皇の延暦の遷都の折、今日は万歳千秋をぞ言うべきだとして、これを行なった記録があります」

「なら万歳千秋と、いや万歳を」

「何度、万歳を発すれば？」

「一度ではお淋《さび》しいであろう。二度もまた」

「なら三度にしましょう」

かくして決定したのが、正式には〝天皇陛下万歳、万歳、万々歳。皇后陛下万歳、万歳、万々歳〟であった。以来、万歳三唱となった。

この大合唱は、その夜、皇城前に集まった四千人の、炬火《たいまつ》を手にした群集も同じようにした（しかし炬火は危険とされ、以降は〝提灯行列〟に変わった）。

この日、すべての学校は休日となり、皇城へは帝国大学総長以下、職員、学生が臨幸の天皇へ、万歳と三唱した。

上野の山の桜が散り、薫風が東京の町々を吹いて流れる頃、常盤会寄宿舎の二階から大声が聞こえた。

「よ～し、でけた。ようやっとでけたぞ」

子規である。

向島の長命寺脇の餅屋の二階で書きはじめた「七草集」の最後の巻、〝瞿麦《なでしこ》の巻〟がようやく脱稿した。

開け放った窓から吹き寄せる五月の風が子規の鼻先を突き、ハァックション、ハックションと思わずくしゃみを繰り返した。

「こいはイカン。夏風邪を引いてしもうたか」

少し悪寒がした子規は両手で身体を抱いて、窓を閉めた。

それもそのはず今日でもう三日もろくに寝ていない。あと数頁で念願の文集が完成すると思うと、眠れるはずがない。その上、昼間は昼間で、自分が主将となった〝常盤会ボール会〟の試合、練習に明け暮れていた。

春になり、グラウンドの草は芽吹き、ベースボールには格好の季節である。

まぶしい青空。真緑の草。そこに引かれた白いライン……。ベースボールは実にあざやかな色彩が織りなす絵画であった。

草茂みベースボールの道白し

子規のお気に入りの野球の俳句だ。

「お～いノボさん、そろそろベースボールへ行くぞなもし」

寄宿舎の階下から部員たちの声が届く。

「よしよし、今すぐ済むけえ、待っとれ」

子規は笑いながらうなずいた。

五月九日の朝、子規は目覚めてすぐに「七草集」の整理をはじめようとしたが、身体が重かった。

――おや、どうしたぞな?

額に手を当てると熱っぽい。やはり夏風邪をもらったかと、目を閉じた。

再び起きると、窓の外は暗かった。夕刻まで寝てしまったのかと自分でも呆きれた。

――こんなことをしちゃおられんぞ。

と起きようと寝返って、両手で上半身を持ち上げようとした時、咳込んだ。咳込んだ上に胃の奥から熱いものがこみ上げた。

それを枕元の紙に吐いた。

あざやかな鮮血が、そこに散っていた。

「何じゃ、こいは？」

子規は半紙に散った美しい色をぼんやりと見つめた。

そうして他人事のようにつぶやいた。

「血か、あしの身体が血を吐いたのか……」

そう口にした時、また喉の奥から熱いものがこみ上げて、子規は別の紙をたぐり寄せ、そこに喀血《かっけつ》した。今度は飛び散らずに、少し粘液を含んだ血が紙の上にゆっくりとひろがった。子規はその血には目もくれず、立ち上がると部屋を出て、階下へ降りて井戸端で口をすすいだ。木桶《きおけ》を引き寄せ、そこにもう一度口をすすいだ水を吐いた。血はなかった。ようやくひと心地つき吐息した。

「どうしたぞね。ノボさん、そんなところにしゃがんで」

寄宿舎の同僚が声をかけた。

「何でもない」

と子規が顔を上げた。

相手は子規の顔を見て、目を丸くした。

返り血なのか、一度目の喀血の血が顔にこびりついていた。

「そ、その血はどうしたかの？」

相手の驚きように子規は指先で頬を拭った。すると指先には血糊《ちのり》がついていた。

「ちょっと血を吐いただけじゃ、何も心配はいらんけぇ……」

その言葉を最後まで聞かず後輩は、寮長の名前を叫んで走り出した。

子規は階段を上ろうとして、そこに五月の月が皓々《こうこう》と光っているのが目に止まった。

昼の光のような強い月明かりだった。そこを横切る鳥影が浮かんだ。

「あしは時鳥《ほととぎす》になってしもうたかの……」

部屋に戻るとバタバタと階段を踏む足音がし、皆が部屋に入って来た。寝かされ、冷たい手拭いを額にかけられているうちに医師がやって来た。

「風邪ですな。しかし血も吐いておるから、放っておいたら肺労、結核になりかねません。しばらく静養させなさい」

子規、喀血ス、の報せは、翌々日、金之助の下にも届いた。

金之助はすぐに米山保三郎と子規を見舞った。

金之助と米山保三郎が常盤会寄宿舎で子規を見舞ったのは、十三日の午後であった。

二人が部屋に入ると、子規は振りむきもせず文机につき筆を執っていた。

「おいおい、正岡君、横になっていなくていいのかね」

保三郎が言った。

子規は保三郎の声に振りむき、そこに金之助の姿を見つけると、金之助の顔をぼんやりと見つめてから言った。

「こいはどうしたぞなもし。一高の大秀才が二人して？」

「具合いはどうだね？　喀血したと聞いたが」

といつになくやさしい口調で金之助が訊いた。

「おう、あれか。あれはあしが時鳥になったということじゃ」

「時鳥？」

保三郎が素頓狂な声を上げた。

金之助には子規が言っている意味がよくわかった。二人とも漢詩が好きなので、中国の古典の詩人たちがホトトギスの口の中があざやかな緋色《ひいろ》をしており、この鳥が鳴く様子がまるで血を吐き出しているように映るので、多くの漢詩に人が血を吐くことの比喩として使われたのを知っていた。

日本の大和歌、万葉集にも歌われている。

「米山君、時鳥は昔から血を吐くように鳴くと表現されているんだよ」

「正岡君は自分の病いまで、古典になぞらえると言うのですか」

保三郎は半分呆きれた顔をした。

「時鳥とも書くが、子規とも書く」

子規は半紙に書いたばかりの〝子規〟の文字を二人に見せた。

そこにふたつの俳句があった。

　卯の花をめがけてきたか時鳥

　卯の花の散るまで鳴くか子規

この二句の終わりに〝子規〟と記してあった。実は、これが正岡常規が自分を〝子規〟と号した初めての時だった。

「どいじゃ？　金之助君、この発句は」

「うん、なかなかだが、身体の具合いはどうなんだね？」

金之助が心配そうに聞くと、子規は少し咳をした。その咳がなかなか止まらない。金之助は眉間にシワを寄せた。ちょっと水を汲《く》んで来よう、と保三郎が階下へ行った。

「少し横になってはどうだね？」

「そうさせてもらおうかのう」

子規は横になると、金之助の顔も見ずに、

「少し伊予、松山に帰って静養をしようかと思うとる」

と独り言のように言った。

「それもよかろうが、医者は東京の方が松山より格段と秀《すぐ》れているから、病気の様子がきちんとわかるまでは、ここにいた方がいいだろう。長旅はかえって身体に悪い」

「そう言われると、そうじゃのう。では金之助君の言うとおりにしよう」

保三郎が戻って来ると、子規はまた起き出し文机の隅に置いた風呂敷に包んだ「七草集」を手に取り、金之助に渡した。

「五日程前にようやく仕上がった。『七草集』じゃ。ぜひ君に最初に読んで欲しい」

「わかりました。読むのを楽しみにしていました」

「そいか、そりゃ嬉しいのう」

金之助と保三郎は寄宿舎を退出した。

二人は寄宿舎を出ると、金之助が寮長に聞いておいた、子規を診た医師が開業している本郷にむかって歩き出した。

子規を診断した医師に、どの程度の風邪なのかをたしかめたかった。なにしろ喀血したのである。放っておけばいずれ肺労、結核になるとも言ったらしい。兄の大助も、結核ではないと診断されていたのに、結核だった。

医師を訪ねると取り込み中で面会できぬと言われたが、取り次いでもらって病状、療養法を尋ねた。すると存外軽症で入院には及ばないが、喀血は肺労、結核に変わることもあるから、今が大事で養生に専一するようにと申し伝えてきた。

金之助は腹が立った。症状のことをそれだけ取り次いだなら、逢って話せたのではないか。

「無礼な医者だ。何が存外軽症だ」

その五月の宵、金之助は子規への手紙を書きはじめた。友への最初の手紙である。

――さて何から書き出そうか……。

そう思ってから、アイツには時候の挨拶は似合わないナ、と思った。

そう言えば、英国人の誰だったか、手紙は〝語るように書け〟と言っていたのを思い出した。

文章が候文《そうろうぶん》をまじえているのは、まだこの時代の慣いであったから仕方ないが、まことに金之助の友への心情が伝わるものだった。

作者が少し現代文に直してあるが、子規は一読して大変に喜んだ。

〜今日は大勢で罷《まかり》出て失礼した。あのあと山崎という医師の下へ行き、君の症状、療養法を聞こうとしたが、在宅なのに面会できぬと言うんだ。で、取次いでもらって聞いたら、存外の軽症で入院は必要ない。風邪だネ。しかし喀血は肺労、結核になるとも言い、養生に専一だとさ。あの医者は不親切だ。第一病院も近くにあるから、そっちにした方がイイ。そこなら全快まで十日かかるのが五日で済むはずだ。ちいさい思いなら君の母上のために、大きい思いなら国家のために、自分を大切にしなきゃイケナイヨ。古人が言っているように雨の降ってない時に雨戸、窓を修理する気持ちが大事だネ〜

〝to live is the sole end of man!〟、〝生きることこそ人間の唯一の目的〟と、英語が不得意な友へ一文を入れた。

金之助は、これでいいだろうと思ったが、何だか少し物足りなかった。

そう言えば、二人きりになった時、子規が故郷の松山に帰りたいと弱気なことを口にしていたのを思い出した。

――そうだ、ひとつ発句でも添えてやろう。

半ベソにさえ見えた子規の顔が浮かんだ。それに子規のホトトギスの句を思い出した。

時鳥、子規、そうだ不如帰とも書く。たちまち金之助の頭に発句が二句浮かんだ。

　帰ろふと泣かずに笑へ時鳥
　聞かふとて誰も待たぬに時鳥

書いた句を読み返し、金之助はほくそ笑んだ。これがのちに生涯で二千五百余句を残す、漱石の最初の句である。


「月並みじゃ」

金之助の俳句を読んで子規は笑ったが、手紙の文章のそこかしこから伝わって来る友の心情には胸が熱くなった。

〝ちいさい思いなら母上のため、大きい思いなら国家のために〟養生に専一しろとある。

母の八重、国家の日本も子規にとって大切なものである。

子規は半紙に“to live is the sole end of man!”を写して壁に貼った。

――そいじゃの、〝生きることこそあしらの唯一の目的〟ぞなもし。ええことを秀才は言うてくれるの。

喀血は、あの夜きりで、昨日も今日も嘘のように元気だった。

ベースボールへ行きたいが、寮長はじめ皆がバットを肩に担いで階下に降りただけで猛反対した。

「あしはスイング練習をするだけぞな」

「それも禁止じゃ、ノボさん」

「そうじゃ。そうじゃ。ベースボールは当分あかんぞなもし」

退屈している子規の下に金之助が訪ねて来て、元気なのに目を丸くした。

「そんなに体調がいいのかね」

「ああ、〝不二〟へ登れと言われれば、これからすぐにでもてっぺんまで登れるぞ」

子規は両足を高く上げ登山をする仕草をして見せた。

「君の身体はいったい何でできているんだ」

「ひとつは母上の力。もうひとつは国家のためにできちょるぞな」

ハッハハ、金之助が笑うと、子規も笑い出した。

その日、寄宿舎では子規の早い快復を願って皆が鍋をこしらえてくれた。金之助も一緒に鍋をつついた。

部屋に戻り、金之助は子規から、与謝蕪村の俳句の話を聞いた。子規は丁寧に蕪村の句を一句一句、自帳に写し、その解説を添えていた。美しい字であった。

金之助は、発句するにあたって号を漱石とした。その漱石の字を〝漱石〟と書いてしまった。

金之助はそれを恥じていた。

〝漱石〟の由来はこうだ。中国に「枕石漱流」という言葉があり、川の流れで口をすすぎ、石を枕にして眠るという隠居生活を表現するものだったが、西晋の時代、孫楚が、これを間違って「漱石枕流」、石に漱ぎ、流れに枕すと言ってしまい、友から間違いを指摘されても、自分の失敗を認めず、「流れに枕するのは汚れた話を聞いた耳を洗うため、石で口をすすぐのは歯を磨くためだ」と言い張ったという古典にある逸話から出て来た言葉だ。偏屈な態度で、自分の誤りを指摘されても直そうとせず、負け惜しみでひどいこじつけをすることを意味する。

実は、この号、子規も松山時代から自分の号を十数号考えて準備していた中のひとつにあった。その号の一部を紹介すると、丈鬼、子規、獺祭《だっさい》魚夫、野暮流《のぼる》、野球《のぼーる》（この二つは幼名から）、真棹家《まさおか》（姓）、漱石などである。この先、獺祭書屋主人、竹の里人なども使った。名前マニアなのである。

〝漱石〟という故事の、頑固さ、愚かさを中国の古典から二人は見つけ、これを面白いと感じた。二人には共通するユーモア感覚がある。

偶然にせよ、二人が幼少期に「蒙求《もうぎゅう》」という漢文を学ぶ際の初歩の教科書にあるこの故事を読んでいたことは興味深い。

子規が、金之助からの手紙に初めて〝漱石〟の文字を見つけて、

――おや、金之助君も、あれを面白いと思うとったのか。これは、これは。

と何やら嬉しくなった。

鍋をご馳走になり、思わぬ長居をしてしまったことを詫《わ》びてはじまる手紙には、「七草集」の感想が書いてあった。

しかもその感想は二十八字の漢詩で言い表してあった。しかもその七言絶句は九首あった。

おそらく幾夜かを使って創作したであろう金之助の漢詩による感想を読んで、子規は目元が熱くなった。

しかもその指摘が見事に子規の意図するところを汲み上げてくれていた。

――夏目君は本物の〝畏友〟じゃ。

〝畏友〟とは本当に敬うべき友のことだ。子規は涙を拭いながら言った。

子規の「七草集」は最終的に、漢詩、漢文、和歌、俳句、謡曲、論文、擬古文という七種類の文体でまとめた文集となった。

金之助は、その中でも漢詩、漢文の巻に興味を抱いた。いや、それは興味と言うより、金之助の中であえて封印していた漢詩、漢文の世界がよみがえったと言うべきだろう。

兄、大助の忠告、友、米山保三郎のアドバイスもあって、金之助は漢詩、漢文の世界に身を置くことを断念した。

一度は、その世界で生きて行くことを真剣に考えたほどだから、子規の創作した漢詩、漢文は、金之助が置き去りにしていた世界をあざやかに呼び戻してくれた。

だから感想を七言絶句にて綴ったのである。

同時に、友が創作した文集は、金之助に何かを自分の文体で表現してみたい、という創作意欲を目覚めさせた。

夏休みになると、子規は静養をかねて故郷、松山に帰省した。

金之助は夏の初めに、兄の直矩《なおかた》の転地療養に同行して、静岡の興津へ出かけた。

天気も良く、暑いほどで、金之助は海水浴などをして過ごした。

その間中、金之助は〝不二〟の山の姿や、兎走る海原を眺めては、自分が子規のように目前の海景、山景を文章にすれば、どのような文体で書くのだろうかと考えることがあった。

八月に入ると兄の直矩を残して金之助は帰京した。

友との約束があった。房州、上総、下総と旅行をしようという約束だった。

八月七日、風が強かったが、東京の霊岸島から船に乗り、東京湾を南へむかい、保田に上陸した。数日、保田に滞在し、海に入ったり、海岸を散策した。友と四人の旅には東京では得られぬ解放感があり、鋸山に登って東京湾を眺め、対岸の相模の丘陵、そしてさらに彼方《かなた》に富士山が望めた。夕食も賑やかであった。友たちは夕食後も歌を歌ったりして楽しんでいたが、金之助は一人になり瞑想《めいそう》に耽ったり、昼間眺めた風景を思い出したりした。その後、南房総を徒歩で横断し、小湊に出て鯛の浦、東金、銚子へと赴き、利根川を船で野田へ北上し、江戸川を南下し、全行程九十余里（約三百六十キロ）の夏の旅を終えた。

全行程九十余里、二十四日間の夏の旅は金之助に、初めて彼の文体で文章を書く意欲を与えた。

八月三十日に帰京すると、金之助はすぐに今回の、旅行記（漢詩）を書きはじめた。

だが子規の「七草集」のように友人たちにそれを回覧して欲しいという気持ちはなかった。

房総の旅への出発の日、松山に帰省している子規に手紙を投函《とうかん》し、興津に滞在中の折のことを漢詩にまとめて末筆に添えた。

それと同じように房総の旅を漢詩を軸にして旅行記にしようと思ったのである。

風穏波平七月天　風穏かに波平かで七月の天
韶光入夏自悠然　韶光《しょうこう》夏に入って自ら悠然
出雲帆影白千点　雲を出でし帆影白千点
総在水天髣髴辺　総べて水天髣髴《ほうふつ》の辺に在り

このような叙景詩を、旅の風景をよみがえらせながら綴って行った。

「木屑録《ぼくせつろく》」と題された旅行記は、金之助が初めて創作したまとまったものである。しかしこれはたった一人の読み手のために創作された作品であった。

読み手とは、勿論、子規こと正岡常規である。

文章のそこかしこに子規を意識して語られたものがあり、漢詩、漢文も子規にしか理解できない、これまで書簡を通して、お互いが二人きりの間で披露している言葉がある。

それでもなお、この「木屑録」には、金之助がのちに、作家、夏目漱石として次々に発表する小説の気配と思想が十分に読み取れるのである。

たった一人の読み手のための作品だが、金之助が他人にむけて初めて書いた文章であることは間違いなかった。

しかも金之助は、この作品を書いた者の名前として〝漱石〟を使った。

「木屑録」は、なんと十日で仕上げている。

金之助はこれを松山で静養している子規の下へ送った。

驚いたのは子規である。

――知らぬ間にこれを金之助君は書き上げたのか。いや、これは尋常ではないぞなもし。

子規の「木屑録」への賛辞も尋常ではなかった。


今夏の子規の帰省は賑やかだった。

何しろ一高本科の正岡常規は松山の若者にとって憧れの的だった。

その中の一人に河東秉五郎《へいごろう》がいた。後の河東碧梧桐である。

碧梧桐は幼い頃から、皆がノボさんと呼ぶ、子規のことを知っていた。兄の鍛《きとう》を訪ねて家にやって来た子規を覚えていた。

碧梧桐は子規より六歳下の、河東家の五男坊で、母親が心配するほど恥ずかしがり屋でおとなしい若者だった。その恥ずかしがり屋が、母に、ノボさんに逢《あ》いたい、と言い出した。

「秉坊《へいぼう》はいつ正岡のノボさんを知ったがや」

「皆が知っとるわ」

「逢うてどうするぞな」

「俳句を教えてもらう」

「あの人は俳句をやるぞなもし？　こりゃたまげた」

おはぎの折箱をさげた母と碧梧桐は正岡の家を訪ねた。

「そいか、君は俳句をやるか。今日は俳句でなしに、これから原っぱでベースボールをやるけえ、それを教えたろう」

子規はバットを担いでどんどん歩いて行く。

秉坊は遅れまいと、その後をついて行く。

原っぱで待っていた仲間が一斉に、ノボさん、ノボさんと声をかける。まぶしいほどの人気である。

「皆、今日から仲間になる秉五郎君じゃ。誰ぞ、キャッチボールから教えてくれ」

元々運動が得意でない秉五郎は、それでも懸命にボールを追った。

たちまち夕暮れになった。子規が隣りに座って言った。

「ほれ、あの夕陽を見てごらん」

ごらんと言う言い方を初めて聞いた。東京弁である。子規は少し気取っていた。

「見事に綺麗じゃろうが、その綺麗という気持ちを発句にするんじゃ。秉五郎君だけが思う綺麗を言葉にすればよろしいぞな」

「は、はい」

「いずれ東京へ行くんか？」

「は、はい」

これがのちに、根岸の〝子規庵〟で河東碧梧桐あり、と言われた俳人との最初の出逢いだった。

湊町の家でも大勢の若者が子規の話を聞く。

「京橋、日本橋までの大通りは夕暮れ時に一斉にガス燈が点ると、不夜城のごとくきらめいとる」

「不夜城とは何ですか？」

隣りにいた若者が、夜も日が出た都だと中国の史書にある、と静かに言った。

「おう、なかなかの勉学家じゃのう。名前は何と言う？」

「高浜清です」

清は少し偏向者《へんこうもん》じゃぞな、と誰かが言うと、そうじゃ、そうじゃと皆が笑った。

「偏向者、結構じゃないか。他人と同じことをするより、よほどええぞ」

子規の言葉に、高浜清と名乗った若者は目をしばたたかせた。

この偏向者とからかわれた若者が、のちに子規の協力を得て俳誌『ホトトギス』を主宰し、漱石に小説を書かせることになる高浜虚子である。

皆が引き上げると、妹の律が、大原の叔父の恒徳《つねのり》がやって来たと告げた。

「どうじゃ身体の加減は？」

「このとおり元気です」

「そうか、静養につとめるようにと常盤会の寮長が手紙をよこした。身体のことだけは自分が気を付けんとな」

母の八重が恒徳に茶を出しながら、どこぞ病院へ行かせた方がよいかと思うとりますが、と心配そうに言った。

「母上、東京の第一病院を紹介してくれる学友がおるから、そう心配せんでええぞな」

「第一病院は日本で一番だ。それは良かった」

恒徳がうなずくと、子規は言った。

「夏目金之助君いう、一高きっての秀才があしのことを何かと気にかけてくれとる」

「ああ、あの手紙の人じゃね」

妹の律が嬉しそうに言った。

金之助はまめに子規に手紙をくれていた。


明治二十二年の暮れ、金之助は牛込の家に戻った。

夏目家は大助、直則と立て続けに亡くなって、今は三男の直矩が当主になっていた。

直矩はおとなしい性格だが、元々遊びしか知らない三男坊であったから、父の小兵衛は塩原家に養子に出していた金之助の籍を夏目家に帰すべく、塩原昌之助に養育代として二百四十円の金を出すことにした。

　ひさしぶりに実家に戻った金之助は牛込の家の大晦日《おおみそか》を他人事のように眺め、それを松山に帰省している子規に手紙で報せた。

〜帰省した後はどうしてるかい？　身体の具合いはどうだい？　相変らず文章は書いているのかい？　今日は大晦日だ。家の中は大騒ぎで年越しの準備をしているよ。しかし私は貧乏書生のありがたさで、何の用事もなく、ただ昼は書物を読んでは食事をし、夜は蒲団の中にもぐりこむだけだ。気取って言うなら、閑中の閑、静中の静さ〜

　金之助、独自の、自分を他人のように見つめる、少し斜に構えた言い方である。

　金之助の実家での大晦日はよほど暇だったようで、子規の文集（「七草集」）について、着飾ってばかりの文体はダメだ、大切なのは〝ｏｒｉｇｉｎａｌ（独自）〟の〝ｉｄｅａ（思想）〟がなくちゃイケナイと、金之助の得意な英単語を使って意見を述べている。

　候文を現代語にして紹介したが、金之助と子規が交わす手紙は驚くほど長い。

　金之助の、この大晦日（十二月三十一日）の日付がある手紙でさえ、巻紙にして優に四尺（約一・二メートル）を越えている。

　これを正月に読んだ子規は、その日のうちにこれまた七尺（約二・一メートル）を越える返事を書いて、東京の金之助に送った。

　ともかくこの二人、手紙にしても、授業内容を写したノートでも、おそろしく速いスピードで書き上げた。それでいてほとんど書き直しが見当たらないのに驚く。

　子規の速書《はやが》きは、彼がのちに新聞記者となった折、周囲を感心させるのだが、金之助もまたしかりであった。あの「草枕」を五日間で、「坊っちゃん」を十日間で書き上げたという伝説まであるほどだ。

　金之助が子規に宛てた手紙で「七草集」について、着飾った文体ばかりではダメだと意見した。そして朝から晩まで書いてばかりでは〝ｉｄｅａ（思想）〟は養えない、まずは本を読むことだと持論を述べた。ほどなく、松山の子規からこれに猛然と反論する手紙が届いた。

その手紙は巻紙にしてゆうに七尺を越えていた。子規からの手紙に応えて、金之助も同様に長い、英文が大半を占める再反論の手紙を書き送っている。

子規と漱石の初めての論争である。大晦日もそうであったが、この年の金之助の正月も、よほど暇だったのである。同じ手紙にこう記している。

～当年の正月はあいかわらず雑煮を食べ、寝て暮らしているよ～


金之助は松の内の間に、六回寄席へ行った。東京の正月、人々は初詣に出かけて、寄席で楽しむのが恒例だった。

金之助は、兄の直矩と二人で神田の小川亭という寄席へ行き、鶴蝶という女義太夫を聞いた。

この鶴蝶がなかなか良かった。

隣りで見物していた兄の直矩もずいぶんとこの女義太夫に感心した。

「ほら見てみろよ。ここまで芸が達者だと、鶴蝶という、この女の顔まで美人に見えるじゃないか」

金之助は兄の言葉に、鶴蝶の顔を見直したが、直矩が言うほどの美人には思えなかった。

直矩は夏目家の中でも、芝居小屋、寄席小屋に子供の時分から入り浸っていたから、つき合う女性も、玄人（芸者、女義太夫など）が多かった。

別に夏目家の好みではないのだろうが、三人の兄の交際相手がなぜかそうであった。

兄、大助が亡くなった時も、三ヵ月して山梨から、大助に世話になっていたという芸者がわざわざ線香を上げに来た。

芸が良ければ顔まで良いと言われ、金之助は女義太夫をもう一度見直した。すると、あの井上眼科病院の、意中の人の面影があらわれた。

面白いもので、普段、顔と顔を突き合わせている時には口にできぬことが、金之助と子規は手紙の中では、平然と言葉にできた。

その代表のひとつが、女性に対することで、二人は相手の、意中の人のことを面白可笑しくからかい合った。

金之助は松の内が明けると、すぐに井上眼科へ通った。

ところが意中の人の姿がなかった。

「あらっ、夏目さん、今日もまた目の加減がよろしくありませんの？」

受け付けの女性が言った。

「は、はい。昨夜、痒くて眠れませんでした」

「そうなんですか。先生はもう治っているとおっしゃってましたのに……」

何しろ三日続けてあらわれた金之助に女性は小首をかしげた。

その日も、美しき君の姿はなかった。

金之助は顔をしかめて一高へむかった。

「おう、これはどこの書生さんかいな。世の中がまるで今日で終わるような顔をして歩いとるのは？」

声に振りむくと、上京した子規が立っていた。

金之助の顔が、途端に明るくなった。

「いや、鳥のように甲高い声がしたなと思ったら、大文章家のホトトギス君じゃないか。いつ東京に戻ったのかい」

「ついさっきステーションに着いたばかりぞなもし。ほれ、伊予のミカンを、秀才君にお持ちしたぞ」

「これは好物だ」

「一人かい？　大秀才はどげしたん？」

「米山は昨年の暮れから鎌倉へ禅をやりに行ってるよ」

「ほう大秀才は禅坊主になったか？」

「ハッハハ、まったく米山禅大師だね」

「ところでずいぶんと落ち込んだ顔をしておったが、さては意中の人に肘鉄でもくらったかの？」

金之助が顔色を変えた。

子規は妙に第六感が働く。

「そ、そっちこそ向島の餅屋の君はどうなんだ？」

「おろくさんか」

と言って子規が口に手を当て、シマッタという顔をした。

「ほう、おろくさんとおっしゃるのかね？　正岡君の意中の人は」

「い、いやいや、そうじゃなくて……」

子規のあわてように、金之助は子規の目を覗き込むようにした。

「な、なんじゃ。その目は」

「さてはこれから、そのミカンのもうひと包みを、先生はそのおろくさんに届けに行くと見たぞ」

「違う、違う。こっちの包みは陸羯南先生の所へ届けるぞな」

「いや怪しい。どうだい？　これから二人して向島にでも行かないか」

「向島へ？」

「そうさ。向島へ行って、そのおろくさんをぜひ私に紹介してもらいたい」

「そんな急に行ったら、おろく、いや餅屋の人も迷惑になるかもしれん」

「迷惑なものか。私たちは餅を食べに行くんだから。それとも、その餅屋は前もって連絡をしないと餅を食べさせてくれないのか」

「そんな餅屋はなかろう」

「なら行こう。私は腹が空いてきた。よし、今日は正岡君の帰京祝いに私が餅をご馳走しよう」

そう言って金之助はミカンの包みを手に、さっさと一人で歩き出した。

「おいおい夏目君、あしは、本日は少し腹の具合いがよろしくなくて、餅はあんまり……」

「大丈夫だ。餅は腹の具合いを治すには一番イイ食べ物だよ」

「そ、そんな話は聞いたことがないぞな」

「そう言えば汽車の中で少し熱があった。風邪を引いたかもしれん」

「そうかい。江戸っ子は昔から餅を食べて腹具合いを治しているよ」

「それも餅で治る。ハッハハ」

ミカンの包みを手にした若者が二人、本郷から浅草へむかって、追いついたり離れたりしながら、一月の東京の空の下を歩いている。

やがて白帆を上げた船が行き交う隅田川が見えると、二人は吾妻橋を渡り、隅田川沿いを左に折れた。

長命寺の屋根が冬陽に光っていた。

子規の歩調が遅くなった。

金之助は立ち止まり、振り返って言った。

「今度はどこの具合いが悪いんだね」

子規はその場に立ったまま腕組みをし、何事かを考える仕草をしてから、

「ヨォーシ、あしも腹を決めた。おろくさんを君に紹介しよう」

と言って口を真一文字に結んだ。

「そうこなくちゃ。さすが伊予の大将だ。その人も喜ぶに違いないさ」

「本当に、そうじゃろかの？」

「そうに決まっているよ」

「どうして金之助君にそれがわかるんじゃ」

「私がおろくさんなら、君がいつ逢いに来るかと、きっと待っているね」

「そうか、そうか。金之助君は嬉しいことを言うてくれるの。きっと待ってくれとるか。そうじゃの」

ゴメン、と大声を出して子規が餅屋の木戸を開けた。いらっしゃい、と声が返ってきた。

二人は奥の席に着いた。

何にさせてもらいましょう？　と店の女が笑顔で言った。

「あしは餅をふた皿と団子を五本じゃ。金之助君はどうする？」

「私は団子を二本おくれ」

「餅は食べんのかい？」

「朝から腹の調子が良くない」

「今、何と言うた？」

店の女が注文をくり返した。

「それと、女将さんとおろくさんを呼んで下さい」

「女将とおろくさんはお出かけです」

「おや出かけとるかい。そりゃ珍しい。二人は何時《いつ》帰られるかの？」

「二日後です」

「二日？」

子規が素頓狂な声を上げた。

「二日ちゅうのはどこへお出かけかい」

「暮れ、正月の間は商いが忙しいので、毎年今頃は休みを取って箱根へお出かけに」

「箱根かね……。そりゃ、ちと遠いのう」

子規はうらめしそうな顔をして団子を食べていた。

ミカンの包みを持った二人が吾妻橋を渡ろうとしている。

肩を落とした子規の足取りは重かった。

橋の上で金之助は立ち止まった。振りむくと橋の欄干に身体をもたせかけて、子規が川面を見ていた。

「おいおい、正岡君。君、まさか身を投げようと言うんじゃないだろうね」

「………」

子規は返答をしない。

「留守じゃしょうがないじゃないか。別に袖にされたわけじゃないんだから」

「…………」

それでも子規は金之助の話がまるで聞こえないかのように、じっと川の流れを見ている。

よく見ると何かブツブツ独り言を言っている。

金之助が耳をそばだてると、

「終《つい》に山に阻まれ河に滞る。清風を迎えて以《もっ》て累《わずら》いを祛《しりぞ》け、弱志《じゃくし》を帰波《きは》に寄せん……」

と子規の口から、陶淵明の〝閑情賦〟の一節が零れていた。

終に山に阻まれ河に滞る、とはついにあなたとは山にはばまれ、河にへだてられてしまったと言う意味であった。

子規は今の心境に合う漢詩を見つけ出し、口ずさんでいた。

「君、少々大げさじゃないか。母と娘は箱根へ遅い正月休みで出かけただけじゃないか。君と彼女を箱根の山がはばんでいるわけではなかろう」

「金之助君、あしは悲しい気持ちになって来たぞな……」

子規の言葉を聞いて金之助は少し同情した。

「また逢いに行こう。そうしよう。そうだ二日後に一緒に、また餅を食べに行こう」

「金之助君」

子規があらたまった口調で名前を呼んだ。

「な、何だい？」

「君の意中の人はどうしてるんだい」

「えっ、私の？」

「そうだ。夏目金之助君の意中の人ぞな。そう言えば、君から意中の人の話を聞いていないぞ」

子規が何かに気付いたように、隅田川の川面から目を離し、金之助の顔をじっと見た。

「な、何だね。その目は？」

子規は、先刻までの落ち込みようが嘘のように背筋を伸ばし、胸を張るようにして言った。

「夏目金之助君。あしは、正岡常規は堂々と意中の人を紹介すべく、君を向島へ案内し申した。悲しいかな、あしの意中の人は不在であった。ホトトギスは切なく鳴くしかありませんでした。そのホトトギスが、夏目君、君の意中の人をぜひ紹介して欲しいと君の下に飛んで行けば、君は哀れなホトトギスにそうしてくれるぞなもし。聞けば江戸っ子は、手前ばかりが得をする了見《りょうけん》違《ちげ》えなことは大嫌《でえきれ》えだということだが、どうでぇ～」

子規はわざと江戸弁を真似《まね》て言った。

――正岡めぇ、江戸っ子気質で来やがったか。

金之助が子規を見ると、子規はニヤリと笑っていた。

「正岡君、君の言うことは正しい。しかし私は意中の人の名前をまだ知らないんだ」

「ほう、金之助君ほどの人が、見初めた相手の名前も知らないと言うのかね。ホトトギスはおろくさんという名前を君に堂々と言った」

――堂々じゃない。口が滑ったんじゃないか。

金之助は子規の口調と態度を見て、話がおかしな方へ行っていると思った。

「君のくれた昨秋の手紙に君の近況だとことわって、五絶一首があったじゃないか。その詩に〝入夢美人声（夢に入る美人の声）〟とあった。美人とは誰のことかね。今やもう年も明けてあの手紙から半年近くが過ぎている。おそらく君が意中の人に出逢ったのはもっと以前のことだろう。昨秋の半年前としても、もうすぐ一年になる。その一年で君はまだ意中の人の名前も知らないと言い張るのかね？」

「いや、これは本当なんだよ。私は君に意中の人の名前を聞き、自分は君に、その人の名前を隠すような男じゃないよ」

「じゃ、名前は本当に知らないことにしよう」

「ことにしようじゃなくて、本当なんだ」

「じゃ、その意中の人とどこで出逢ったんだい？」

　子規が問うと、金之助は黙りこくった。

「そいか。あしは夏目金之助を見そこのうとった。なら勝手にしとくれ」

　子規は浅草の方にむかって橋をどんどんと渡りはじめた。

「ま、待ってくれ、正岡君。その人と逢ったのは、眼科の病院だ」

　すると子規は立ち止まり、振りむいた。

「看護婦さんかね？」

「看護婦じゃない。その眼科病院に通っている患者さんだ」

「ほう、患者さんを見初めたぞなもし」

　子規は神妙な表情をして、いかにも真剣に相手の話を聞いている顔をしたが、内心では、

――これは、これは……。

と半分面白がっていた。金之助をからかっているわけではなかったが、子規はどうしてもその女性に逢いたかった。

「それで君は何と言って声をかけたんだね。まさか一年も、ただ遠くから見つめていたとでも言うんじゃないだろうね。いくらあしが松山の田舎者と言うても、そんな話を信じると思うかね」

「いや正岡君、本当なんだ。実は今年になって、その人が病院にあらわれなくて、今朝も病院へ行ってみたんだが、やはりダメだったんだ」

——それで、あしと逢った時に金之助君はあんなに落ち込んでいたのか。いやいや、そんなはずはない……。

子規は普段、一高の校長に対してでさえ、その考えが違っていた時には、堂々と自説を主張する金之助の姿を知っていた。

それは去年の初夏のことだった。一高の校長、木下広次《きのしたひろじ》の後援のもと、社会の中心は国家にありとする国家主義の学生結社がつくられた。一高の生徒の大半が入会させられるかたちになった時、その設立総会で、金之助が結社の趣旨に堂々と反駁《はんばく》した演説を子規は聞いた。「四六時中国家、国家と言ってどうするんだ。豆腐屋が国家のために豆腐を売って歩いているものか」

校長と全生徒を相手に金之助は言ってのけた。子規は思わず立ち上がって拍手した。

——その豆腐屋が、意中の人をただ一年見続けておったとは……。

二人の若者はミカンの包みを手に、すでに冬の短日が暮れようとする道で、立ちつくしていた。

子規は金之助に同情しはじめていた。

誰にだって堂々と自分の意見が言える友が肩を落としてうつむいている。

——恋情言うもんは、人にこうも憂いを与えてしまうもんなのかのう……。

子規は金之助の恋を応援してやりたくなった。

「金之助君、あしがおかしなことを言うて悪かった。こうして二人して考えとっても埒はあかんぞな」

そう言ってから子規は今の言葉がいつも金之助から自分が言われていることだと思った。

「金之助君、その人ときちんと逢う手立ては何かないもんかの。たとえば、その人の住いは知らんのか？」

「いや、あそこが、あの人の家かもしれないというのを知っている」

「おう、そりゃどこぞね」

「新橋の烏森《からすもり》です」

「烏森言うと、神社があって盛り場が賑おうとるところじゃな」

「そうだ。あの烏森です」

「じゃ、これから二人して行ってみようぞ」

子規の言葉に金之助は空を見上げた。

すでにとっぷりと陽は沈んでいた。

「こんな時間にかね」

「そうじゃのう。では明日行こう」

「いきなり訪ねて迷惑じゃないだろうか」

「その家は餅は売っておらなんだか？」

金之助が驚いた顔をして子規を見た。

子規は白い歯を見せて、

「済まん、ジョークぞなもし」

「ハッハハ、一本とられたな」

二人は笑い出し、本郷にむかって歩き出した。

冬の星が東京湾のむこうにきらめいていた。

「金之助君、あしもそうじゃが、恋情いうもんは何やらややこしいもんじゃのう」

「同感です。正岡君、その人を訪ねること、今晩一晩、私に考える時間をくれませんか」

「いんや、一晩、考えても何も生まれん。君は一年考えておったのと違うか。当たって砕けろ言う言葉もある」

　子規は金之助に初めて何かをしてやっている気がして嬉しかった。


　翌日の授業の後、二人は烏森にむかった。

　途中、何度も金之助は額の汗を拭っていた。

　金之助は、去年から流行しはじめていた中折れ帽を被っていた。

「おう、金之助君、ええ伊達《だて》男《おとこ》振りじゃ。一目で相手が惚れるんと違うか」

　子規が冗談まじりに言っても、金之助は頬を赤らめて、ぎこちなく笑うだけだった。

　二人は簡単な段取りを決めていた。

「金之助君、あしが一緒だと、君も、その人もなかなか胸の内を話せまい。君が一人で家を訪ねる方がよかろう。あしは家から少し離れた所で待っとるけえ、その人と外へ出ることになったら、上首尾に運びそうなら中折れ帽を被りたまえ。今ひとつなら帽子は手で持っていたまえ」

　金之助は少年のように子規の言うことにうなずいていた。

　瀟洒《しょうしゃ》な一軒家だった。

　黒塀から見越しの松が覗き、よく庭木が手入れしてあった。

「ほうなかなか粋な佇まいの家じゃの」

「私も最初見た時、そう思ったよ」

「堅気の人の家には見えんのう」

「………」

金之助は何も言わなかった。そのかわりに妙な音がした。見ると金之助が唾か何かを飲み込んだようだった。

「心配はいらんて。相手の人も、きっと金之助君が逢いに来てくれるのを待っとるて」

「そうだろうか」

「きっとそうに決まっとる」

子規は金之助の尻をポンと押した。

子規は金之助が家の前に立ったのを確認して、少し後方で人力車の車夫が屯ろしているあたりに離れた。


ほどなく家の前に二人の姿があらわれた。

女性は着物姿で、金之助より少し背が高かった。

遠くて顔はよく見えなかったが、金之助にはお似合いの女性に思えた。

金之助は中折れ帽を手に持っていた。

「な～に、これからじゃて。金之助君、頑張るんだぞ」

子規は声に出して言った。

傾きかけた冬の陽とともに夕刻の風が烏森界隈に寄せた。

屯ろする人力車の車夫がくゆらせる煙管《キセル》タバコの煙と汐の香りがした。

――汐の香りはええもんじゃのう。

子規は、故郷、松山の三津浜の海のことを思い出していた。

——母上も、律（妹）もどうしとるかの。

ポツポツと灯りが点り出し、車夫たちが一人また一人と賑わいはじめた盛り場へ消えて行く。

鐘の音がした。

金之助と女性はまだあらわれなかった。

——これだけ長いこと一緒におるということは上手いこと行っとるいうことか……。

子規は吾妻橋で見た、金之助の恋情の濃さを思い返し、二人の思いが通じ合ってくれれば良いと思った。

陽はとっぷりと暮れ、いつの間にか子規の周りには闇がひろがっていた。

——いくら何でも少し時間がかかりすぎと違うか？

子規は思い立って、二人が歩いて行った方向にむかって歩き出した。

道はほどなく左に折れ、松林が影をこしらえ、そのむこうに浜が連なり、月明りに寄せる波が見えた。

周囲を見回したが人影はなかった。

——どこまで行ったんじゃろうか。

「お〜い、金之助君」

子規は二人の恋路を邪魔してはと、少し小声で金之助の名前を呼んだ。

返事はなかった。

子規は汐留の方にひとつ、ふたつ灯りが見えるので、二人はどこかの店にでも入って話をしているかもしれぬと、そちらにむかって歩き出した。

「お～い、金之助君。あしじゃ、ホトトギス君じゃ」

聞こえて来るのは波の音ばかりである。

しばらく歩くと、波打ち際に人影が見えた。

——二人連れと違うな。

子規はさらに先の方へむかおうとして足を止めた。

その人影は中折れ帽らしきものを被っていた。

人影は金之助だった。

——金之助君。

と声をかけようとしたが、その背中はあまりに淋しそうで、声をかけるのさえためらわれた。

数歩近づくと、金之助の肩が小刻みに震えているのがわかった。

嗚咽しているのだ。

その姿を見て、子規は自分までもが泣いてしまいそうになった。

「金之助君」

子規は畏友の名前を呼んだ。

金之助は振りむかなかった。

「金之助君、大丈夫ぞな？」

金之助はうなずき、ズボンのポケットからハンカチーフを出し、一、二度鼻をかんで、

「正岡君、私は今、不甲斐《ふがい》ない男として、この海へ身を投げてしまうべきだと思っているのだが、死ぬ勇気もないんだよ。今日まで生きて来て、夏目金之助という男がつくづく弱虫で、甲斐性のない人間だとよくわかったんだ。生きて行く価値もない人間が、死ぬこともできずに、さざ

波に冷笑されているんだよ」

「何があったかは知らんが、君が死んでしまったら、あしも、米山も、いや学友皆も、牛込のお父さんも皆悲しんでしまうぞな」

「私のような我楽多を友と呼ばないでくれ。私はこの世の、ただの厄介者なんだよ」

――我楽多、厄介者?

子規は驚いて、金之助を見直した。

「そ、そんなことはない。金之助君は一高きっての秀才で、一高で一番頼り甲斐のある御人《おひと》じゃ」

「ハッハハ、秀才が何だと言うんだ。女性一人を見守ることのできない男が、秀才ぶって歩いていただけさ」

「そ、そういうふうに言ってはいかん。君がどういう人かは、あしが、正岡常規が誰より知っておる」

「ありがとう正岡君。でも今は君のその同情も、この我楽多への憐《あわれ》みにしか聞こえないよ」

「そ、その我楽多はよせ。何があったのか少し話してくれんかの」

ようやく金之助が振りむいた。

トラホームのせいではなく目が腫れていた。

金之助はぽつぽつと、女性に逢ってからの事の次第を話しはじめた。

「彼女も、私のことを覚えていてくれたんだよ……」

「通じおうてたんじゃのう」

「そうだね。何度か、私と目が合ったと言ってくれました」

「ええ話じゃのう」

「一高の制服がとてもまぶしかったとも言ってくれた」

「そいか、そりゃ本物じゃな」

「しかし……」

そこまで言って金之助は声を詰まらせた。子規は袴《はかま》に吊《つる》した手拭いを抜き、手渡した。

「ほれ、こっちで鼻をかみんさい」

グジッと金之助は手拭いで鼻をかんだ。

「彼女は、私にふさわしくない女性だと言い出したんだ」

「許婚者《いいなずけ》でもおったのか」

「それは違う。断じてそのような女性じゃない」

金之助が怒ったように強い口調で言った。

「そ、それは失礼なことを言うて」

「あっ、いや、君に怒ったんじゃないんだ」

金之助は頭を下げて謝った。

「ふさわしゅうないと言うのは、どういうことかの?」

「彼女は、私と身分が違う、と言うんだ」

「身分? そりゃ何のことじゃ」

「彼女は、〝私は芸者の子です〟と言って、〝将来のある一高の方にはふさわしくない〟と言い張るんだ」

「ほう、あの人は、芸者の娘さんか……、なるほど、芸者のな……」

と子規は先刻見た彼女の住いを思い出しうなずいた。

「何だね？　正岡君、君は芸者の娘を見下しているのかね。君はそういう人間だったのか」

金之助がまた怒り出した。

子規はあわてて首を横に振り、あしはそんな人間とは違うぞな、と否定したが、金之助の目が釣り上がっていた。

――金之助君は少し、支離滅裂気味がや？

「けんど、金之助君は、芸者の娘さんでもかまわんのじゃろう？」

「勿論だ。失礼千万だよ」

「金之助君、ここは少し寒《さぶ》いぞな。あそこに丁度、屋台の蕎麦屋があるけえ。あそこで続きを話さんかね」

「私は少しも寒くはないよ」

「そ、そりゃ、そうじゃろうな。けどあしは医者から風邪を引いてはいかんと言われとるけえ」

「そ、そうだね。そのことをすっかり忘れていたよ。私が奢《おご》ります」

「す、すまんのう」

二人は屋台の蕎麦をかき込んだ。

「いや主人、ここの蕎麦はえらい美味いのう。もう一杯もらおうか」

「へい、ここらじゃ一番と言われとります。一高の学生さんに誉められて光栄です」

主人は金之助の制服をちらりと見て言った。

見ると、金之助は半分残った蕎麦のどんぶりを真剣な顔で覗き込んでいた。

子規は金之助のどんぶりを覗き込んで訊《き》いた。

「何かおかしなものでも入っとるかの？」

金之助が顔を上げて、突然、言った。

「私は一高を退《や》めます」

子規と蕎麦屋の主人が同時に金之助を見た。

「い、今、何と言うた？」

「夏目金之助、一高を退学します」

そりゃもったいない。と主人が言い、子規はあわてて箸を置いた。

「急に何を言い出すんじゃ、金之助君。気でもおかしゅうなったか」

「私は一高を退めて、あの人と一緒になります」

「気持ちはわかるが、少し冷静にならんといかん」

「いいえ、決心しました。お先に」

「ちょっと待たんか、金之助君」

子規も立ち上がって金之助のあとを追った。

ちょっと学生さん、勘定、勘定、と主人が追って来た。

金之助の下宿までの道すがら、子規は説得を続けた。金之助の亡くなった兄さんのことや、牛込の家から借金をしてまで進学したことを思い出せ、と思い浮かぶことを並べた。

「たしかに正岡君の話には一理あります。一晩よく考えてみます。では失敬」


翌日、翌々日と金之助は学校を休んだ。

一高に進学して以来、金之助が二日も続けて授業を休んだことはなかった。

米山保三郎が子規の下にやって来た。

「正岡君、夏目君が二日続けて授業を欠席している」

「あしもさっき、そのことは聞いた」

「教授たちも大変心配している。どこか身体の具合いが悪いのだろうか。君は知っているかね」

「ああ少し知っておる。もしあのことなら病気と言えるかどうか……」

「やはり病気なのか。どんな症状なんだ？」

「病気と言えば、病気とも言えなくもない」

「そりゃ、何のことだね」

「米山君、君に、そういう病気の経験があるかどうかは知らんが」

「私は、このとおりピンピンしている」

「そうじゃろうな。米山君とは無縁の病いかもしれんのう」

「何のことだ。はっきり言いたまえ。私は教授に様子を見て来ると約束したんだ」

「恋患《こいわずら》いじゃよ」

「恋患い？」

「そうじゃ、それも相当の重篤《じゅうとく》じゃ」

「夏目君は恋情を抱いている人がいるのか」

「うん、なかなか美しい女性だ」

「ど、どこの、誰かね。その相手は」

「あしも名前は知らん」

「どのくらい重篤なのかね」

「想い余って、一高を退学するとまで口にした」

「退学？　そりゃいかん。断じていかん」

保三郎の顔色が変わった。

子規と保三郎は金之助の下宿にむかった。

「米山君、君は夏目君のことをどのくらい知っておるのかね」

「まあたいがいのことはわかっているつもりだ」

「夏目君は興奮する性格かね？」

「いや、どちらかと言えば、あんなに沈着冷静な男はいないと思うが」

「そうかね。突然、怒り出したりするかね」

「いや、そんな夏目君は見たことがない」

「支離滅裂になったりはせんのだね」

「彼に限って、それはなかろう」

二人は金之助の下宿の前に立った。

「おや雨戸を閉め切っているね」

米山が二階の金之助の部屋を見上げた。

「ほら、そうじゃろう。病いはかなり重篤なんだよ」

「正岡君、恋情というものは楽しいことではないのかね」

「米山君はまだ甘いぞなもし」

「甘い？」

「そうじゃ。恋情は、時として激しい胸の痛みをともなうもんじゃ。さて患者を診《み》に行こうか」

二階に上がろうとすると、大家の老婆があらわれて言った。

「夏目さん、どこかお加減でも悪いのでしょうか。この二日程、お部屋に籠りっ切りなんです」

「大家さん、心配はいりません。あしが診察しますから」

「あなたはお医者さんですか」

「まあ、そんなものぞな。おまかせ下さい」

子規は胸をポンと叩いて笑った。

子規が障子戸の前で言った。

「金之助先生は御在宅や？」

返答がない。

「米山だ。保三郎だ。入らせてもらうよ」

保三郎が障子戸を開けた。中は真っ暗である。

雨戸を開け放つと、金之助は大きな白布で本の山を覆い、そこに背中をもたせかけ、腕組みをして目を開いていた。

「何だ、居るんじゃないか。しかしどうしたんだ。この大きな布は？　大切な本をすべて覆ってしまって。引越しでもするのかね」

保三郎が呆きれた顔をして言った。

「そうです。私は人生の引越しをするつもりだ」

「人生の引越し？　何を言ってるんだ」

保三郎が顔をしかめた。子規が言った。

「保三郎君、これが重篤な恋患いです」

「二人とも、何を訳のわからんことを言っとるんだ。ともかく部屋の風通しを良くして、授業を欠席した理由を聞かせてくれたまえ。教授たちも心配しておられる。君の様子を見て来て、教授たちに報告する約束をしたんだ」

「では米山君。教授たちに、報告してくれたまえ。夏目金之助は一高を退学するとな」

「何を言っとるんだ。君は自分が言っとることがわかっているのか」

今度は保三郎が怒り出した。

米山保三郎の金之助への説得は、さすがに論理を得意としているだけあって、そばで聞いていた子規も感心した。

それでも頑固者の金之助は、あれやこれやとこれまた屁理屈《へりくつ》にさえ聞こえる主張をした。

最後の決め手は子規の　言だった。

「ちいさきは亡き兄上、母上、大きくは国家のために、君は勉学を続けなければならん」

それでようやく金之助は退学届けを出すことを断念した。しかし授業へ出はじめてからも金之助は、時折、こころここにあらずという様子を見せることがあった。

ようやく平常心に戻ったのは、春が終わろうとする頃だった。

金之助が、その女性を諦めたのは、三兄の直矩の言葉によってだった。

金之助は学友たちの説得があっても、あの女性への想いを捨て去ることができなかった。

金之助は思い切って、兄の直矩に相談した。直矩が以前交際していた女性が新橋の芸妓だった。

金之助が訪ねた家のことを説明すると、直矩はこともなげに言った。

「その黒塀の家なら、烏森のお千の家だろう。名字は知らないが、お千は元々酌婦だった女で芸者なんかじゃねえ。たしかに娘がいたな。けどあのお千の娘ならやめておけ。お千は名うてのやり手婆《ばばあ》だ。これまでも何人もの男が金から身代までを取り込まれている。あの家も田舎の金満家から騙《だま》し取ったそうだ。おまえのことを知ったら必ず、この家に乗り込んで来る。オヤジもあのとおり年老いて来てる。あんな婆と掛け合いをさせたら寝込んでしまうぞ。嘘は言わねえ。お千の娘ならやめておけ」

金之助は直矩にあまりにあっさり否定されたので、逆に冷静になれた。

――そんな家で育ったのか。

そう言えば、あの夕刻、浜辺で女性は手を合わせて金之助に頼んだ。

「どうか、家に挨拶に来るのは勘弁して下さいませ。あなたにどんな迷惑がかかるかわかりません」

「私は平気です」

「だめです。どうか堪忍して下さい」

――あれは、あの人の家の事情のことだったのかもしれない。

金之助は妙に納得した。

上野の山に薫風の流れる四月、上野公園で第三回の内国勧業博覧会が催された。

本館、美術館、農林館、動物館、水産館、機械館、参考館の七館の会場でさまざまなものが披露された。

会場の中に電気鉄道（電車）が設営され、客の人気を集めた。

子規もこれに乗り、運転までした。

コーヒー店が人気を博した。金之助はコーヒーの味を美味いと感じたが、米山はすぐに吐き出してしまった。

入場料は平日が七銭、土曜日が十二銭、日曜日が十五銭。当時、官庁、役所は日曜を休日、土曜の勤務時間は午前と定められていた。総入場員数百二万三千六百人という内国勧業博覧会はじまって以来の記録だった。

電気鉄道の公開を機に、市街地交通機関として電車を要望する声が一気に高まった。

妙に暑い六月になった。

その気象のせいか、全国でコレラが流行した。八月下旬から九月にかけて患者数が一気に増えた。全国の患者総数は四万六千人。東京でも四千人がかかり、三千三百人が亡くなった。中でも衛生状態の極めて悪い貧民の集まる地区に流行した。

そんな夏であったから、一高も休校が続いた。

子規はコレラに感染してはいけないと、早々に故郷の松山に帰省した。

金之助は失恋の痛手からは脱出したものの、眼の具合いがこの夏にたいそう悪化し、仕方なしに学校を休み、家でゴロゴロする日々が続いた。

本も読めないし、寄席見物もかなわない。家でじっとしているうちに、金之助は、世の中が嫌になって来ることがあった。

松山の子規に、生きているのが嫌になった。死んでしまいたい気分になるが、そんな勇気なんぞあるわけがない、と愚痴を並べる手紙を出すほどだった。

七月、子規の下へ第一高等中学校本科及第、すなわち卒業できるとの報せが金之助から届いた。及第したのは金之助と子規の二人だった。山川、赤沼という同級生が落第し、米山保三郎はまだ決まっていなかった。

いよいよ夏が終われば大学生となるのである。

明治二十三年秋、金之助は帝国大学文科大学英文科に入学した。

子規と米山保三郎はともに文科大学哲学科に入った。

金之助は入学と同時に、申し込んでおいた文部省貸費生となった。

年額八十五円という支給である。月に七円の支給なら授業料、書籍代を払っても金が残る。金之助には何より嬉しいことだった。

これまでの一高とは場所も違い、赤門をくぐって入るキャンパスには、どこか期待感のようなものがあふれていた。

最初の授業を終えて、金之助がキャンパスの中を歩いて行くと、むこうから背の高い米山保三郎と子規が同じように歩いて来るのが見えた。

「おう、金之助君。今日の君は何かまぶしいのう」

「そうかな。私は特別何も変わりはしない」

「相変わらずだな。夏目君。正岡君が言ってるのは、日本の最高学府で学べることを少しは喜んではどうかということだよ」

「そうか。そりゃ私も嬉しいよ。でも大切なのはこれからだ。喜んでばかりはいられない」

それを聞いて保三郎は苦笑いをした。

「いや、さすがじゃのう。ごもっとも、ごもっとも」

子規は感心していた。

秋の日の半日、金之助は子規と新橋、虎ノ門界隈を二人で散策した。

「おう、あれが愛宕山ぞな。金之助君、一丁山登りでもしてみようぞ」

「愛宕山で山登りもないだろう」

金之助が笑った。

二人は愛宕神社の階段の下に立ち、東京市の中では最高峰の山を見上げた。

「ハッハハ。たしかにこれだけの高さでは山登りとは言えんな。あしは、こっちの方がええぞな」

子規は茶店を指さした。

二人は階段を登りはじめた。

「それにしても金之助君は山登りがお好きじゃのう」

「来年も〝不二〟に登ろうと思う」

「金之助君、山登りというのは何がええんかのう？」

来年も富士登山をするという金之助に子規が尋ねた。

「私は山に登ると、自分の今のことや、この先のことを、なぜかよく考えることができるんだよ。その時はたしかに山に登っているだけなのに、なぜか、自分のことや、世間、社会というものがよく見えるんだよ」

「そりゃもう一人の金之助君がおるということかのう。それとも一人で一歩一歩進んどるが、実は別の者が一緒に歩いとるのか？」

「何のことだね？」

「あしの故郷を、いや四国中を歩いて回る〝お遍路さん〟は一人で歩いとるが、弘法大師さまと一緒だと言うんじゃ」

「ああ、〝同行《どうぎょう》二人《ににん》〟だね。しかし正岡君は、ひとつのことを考えていて、ふたつも、みっつものことが頭に浮かんで来るんだね。『七草集』もそうだが、あれだけいくつもの文体と、違った世界を描けるのだから感心するよ。一度、君の頭の中を覗いてみたいものだ」

「それを言うのは、あしの方じゃ。君の手紙の中の候文と江戸っ子のべらんめえ調の文章、そして英文と、よくあそこまで使い分けられるもんじゃ。それに英語会の時、あしらは原稿の朗読がやっとのことじゃったが、君だけが何も見ないで、あれだけのスピーチをやってのけたのじゃから、こっちの方こそ金之助君の頭の中を見てみたいのう」

「いや、それは君の買《か》い被《かぶ》りだ。私はひとつのことを考えはじめると、それしかできない。ところが山登りの時は、なぜか頭のめぐりがよくなるんだ」

「へぇ〜、そんなもんかのう」

金之助はよほど山登りが好きだったのだろう。後年、漱石として小説を執筆した時、代表作のひとつ「草枕」の冒頭に、山登りの描写がある。

〝山路《やまみち》を登りながら、こう考えた。智《ち》に働けば角が立つ。情に棹《さお》させば流される。意地を通せば窮屈だ。とかくに人の世は住みにくい〟

漱石、三十九歳の作品である。

まだまだ十六年の歳月を待たねばならない。

愛宕山の階段を登りながら、金之助はちいさくタメ息をついた。

子規はちらりと金之助の顔を見た。

「正岡君、私はこの頃、この世の中で生きていることが嫌になることがあるんだ」

——まだ、そげなことを考えとるのか。

今年の夏、帰省していた子規の下に、金之助はこう書いてよこした。

〜この頃は、何となく浮世がいやになり、どう考えても、考え直しても、いやでいやでという気持ちが断ち切れない。かと言って自殺するほどの勇気がないのは、人間らしい所がいくぶんあるせいだろうか。「ファウスト」（ドイツ、ゲーテの戯曲）の主人公が自ら毒薬を調合して口の辺りまで持ってはいくが、飲むことができなかったという場面がよみがえり、自分と同じだと笑ってしまった〜

と自嘲しながらも、シェークスピアの「テンペスト」の中にある「人生は夢さながら、われわれの短い一生は眠りでけりがつく」というせりふを書いたり、鴨長明の「方丈記」の一節の「知らず、生れ死ぬる人、何方《いずかた》より来たりて何方へか去る」まで引用し、自分がどれほど世の中で生きることが嫌かを並べ立てていた。

　この手紙を読んだ子規は、浮世が嫌になっただと？　笑わせやがらと返事を書き、金之助のシェークスピアに対して、了規は詩人、バイロンの「闇」という作品から引用した。詩人が見た宇宙の終末の夢を綴った「世界は虚空だ。人間に満ちあふれ、力強かった地球は今やただの土くれだ」という一節を読ませて、自分一人の生きる、死ぬを何ぐだぐだ言ってるんだ、と一蹴した。

　子規は、今夏、二人で交わし合った手紙のことを思い出し、一度こうだと思い込むと、なかなかそこから離れることができない金之助に言った。

「金之助君、君はこの浮世がいやになったと言うが、君には望みというものはないぞなもし？」

「望み？　この心境だ。ないね」

「あしにはある。松山を出て初めて上京する折に、みっつ望みを持っておった」

　子規は指を三本立てた。

「ほう、それはどんな望みだね？」

　金之助は愛宕山の階段を登り切って、子規の顔を興味深げに見た。

「ひとつは必ず上京することじゃった。これはもうかなえた」

「ふたつめは何だね？」

「いつか異国へいくことじゃ。あしは、この世界がどんなところかを見てみたいんじゃ」

「うん、それは同感だね。私もこの先、英文学を学ぶのなら、いずれイギリスへ行かなければと思っている。君の行きたい外国はどこなんだい」

「う～ん、哲学を専攻しとる身としてはドイツと言いたいところじゃが、あしが最初に行きたいのは、陶淵明先生が〝帰去来辞〟でうたった田園じゃ。一人静かに先生のことを思ってみたいぞな」

「ああ、それはいいね。私も同感だ」

「同感？　そりゃ何の話じゃ。金之助君は浮世がいやになっとったんと違うか？」

金之助は子規の言葉に目をしばたたかせて頬を赤くした。

「まあええ、手紙にも書いたが、白駒の郤《げき》を過ぐるが若《ごと》しじゃ。荘子先生も、白馬が疾走するのを隙間からのぞくくらい人生は短いと言っとるからのう」

金之助は子規の手紙の一節を思い出し、

「いや、正岡君、君には一本取られたよ。私は少し自分に甘えていたようだ。ほれこのとおり謝るよ」

金之助が頭を下げた。

「わかりゃええ」

子規は言って少し胸を張り、周囲を見回した。

「あの大きな建物は何ぞ？」

内山下町に何やら大きな建物があった。

「あれは外国からの旅行者や要人が宿泊するホテルだ。もうすぐ開業すると聞いている」

「おう、君の貸してくれたノートにあったＨＯＴＥＬのことじゃな。それにしても大きな宿じゃ」

「帝国ホテルと言うらしい」

「浅草の方に何やら高いのも見えておったのう」

「あれは凌雲閣だ。帝大《うち》の工科でも教えているバルトン先生の設計だ」

「何やら東京は目まぐるしゅう変わるのう」


あと数日で冬休みに入るという午後、英文科の金之助の教室に米山保三郎が入って来た。

「どうしたね。哲学科はもう終わりかい？」

「今日は休講になった。教授が風邪を引いたらしい」

「哲学も風邪を引くのかね」

金之助のジョークに保三郎が笑った。

「松山の大将はどうしたんだ。またベースボールかね。あんなにベースボールに打ち込んでて授業の方は大丈夫なのかね」

「実は、その松山の大将のことで話があるんだ」

保三郎がいつになく真剣な顔をしていた。金之助は保三郎の顔を見て、咄嗟《とっさ》に言った。

「また血を吐いたのか」

「いや、身体の方はピンピンしてる」

「じゃあ何だね」

「校内じゃ少し話しにくいな。外へ出ないか」

「わかった」

二人は本郷から根津に下って鳥鍋屋に入った。

「ここの鳥はたいそう美味いと評判だ」

金之助は言って鳥鍋を二人前注文した。

「牛込の兄が教えてくれた。京都から来た職人がはじめたらしい。江戸っ子は新しもの好きだからな。ところで松山の大将がどうしたんだ」

「正岡君はどうも哲学にむいていないようだ」

「哲学にむいていない、とはどういうことだ」

「正岡君には、哲学の思考が残念ながらない」

「まだ授業ははじまったばかりじゃないか」

「それはそうだが、僕には正岡君が哲学のことで頭をかかえ込んでいるのは、もったいないと思う」

「米山君、君はたしかに予科の時から哲学を独学で学んでいたかもしれんが、だからと言って学友の力を少し見くびっていないか」

金之助の口調が険しくなった。

「いや僕も、最初はそう考えた。しかし三ヵ月の授業が終わろうとする今は、考えが変わったんだ。正岡君もお手上げだと言っている」

「私には、君の意見は傲慢にしか聞こえない。友が難儀をしていたら、その手を引いてでもともに歩むのが、真の友ではないのかね。私は君を見損なったよ」

金之助は鳥鍋屋で保三郎と別れると、その足で常盤会寄宿舎の子規を訪ねた。

子規は文机の前で、懸命に筆を執っていた。

「よう、これはこれは。浮世の厭世《えんせい》君ではないか」

「正岡君、そうからかわないでくれ。今日は君に少し話があって来たんだ」

「話ですか？　もしかしてまた天女の衣にでも触れたぞなもし？」

金之助はちいさくタメ息をついた。

「少しあらたまって話があるんだ」

「そうか、なら少しだけ待っといてくれるかの。今、ちょうど、蕪村の発句を書き写しとるところじゃ。切りの良いとこで終えるけえ」

「ああ、かまわない」

子規はまた机にむき直った。

「金之助君、この句をどう見るよ。

　五月雨《さみだれ》や大河を前に家二軒

どうじゃ、ええもんじゃろう。同じ五月雨でも芭蕉はこうじゃ。

　五月雨を集めて早し最上川

どちらがええと思うよ。あしは断然、蕪村じゃな。芭蕉大先生の五月雨は、いかにも、いかにもと思わんか。これを読んだもんは、なるほど威勢というか、大きくて力強いと誰もが思う。しかし蕪村は、大きな川の前に、ぽつんと家が二軒あるとうたっとる。川の流れのことも書いておらんのに、家との対比が何ともええと思わんか」

子規は半年前から、先人達の句の大系をまとめようとしていた。

これが後年、子規の偉業のひとつとなる『発句類題全集』（全六十五巻）のはじまりだった。

金之助は子規の部屋を見回した。

文机の周りにあるのは、俳句の古本ばかりで、肝心の大学のテキストは見当たらない。

見ると、ハルトマンの『美学』は本棚の隅に追いやられていた。

〝正岡君もお手上げだと言っている〟と言う、先刻の保三郎の言葉が耳の奥に響いた。

「よっしゃ、今日はここまでじゃ」

二人は寄宿舎を出て歩き出した。

「いや腹が空いたのう。筆を執ると何じゃか腹が空いてしまう。金之助君はどうじゃ？」

「えっ、私は……」

「美味い鰻を食べさせる店を見つけた。この間見つけた店じゃ。そりゃ、頬っぺが落ちそうじゃった。まだ誰にも教えとらん。金之助君ならええじゃろう。どいじゃ？」

「あっ、い、いや。それはぜひ」

「そうじゃろ、そうじゃろ、ところで話とは何ぞなもし？」

「そ、それは鰻屋でしょう」

「神田の少しばっかり先じゃが、人力車でも拾うかの」

「いや歩きましょう。少し運動不足で」

寄席小屋の隣りに新店が開いていた。金之助は子規の喰いしん坊振りに感心した。

鰻の大盛りを、と子規は大声で注文し、金之助君も大盛りでよろしいか、と言った。

「いや、私はこのところ腹の加減が良くないので半盛りでいい」

子規はたちまち大盛り丼を平らげた。金之助の丼が手つかずなのを見て、まだ腹の加減がようないかの、と訊いた。もしよかったら、と金之助が言うと、子規は笑って、そうかとたちまちそれも平らげた。

腹を突き出し、畳に倒れそうな子規にむかって金之助は話し出した。

「どうだい、これまでの授業を終えて、哲学科の調子は？」

子規は天井を見たまま、哲学はお手上げじゃ、と言った。

「お手上げとはどういうことだ」

「さっぱり訳がわからん」

「それは最初だからだ。何の学問でも最初は戸惑うものだ」

「いいんや、哲学は違うとる」

「違ってなんかないよ。君も言ってたじゃないか。祖父さんから漢籍、漢詩の素読を幼少の時にさせられて、初めは何が書いてあるのかさっぱりわからなかったが、続けているうちに、それがはっきり理解できるようになるとね」

「いや、哲学は別じゃ」

「何を言ってるんだ。そんなことでどうする」

大声を出し、顔を真っ赤にしている金之助を見て、子規は座り直した。

金之助は子規に、漢籍の素読の力を説き、哲学もやがて、すらすらと理解できる時が来るから、投げ出さずにやるようにと言った。ところが子規が口にした言葉には妙な説得力があった。

「あしは哲学が嫌なわけではない。むしろ好きな部類の学問じゃ。しかし哲学で学んだことが帝大を卒業して世に出た時、あしの望む仕事に活《い》かされるのは難しい」

「その仕事とは何だね？」

「それはまだあしにもよう見えん。見えんが、こちらの方向ではないかというのがおぼろに見え隠れしとる。それに一番合うのは国文科じゃ」

おぼろに見え隠れする、との言葉と、先刻、子規の部屋で見た、俳諧や戯作の古本が交錯した。

「よくわかった。君が哲学を拒否していないのなら、もう十分だ。私も、君は国文科へ行くべきだと思う」

「哲学は保三郎君にまかせておけばええ」


翌年二月、子規は国文科に転科した。

三月、神田駿河台にひときわ大きな建物が完成し、東京の人々を驚かせた。

ニコライ大聖堂である。日本ハリストス正教会の聖堂で、ビザンチン風の建物は周囲の家々が玩具に見えるほどで、人々は見物に押し寄せた。

金之助も、子規も、保三郎も学校への往復時にこれを眺めた。

「ロシアいう国はよほど大きな国じゃのう」

「それはヨーロッパの大国のひとつだからね。今、ロシアは東を目指してシベリア鉄道を建設中らしいが、太平洋へ艦隊の主要港を置くそうだ」

金之助がイギリス人教師から聞いた話を二人にした。

「大国はどこも極東を目指しているからな。ロシアはヨーロッパ列強国のひとつの雄だ。あのナポレオンもロシアに敗れて、皇帝の座を失った」

保三郎が言った。

「いずれ日本もロシアと一戦交えるかの」

「そりゃ相手にならない。国の大きさが違う」

「とは言え、ここは教会だ。戦争のための建物じゃない」

金之助が言うと、子規も保三郎も納得した。

五月、そのロシアの皇太子ニコライが、シベリア鉄道の起工式にむかう途中来日し、滋賀の大津で警官に斬りつけられた。

日本中が騒然となった。

ロシア皇太子、襲撃されるの報は世界中を驚かせた。大津事件である。

内務省は事件の重大性を考慮し、すぐに事件の報道への検閲、掲載禁止措置をとった。

皇太子のこめかみの傷は軽傷で済んだ。襲ったのは警備にあたっていた巡査だった。

事件の翌日、ニコライ皇太子を見舞うため、明治天皇自ら京都にかけつけた。


この春先から子規は、次の文集の創作にかかっていた。金之助は学校で子規の姿を見かけないので心配していた。

――あいつ、きちんと授業に出ているのか。

心配していた金之助の下に、「かくれみの」と題された漢文と俳句、房総の紀行文の三篇からなるものが送られて来た。

金之助はこれを一読して、すでに松山に帰省している子規に面白くないと手紙を出した。

子規は金之助の批判を交えた手紙に小首をかしげた。松山での子規は相変わらず忙しく、碧梧桐こと河東秉五郎と高浜清（虚子）に俳句を教えたりしていた。

金之助の心配どおり、子規の学期末試験の成績はひどいものだった。

「これでは落第してしまうではないか。よくもまあこんな結果で帰省したものだ。いったい何を考えているんだ、正岡君は」

金之助は級友たちと各教科の教授を訪ね、学生係とも交渉し、九月に子規が追試験を受ける許可を取り付けた。

秋に子規は上京し、金之助の配慮で追試験の許可が出たことを知り、自ら埼玉・大宮の万松楼に籠って準備をはじめた。

金之助は陣中見舞いに子規を訪ねた。

「いや、金之助君、このたびは何から何まで済まんことじゃったのう」

どうやら真面目にやっているようだった。

金之助も万松楼に泊まり、子規の勉強を見たり、休憩の時は二人で鶉《うずら》の焼鳥を食べたりした。

夜明け方、物音に目覚めると、机についた子規が筆を執っていた。ブツブツと聞こえる独り言で、それが追試の勉強ではなく、先達の俳句を書き写しているのだとわかった。

――君の頭の中には、今はそれしかないのか。

金之助はまた目を閉じた。

金之助の尽力もあって、子規はなんとか追試験に合格した。しかし子規の生活振りを見ていると、勉学に懸命になっているとは思えなかった。

金之助の心配は、次の年の進級試験の時に的中してしまう。金之助が受付までしてやった試験を、子規は試験会場まで来たにもかかわらず、受けずに帰ってしまった。

子規は学年試験に落第した。金之助は自分が落第したような気持ちになった。

その金之助の下に子規が訪ねてきた。子規は神妙な顔で話しはじめた。

「金之助君、今回の試験でいろいろ心配かけて済まなんだのう。今日はその詫びとあしの決心を聞いてもらおうと思うて来たんじゃ」

「決心？　何の事だね。落第は一年遅れるだけのことだ。もう一度やり直せばいい。私も予科で落第をした。その時に一から勉強し直したのが、今思えば自分を鍛えてくれた」

「金之助君、あしは大学を退める」

「何を言うんだ。帝大《うち》の国文科の学生は数人しかいないんだ。それは卒業して世に出れば、最高学府で学んだ人間とみなされるということだ。こと国文学に関して、君はどんな仕事にも就けるということなんだよ。社会は君を立派な学士として迎えてくれるんだ。そうすれば、君が言っていたように松山の母上も妹さんも呼べるじゃないか」

説得する金之助の前に子規は、一枚の新聞を差し出した。

「あしはこれで生活を、いや志をかなえて行こうと思うとる」

「新聞記者になるというのかね」

「そこらの記者とは違う。国文の記事を書く」

「国文の記事？　何のことだ」

子規は新聞『日本』のひとつの欄を指さした。そこに「獺祭書屋俳話」と題された記事があった。〝獺祭書屋主人〟は子規の号である。

「給金も十五円くれる。それだけあれば松山の母も妹も呼べる。君が賛成してくれた俳諧分類の仕事も大手を振ってできる」

金之助は何も言えなかった。

自分の人生をこうも単純に決めて行ける子規の大胆さに驚き、羨ましいとも思った。

「では失敬するよ。退学しても、金之助君の発句の先生は続けるから、心配せんでいい」

と言って子規はニヤリと笑った。

金之助は、その夜考えた。

人は同じ山を目指して、ともに路を登ることはできないんだ。

耳の奥に、李白《りはく》の漢詩の一節が聞こえた。「行路難　行路難　多岐路……」人生の行路（旅路）は難しく、岐《わか》れ路ばかりだ。

――そうなんだ。人生は岐れ路の連続なのだ。

わかってはいたが、子規が身をもってそのことを教えてくれた気がした。それにしても、子規は自ら選んだ道を歩もうとしているのに、自分はいまだに何をしたいのかも見えないでいる。それればかりか、自分が何者かさえわからないでいる。

――こんなことじゃダメだ。もっと自分は強靱《きょうじん》にならなくてはならない……。

その秋の友との別れから金之助は以前にも増して英文学研究に打ち込み、翌明治二十六年七月、帝国大学英文科ただ一人の卒業生として大学院へ進んだ。米山保三郎も中村是公も無事卒業した。

子規は新聞『日本』に入社し、故郷松山から母、八重と妹、律を呼び寄せ、根岸に移り住み、新聞記者として活躍していた。

奇妙なもので、社会人となった子規と学士の金之助はそれまで以上にお互いの家、下宿を訪ね合うようになり、書簡の往復も多くなっていた。

明治二十八年三月三日。

金之助は新橋駅のプラットホームに高浜虚子、河東碧梧桐らとともに立っていた。

大勢の人が一人の男を囲んでいた。それぞれの人が見送りの言葉を述べるのに満面の笑みで応えているのは、新聞『日本』より従軍記者として清国へむかう正岡子規であった。

「帝国日本軍の戦勝の記事をおおいに送りますから楽しみにしておいて下さい」

やがて子規は金之助の前に歩み寄った。

「夏目君、行って来るぞな」

「むこうで無理をしないように」

金之助は子規の身体が弱っているのを知っていた。なのに子規は強引に従軍を希望した。

子規は金之助には小声でささやいた。

「ふたつめの望みがかのうたぞなもし」

「じゃ戻ったら、みっつめを聞かせてくれ」

万歳の声に見送られて窓から手を振る子規を金之助は、八重と律とともに心配そうに見送った。

明治二十八年四月七日、上野の山の桜が満開の朝、夏目金之助を乗せた汽車が新橋駅を出発した。

むかう先は四国、松山である。愛媛県尋常中学校の英語教師としてであった。山口高等学校からも招聘《しょうへい》を受けたが、松山の方はそれまで着任していた外国人教師と同じ待遇で迎えると言われたので、そちらに決めた。それまで東京でも教鞭《きょうべん》をとっていたが（高等師範学校、東京専門学校)、給与は断然良かった。周囲は反対したが、金之助は東京を出てみたかった。

国府津《こうづ》で握り飯の駅弁と茶を買った。

富士山を見ながら食べる弁当も茶も美味かった。

――やはり美しい霊峰だ。

学生時代の登山がよみがえった。あの夏、懸命に登っていた自分を、こうして山を仰ぎ見る人には想像もつかなかったのだろうと思うと可笑しくなった。

静岡、浜松、名古屋を経て米原で汽車が停車した時刻には夜の闇がひろがっていた。

――次は京都か……。

そう思うと、子規の顔が浮かんだ。

三年前の夏、金之助は帰省する子規と二人で京都、大阪を旅した。京都の古い〝柊《ひいらぎ》屋〟という宿に泊り、夜の都大路を散策した。ぜんざい屋に入り、夏ミカンを食べながら歩いた。

――あいつは今頃どうしているだろう。

戦場のことを心配しているのではなかった。すでに戦況は決着がついていた。今春、また喀血をしたらしい。

無理をしてしまうのだ。性分とは言え、こちらが注意をしても、やることがヤマほどあるぞな、と聞かない。

うたた寝をしているうちに汽車は終着駅に着いていた。神戸で一泊し、松山の三津浜に船が着いたのは四月九日の昼過ぎだった。

聞こえる言葉は、あの伊予弁ばかりだ。

金之助は青い背広に中折れ帽を被り、右手にこうもり傘、左手に鞄《かばん》を手に桟橋に降り立った。

皆が見慣れぬ服装に目をむけ、何より口髭の貫禄《かんろく》に思わず会釈する。

市中までは軽便鉄道に乗った。二十分ほどの時間だが、聞こえる伊予弁は男も女も甲高いのに驚いた。

人力車で城戸屋まで行った。

「ようお見えになりましたぞなもし。お客さん、お名前は何と申されますぞな」

「夏目金之助だ。予約をしておいたが」

「そうかね。今、主人が出かけとるんで」

通されたのは一階の隅の小部屋であった。

ほどなくあわてて主人が部屋に入って来て、こりゃ夏目先生、こんな部屋に案内してしもうてからに、あしが出かけとりまして、と二階の角部屋に案内された。

ここが最上等でして、と汗を掻きながら出て行き、先刻出された茶よりずいぶんと香りの良い茶と器が出た。

宿の主人があわてるのも無理はなかった。松山の今朝の新聞に東京から〝着任〟する夏目金之助先生の記事が掲載されていた。そこに給与が八十円とあったのである。同じ中学の校長が六十円、ほかの教員は半分以下の給与である。

「そげに偉いお人かね？　二階の先生は」

「当たり前じゃ、八十円言うたら、そこらの役人でももろうとらん」

実は金之助は、この宿に泊まるのは二度目だった。子規と関西旅行に出かけた折、子規の招きで松山へ三日間滞在していた。その時はまだ学生である。服装も違っていたし、宿を訪ねて来た子規の友人たちでいつもがやがやしていた。

それ以上に三年という歳月が、金之助の風貌を変えていた。

夕刻、金之助は宿を出て散策に出かけた。

二階から下りると、主人が下駄《げた》を用意して立っていた。ぞんざいだった先刻の女中も立っている。

見ると玄関先から数人の男女が覗き込んでいた。どの目も奇異なものを見るような目をしていた。

ウォッホン、と金之助は咳払いをした。

すると覗き見をしていた者が皆消えた。

――これは少し大変な所に来たか……。

金之助は思った。

翌日、金之助は学校へむかった。

宿屋の主人が人力車を用意しましょうか、と聞いたが、私はただの中学校の教師だよ、と断った。

今朝の新聞にも、また金之助が松山に来たことと、親切に給与の額まで載っていた。

――よほど教師の給与が気になる土地らしい。

と金之助は笑ってしまった。

徒歩で二十分はかからなかった。

古い寺子屋のような学舎ではなかろうな、と心配していたが、二階建ての新しい建物だった。

当時、中学校、小学校の建物は、それまでの寺子屋や、藩校をそのまま使っているものが半分以上だった。金之助は、それを富士登山の際の御殿場や房総の旅で見知っていた。

――これならまだ辛抱はできるな。

金之助は学舎を見上げて言った。

門前に小使らしき老人がいて、金之助を見ると、夏目先生ぞなもし？　遠いところよう×△□なすって、えろう×△□、と何を言っているのかわからない。そうして金之助の鞄を持とうとしたが、断った。

玄関までにもうひと言、ふた言話していたが何を言っているのか、さっぱりわからなかった。

校長室に案内され中に入ると、校長の住田昇が白い歯を見せて挨拶した。

「夏目金之助です」

「では早速、辞令をお渡しします」

校長は言って辞令を読み上げ、いきなり、当校は……と教育の精神について長い話をはじめた。

金之助は長談義を聞きながら、校長のクリクリとした目の顔が、誰か、何かに似ている気がした。

――さて誰だったか……。

「そうか、狸《たぬき》か」

「えっ、今何かおっしゃいましたか？」

「いや、ともかく教育者としてしっかりとやる所存です。よろしく願います」

校長は笑ってうなずき、先生方を紹介します、と教員室に案内した。皆がこちらをむいた。

どの顔も皆東京では見かけぬ面相だった。

校長は一人一人に紹介し、辞令をいちいち彼等に見せた。同じことを何度もする。

こんなことなら昨日壁にでも貼り出しておけばよかったのではないかと思った。

金之助の松山での最初の授業がはじまった。

担当するのは四、五年生である。

授業をするのは、すでに東京の師範学校、東京専門学校で三年間教えていたから慣れていた。

テキストもワシントン・アーヴィングの「スケッチ・ブック」で、一度東京で教材に使っていた。

金之助は〝授業〟というものが、彼なりにわかっていた。ことに英語の授業は、この言語を修得したいという気持ちは皆にある。しかし言語は読めればいい、書ければいいと言うものではない。英語はなぜ、こういう言い方をするのか、なぜ、こういう構成になっているかを理解せねばならない。つまりそれは言語の背後に英国人、さらに言えば欧州の人々の物事への捉え方があるのだ。

しかしそれをすぐに理解などできない。金之助自身もあらたな英文の一般書、小説、戯曲を読むことで発見もあれば、疑問にあたることもあるからである。

東京で教えて来た生徒たちは年齢も上だし、レベルも高い。この田舎の尋常中学校の若者がどの程度の力かはわからない。だからと言って教え方のレベルを下げることは彼等《かれら》に失礼である、と金之助は考えた。

ただ空気が違うことはテキストを読みはじめてすぐにわかった。テキストを読み、文節の良い所で日本語の訳を話す。生徒の顔を見ると大半が、間の抜けた顔でこちらを見ている。

――まあいい、続けよう。

三十分を過ぎた頃、一人の生徒が突然、

「先生、違います」

と声を上げた。

見ると、先刻金之助へ礼の号令をかけた級長の生徒だった。

「何が違うのかね？」

「今の先生の訳はイーストレーキと棚橋《たなはし》一郎《いちろう》の訳と違っています。それも二箇所ある」

生徒は胸を張って金之助を見て言った。

他の生徒がニヤニヤして見ている。

――こいつら俺を試してるのか。

「君はウェブスターの英和辞書のことを言いたいのだろうが、それは辞書の誤植だ。そしてもうひとつは著者、訳者の誤解だ。その二箇所を私が言ったように直しておきなさい」

皆は呆気にとられた顔をした。

「では続けます」金之助は平然と言った。

金之助は授業が終了すると、顔色ひとつ変えずに教室を出て行った。

ガヤガヤと音を立てて生徒たちが一人の生徒の下に集まった。

級長の真鍋《まなべ》嘉《か》一郎《いちろう》だ。金之助に間違いを指摘しようとしたクラス一の秀才である。

「どやった？　真鍋、新任の先公の英語は」

「どうもこうもないぞなもし。日本で一番の辞書のウェブスターを、辞書の間違いだ、直しておけなぞと言う先生は初めてじゃ。ありゃたいした先生ぞなもし」

「こらしめ切れんかや？」

「こらしめるも何も、こっちがやられたぞなもし」

「ふぅ〜ん、そうか」

真鍋を囲んだ悪童たちが腕組みした。

この真鍋嘉一郎は、のちに東京の第一高等学校を経て、東京帝国大学医科大学に進学し、同大学の教授にまでなり、内科物理療法学講座を開設し、日本の内科医学界の最高峰へ昇りつめた。

その上、大正五年、病床についた漱石が自ら、名指しで、

「真鍋君を呼んでくれ」

と告げ、真鍋博士は漱石の自宅に献身的に往診することになるのである。

しかし今は、授業初日の先生と生徒の問答でしかなかった。

金之助は松山赴任の後、熊本に渡り教壇に立つのだが、この間、金之助に教えを受けた多くの生徒が、その後上京し、各分野で活躍するようになる。そうした彼等が共通して語るのは、〝先生の何とも言えない魅力〟であった。

だが金之助は自分の魅力にまったく気付いていないし、そういうことを考えることすらなかったのである。

一日目の授業を終えて、金之助は一人で蕎麦屋に入った。

「一枚下さい」

「一枚とはなんのことぞなもし？」

「一人前ということだ」

——まったく蕎麦屋までが田舎じゃないか。

蕎麦は太かったが味は悪くはなかった。

宿に戻り、主人に頼んでおいた下宿先を見に出かけた。

「これじゃ住めない。狭過ぎるし日当りが悪い」

それから金之助は三度も下宿を引っ越した。


「こりゃいい。ここなら気持ち良く過ごせます」

金之助は二階の窓から外景を眺め嬉しそうに言った。

「夏目さんが松山に来たら、ここを案内してやるようノボさんが手紙に書いとったぞな」

子規の妹の律が笑って言った。

「それでも、私たちが余計なことを口にしては尋常中学の人やらに差し出がましいと思うて」

母の八重が言った。

「何をおっしゃっているのですか。あいつが、いや失敬、正岡君は私のことを一番良くわかってくれている人です。こんなことなら最初からお母さんたちに相談すればよかった」

金之助が満足そうに外景を眺めた下宿は、城山の麓の二番町にあった。

「正岡君は今も清国ですか？」

「葉書が一度届きよりまして、むこうで陸軍の軍医部長の森とかいうお方に逢うたと書いてよこしました」

「それは陸軍医の森鷗外のことでしょう。でも戦場に行っても相変らず忙しくしているんだな、あいつ、いや正岡君らしい。帰りにここに寄ってくれればいいのにな……」

金之助が懐かしそうに、その姿を思った子規は、その頃、同じように従軍のスケッチを新聞『日本』へ送る、画家、中村《なかむら》不折《ふせつ》と旅順《りょじゅん》港近くで砲台や街を見物していた。

すでに戦争は終わっていたのである。

日清戦争の勝利に、日本国中が沸いていた。

明治新政府としては、初めての外国との戦争であり、相手が大国、清国ということで、当初はこの戦争をすべきではないという意見の方が強かった。

日清戦争は朝鮮半島をめぐる清国と日本の対立からはじまった。発端は甲午農民戦争（東学党の乱）で、朝鮮王朝はこの反乱を鎮圧できず、清国軍と日本軍が同時に半島へ出兵した。交戦はなく反乱も鎮まったが、清国軍、日本軍はともに撤兵しなかった。日本軍は王朝改革を名目にソウルを占領した。両国が対峙する中、明治二十七年七月、日本軍の清国艦隊への奇襲で両国軍が衝突する。八月一日に双方が宣戦布告。日本軍は朝鮮半島の清国軍を破り十月に鴨緑江を渡って清国に入り、遼東半島、旅順を占領した。山東半島へ日本軍は進み、翌年三月、清国政府は休戦交渉を提案した。

日本の清国への勝利は列強国を驚かせた。

下関の講和会議で日本は賠償金（二億テール）と遼東半島、台湾の日本領化を得た。

戦勝の報せに日本中が高揚していた頃に、子規は清国、柳樹屯に上陸した。すでに敵軍は敗走しており、どこに行っても大砲の音も銃撃の音も聞くことはなかった。

子規は毎日、名所、旧跡を見学し、戦記など日本に送れる状況ではなかった。

そんな折、近くにいる陸軍第二軍の一群の中に、軍医部長の森林太郎こと森鷗外がいることを従軍記者仲間から聞き、子規は面談に行った。

以前、ドイツから帰国した鷗外が発表した小説「舞姫」を金之助が読んでいるのを見て、子規は、そげなものを読むようではいかん、と批判していたのに、当人が近くにいると聞けば、ぜひ面談したいと思うのが子規らしかった。

文学論でも交わすものと思われたが、さにあらず、西洋の詩が好きな鷗外と俳句に造詣のある了規は、連歌、俳句で意気投合し、二人は子規が清国を出発する日まで、毎夜、語り合った。

五月十四日、子規は遼東半島、大連《だいれん》港から佐渡国丸に乗船し日本にむかった。

船は古い上にひどく狭かった。軍人五十人と従軍記者十数人が粗末な船内に押し込まれた。子規は贅沢《ぜいたく》を言う人ではなかったが、さすがに呆きれた。

何しろ初めての外国での戦争だったから、日本軍も従軍記者の処遇はほとんど考慮しなかった。大陸での宿泊も小屋のような所が何度もあった。

船はのろく、何度も停泊した。子規はひどく疲れていた。時折、息苦しさにデッキに出たが、深い霧が立ちこめ、余計に肉体と精神を沈ませた。

出発から三日後の午後、デッキの方から大声がした。

「鱶《ふか》がいるぞ。それも大群だ。早く来い」

好奇心の人一倍強い子規は跳び起きてデッキに上がった。

デッキの手すりを握ろうとした時、喉の奥に痰《たん》がつまったようなので吐き出した。

痰ではなかった。血のかたまりだった。それから、これまで経験したことのない量の血がドクドクと流れ出した。

——これはイカンぞ。

子規は両手の血を見てつぶやいた。

その喀血の量の多さに、さすがの子規も船室でじっと横臥し続けた。

下関から瀬戸内海に入り、船が兵庫の和田岬沖に着いたのは七日後のことだった。

須磨の海岸へ上陸し、皆について歩き出そうとしたが、砂に埋もれた足が上がらない。足先を見ようとうつむくと、また喀血がはじまった。砂が黒い色に変わった。

とうとう子規はそこに倒れ込んだ。

再び目覚めた子規の視界に真っ白な天井とあふれる光が映った。

――ここはどこぞなもし……。

県立神戸病院の病室であった。

浜辺に倒れていた子規を従軍記者仲間達が見つけ、病院に連絡し担架で運んだ。

東京の新聞『日本』の陸羯南の下に〝子規倒れる〟の報が届き、神戸の師範学校の教授をつとめていた河東碧梧桐の兄、竹村《たけむら》鍛が病院に駆けつけた。入院から五日目、羯南に言われて高浜虚子が見舞いに来た。

虚子は痩せ細った子規を見て驚いた。喀血は続いていた。鍛と虚子は家族を呼んだ方がよいのではと医師に相談した。医師は首をかしげ、そろそろ血は止まってもいいのだが、君、様子を診て来なさい、と若い医師に言った。

若い医師は氷嚢《ひょうのう》を胸に抱いている子規を見つけ大声を出した。

「何をやってる。見せなさい。凍傷になりかけているじゃないか。血は出るだけ出せば止まるんだ。えっ、食事もしてないのか。それじゃ病気を治す体力もなくなる。どんどん栄養を摂るんだ」

子規は自分で勝手に治療法を考えたのだった。

そうとわかれば、子規は俄然食欲を出した。牛乳を飲み、粥《かゆ》を食べ、イチゴが食べたいと言い出し、虚子は神戸の山の手のイチゴ園まで走った。

やがて喀血はおさまり病院から保養院に移った。母の八重もやって来て、ようやく子規は顔に赤みがさし、笑うようになった。

虚子から子規の容態が快方にむかっていると聞いた金之助は手紙を出した。

子規を元気づけようとした独特の文章だ。

～松山の人間は田舎者の癖に小理屈を言うね。宿屋も下宿屋も皆ノロマのくせに不親切だ。いや、君の故郷を悪く言ってすまない～

子規はそれを見て笑い出した。

「よう秀才先生、小理屈ばかりの伊予者が只今《ただいま》帰って来たぞな」

金之助は玄関に立った子規を見て、一瞬、鼻の奥が熱くなった。

「よく元気で帰って来たね。小理屈のことか、あれは失敬、失敬」

と言って子規の両肩に手を当てた。実は虚子からいっときは危ないと報せが来ていたから、金之助は子規が生きていることをたしかめるために両肩を荒っぽく握ったのだ。

――こいつ、たしかに生きてやがる。

「ところでその荷物、どこかに旅立つのか。まさか東京へ行くのか」

子規は柳行李《やなぎごうり》と鞄を手にしていた。金之助は切なくなった。

「そうよ。今日からこの家の一階へ住むぞな」

「えッ」

「君のくれた手紙にあったじゃないか。こんな田舎だから、友もない。結婚するか、遊ぶか読書するかくらいだろうと。秀才先生、もう心配はいらん。ここに来る途中、この家の呼び名も考えた」

「この家の呼び名？」

「そうじゃ〝愚陀仏庵《ぐだぶつあん》〟じゃ」

愚陀仏は金之助が〝漱石〟とともに使っていた俳号である。ぐだぐだ言ってばかりで肝心なものがない自分の句を笑って欲しいとする金之助特有の含羞《がんしゅう》を込めた名前だった。

「そうか、子規大先生はこの家で発句をしようというつもりだな」

「そうよ。ほどなく俳句好きの連中がやって来るぞな」

「これからかい？」

「勿論だ」

「何か準備をしなくていいのか」

「〝やれ打つな蠅《はえ》が手をすり足をする〟じゃ。皆こっちにむかって飛んで来とるわい。半紙と筆一本あれば発句のはじまりじゃ」

「そ、そうだな。大家の上野さんの所から茶と茶碗《ちゃわん》くらいは持って来させよう」

「いいんや（そうじゃない）。この下の饅頭屋で十人分の饅頭と茶を注文しといた。先生、ここはあしの故郷じゃぞなもし」

「ハッハハ、それを忘れていたよ」

こうして金之助と子規が二人して過ごした最初で、最後の〝愚陀仏庵〟での五十二日がはじまった。

金之助の暮らしは、それまでと一変した。

子規を訪ねて来る人の多さに驚いた。

金之助は普段、朝八時から昼二時まで授業をすれば、あとは学校でやることはなかった。嘱託待遇であるから、宿直当番もなければ、放課後の教員の打ち合せ、奉仕活動も免除されていた。松山に赴任してからは、毎日、思う存分本が読めたし、いろいろ思案もできた。東京での、何かと出て来る牛込の実家のことや、生徒からの相談などの煩わしいこともなかった。

――こういう暮らしが案外と自分にはむいているのかもしれない……。

と思う時があった。

ところが子規の帰省により、金之助は勝手な暮らしができなくなった。

一週間を過ぎた頃には、毎日、家を訪ねて来る者があり、荷物や郵便物が届き、句会の日時の伝達を玄関先に堂々と貼っていく……、まるで子規の家に間借りをしているのではと錯覚するほどだった。

昼から句会が階下で催されている時などは、聞こえて来る会話、笑い声、拍手の音で、ゆっくり本を読むこともできなかった。何しろ、ここの連中ときたら、やたらと声がでかい。まるで戦場にいるようである。

しかし金之助は、この暮らしが嫌ではなかった。

子規に誘われて、時折、句会や、吟行へ出かけてみて、子規の下に集う人たちが、皆純粋で、真剣な表情で苦吟している姿は、これまで見たことのない人間の創作の無垢な姿を見た気がした。

「ちょっとええかのう」

子規が一階から声をかけた。

階段を半分上りかけて、子規は顔を出した金之助を見て言った。

「紹介したい人がおるぞなもし」

「わかった。階段は上がらなくていい。私がそっちへ行く」

金之助は子規の身体が弱っているのを知っていた。

「こちら柳原極堂《やなぎはらきょくどう》さんじゃ。松山で〝松風会〟言う句会を主宰しとるお人じゃ」

「極堂です」

「夏目金之助です。初めまして」

「極堂さん、夏目君は今、尋常中学校の……」

「いや、松山で夏目先生を知らない人はいませんよ」

皆と松山の街へ吟行へも出かけた。

吟行は、散策をしたり、時には数泊の旅へ出かけて、皆が句作をすることである。松山は少し足を伸ばせば、美しい海、山河、極上の温泉があった。

高浜の海岸や勝山町の常楽寺、千秋寺、松山城まで出かけた。常楽寺には狸の像があった。松山城を築いた加藤嘉明《かとうよしあき》が、東の守りとして境内に植えた立派な榎《えのき》に、狸が棲みついたと言われていた。

子規に二句、誉められた。

　見上ぐれば城屹《きつ》として秋の空

　秋の山南を向いて寺二つ

そうしてもうひとつの句は、子規が得意の評価である、月並みじゃのう、をもらった。

「金之助君、これは月並みじゃのう」

愚陀仏は主人の名なり冬籠《ふゆごもり》

子規の言葉に金之助は苦笑してしまった。

二人して道後温泉にも何度か出かけた。

「湯でも入ろうかのう」

子規が言い出すと、金之助はすべてを置いて湯に出かけた。

子規の母の八重からも頼まれていた。

「夏目先生、ノボさんが湯に入りたいと言い出したら、どうぞ連れてやって下さいまし。道後の湯は滋養にええ湯ですから」

「わかりました」

道後山の麓にある湯は「日本書紀」にも登場し、日本最古の名湯とも言われている。

金之助は、赴任した十日後にはこの温泉を訪ねて湯屋の建物の立派さに感心し、東京に手紙を書き送ったほどだ。

「ここは階下がええ」子規が言った。

金之助はこれまで三階しか入らなかった。

「そういうものなのかね」

「そうじゃ。裸になれば上も下もないぞな」

一階の湯に入った。透明な湯に身体を沈めると、まことに心地が良かった。

「正岡君、背中でも流そうか」

「いやいや、おそれ多いことじゃ」

「そう言うな。たまにはいいじゃないか」

「そうか。じゃお言葉に甘えようかのう」

子規の背後に回り、その背中を見た時、金之助は息を呑んだ。

痩せ衰えた子規の背中は、骨と皮ばかりで見るも無惨《むざん》だった。

——こんなに痩せてしまっているのか。

金之助は目頭が熱くなった。

友の身体はすでに健常な人の、それではなくなっていた。

「どうしたぞえ？　牛込の三助さん？」

「いや田舎のシャボンはなかなか泡立たなくてな」

「塩でかまわんぞ」

「いや、大切な新聞『日本』の記者さんの身体だ。丁寧に洗わせてもらうよ」

「そうかい。冥土のええ土産話になるぞな」

「ハッハハ。まだ閻《えん》魔《ま》大王が入れてはくれんさ」

「フッフフ、そうじゃとええがの」

金之助は子規の背中を洗いながら自分の目から大粒の涙が零れるのを放ったままにしておいた。

「さあ上がったぞ。これなら松山の女衆も放ってはおかんだろう」

「ありがとうさん」

「母上もおっしゃっていたが、ゆっくり湯につかって身体に滋養をつけることだ」

二人は湯船に入った。

幸い湯煙りで金之助の顔も、子規の顔もおぼろにしか見えない。

二人は肩までつかり目を閉じた。広い湯船の隅の方から、若い人の声が聞こえた。

〜松ヶ枝町あたりをひやかそうぞなもし。おまえにそんな度胸があるかよ。何を言うか、あしは勉強はできんが、遊びなら誰にも負けんぞなもし……。どうやら尋常中学の生徒らしい。

教師という仕事柄か、この頃は生徒の態度や話し声に、目や、耳がむく時があった。

「そう言えば金之助君、見合いの話はどなんしたぞな」

金之助は先月、見合いをすすめられた。

「ああいうのはまったく困る。勝手にこっちが嫁を欲しがっていると思ってやがる」

「やがるか……。東京弁もひさしぶりじゃ。帰りに松ヶ枝町でも覗いてみようぞな。今そこで青びょうたんどもが一丁前に話しとったろうが」

松ヶ枝町は遊郭のある場所だった。

先に湯船を出た子規は、金之助が湯船で泳いでるのを見て、苦笑した。コラコラ、秀才君、立札に、ここで泳ぐべからずと書いてあるぞ、と言いたかったが、金之助の好きにさせておいた。

帰りは松ヶ枝町の本通りを二人して歩いた。

格子越しに、女たちの二人を誘う艶やかな声が聞こえた。子規は、その声に笑ってうなずきながら通りの中央をゆっくり歩いていた。

いかにも楽しんでいるように映るが、子規は女たちの顔を碌《ろく》すっぽ見もしない。それは金之助も同じだった。

子規が急に振り返って金之助を見た。

「それで見合いの相手には逢うたぞな」

「いや写真を見せられただけだ」

「どんな女子ぞな？」

「どんなって普通の娘だ」

「普通の娘はおらんぞ。皆それぞれ違うとるし良い所があるもんじゃ」

「わからない」

「わからんか……。金之助君は、そっちの話になると少しむきになるのう。どうするつもりかの？」

「まだ独りの方が楽だ」

「嫁をもらうということは、そういうこととは違うぞな。きちんと考えんとのう」

「わかった。忠告として覚えておこう。ところで正岡君の方はどうなんだ？　あの、たしか、おろくさんと言ったな」

「あの娘さんはあきらめた」

「簡単にあきらめるんだな」

「いや違う。神戸の病室で決めた。あしのこの身体では嫁が可哀想じゃ」

「何を言ってるんだ。その人と一緒に君の身体を療養すればいいだろ」

子規は力なく首を横に振って歩き出した。

翌日、第一時限の授業をやりに教室に入ると黒板に〝湯の中で泳ぐべからず〟と書いてあった。

「こんなことを書いて面白いのかね。そんな暇があったら、単語のひとつでも覚えるんだな。それに言いたいことがあれば、その場で言うことだ。てめえらのその根性が気に喰わない」

「先生、てめえら、とは何ぞな？」

「てめえらはてめえらさ。てめえらなんぞの知ったことかてえんだい。一度てめえらも泳いでみろ、しゃきっとするぜ」

金之助はそう言って、フンという顔をした。

愚陀仏庵での子規との日々も、四十日が過ぎた頃、子規が東京に行くと言い出した。

母の八重も周囲も子規の上京に反対だった。

「もう少し療養をしなっさい。やっと元気になったのやし、お願いぞなもし」

八重は、金之助にも、子規に松山で暮らすように言ってやって欲しいと頼んだ。

金之助も同じ意見だった。

「正岡君、もう少しここで静養した方がよかろう」

「いいんや。あしは東京でせねばならんことがあるぞな。それをやり切るには時間が足りんけえ、今すぐにでも上京せねばならん。身体も何とか元気になった。陸羯南先生にも厄介をかけとる。給金泥棒ではいかんぞなもし」

羯南は病気療養中の子規に以前と同じ給与を送ってくれていた。

「日清戦争の従軍記もやり残しとる」

金之助は子規の上京の決心が変わらないとわかったので、母の八重に、それを伝えた。

「そうですか。一度言い出したら、聞かん子、ですから……」

八重は、子規の妹の律を連れて再び上京した。最優先で我が子のことを考える女性だった。

上京の日程がほぼ決まると、金之助は子規と深夜まで話し込んだ。

「俳句というものが持つ、表現の力と情緒をもっと人に知らせねばならん。それに短歌の革新をやろうと思うとる」

子規の野心を聞きながら、何とかこの仕事を成就させてやりたいと金之助は思った。

「今度の上京が最後になるやもせんから、少し関西を巡ってみようと思うとるぞな。奈良にも足をのばしてみようと」

「そりゃいい。ぜひそうしたまえ」

「そのことで、少し金子を貸してもらえんか」

金之助は十円を子規に渡した。

明治二十八年十月十二日。二番町の花廼舎《はなのや》で送別会が催された。

金之助は、この席で子規を送る発句を創作した。

　お立ちやるかお立ちやれ新酒菊の花

　この夕野分《のわき》に向て分れけり

　見つつ行け旅に病むとも秋の不二

金之助は三津浜まで行き、船に乗る子規をいつまでも、手を振り見送った。

子規は途中、神戸の病院で担当医に身体を診せ、旅に差障りナシ、という診断を貰い、それを先に上京した母と大原家に手紙で報せた。

診断の結果に子規はたいそう喜び、翌日には大阪に入り、二十六日に奈良にむかった。

それでも腰がひどく痛くなり、歩くのに苦労したので数日宿で休んだ。

宿は〝角定〟。一流の宿である。

やがて腰痛が消えたので、東大寺や法隆寺などを見て回った。奈良は東大寺を筆頭に古くて大きな寺院が点在するのだが、寺と寺の間は田圃がひろがり、昔ながらの農家が静かに佇んでいた。

三山以外には起伏のない土地だから、散策していてもまことにのんびりした気持ちになった。

――こりゃ、平城、平安の時代から、このまま、こうしてあるのじゃろうな。

子規は、この二年、俳句と並んで、和歌の研究もしていた。

万葉集や、古今和歌集にある作品は諳んじていた。その和歌がまことによく似合う。

――やはり奈良の平城、平安は和歌のものかいな。いや、そんなことはない。あしの俳句とて、この風景に打ってつけのはずじゃ。

子規は、急に創作意欲が湧いて来た。

各農家の庭には必ずと言ってもいいほど、美しい色彩をした柿が、今は鈴なりに実をつけていた。

何かが発句できそうだったが、まだ正体を見せない。この正体があらわれるのを待つことが句の肝心である。

宿の畳に寝転んでいると足音がして若い女中が茶を持って来た。

「娘さん、御所柿は食えんかのう？」

「ありますよ。すぐにお持ちします」

大きな鉢一杯に持ってあらわれた。

「こりゃたんと食べられるの。娘さんはどこの生まれぞね？」

「月ヶ瀬です。梅がきれいなところです」

ひと口食べると甘味が口にひろがった。

美味い、と子規が声を上げた時、釣鐘を打ったような音色が聞こえた。

「どこの鐘ぞな？」

「東大寺ですね」

「ふぅ～ん」

その日、子規は代表作のひとつを発句した。

　柿くへば鐘が鳴るなり法隆寺

明治二十八年十月三十日、子規は東京へむかう汽車の窓から、天を突く富士山を仰いだ。

確か、友が、この山をよく見ておけと送別の折、言ってくれた気がした。

句帳を鞄の中から出してめくった。

――やはり、金之助君か……。

　見つつ行け旅に病むとも秋の不二　漱石

子規はその句にむかって手を合わせた。鼻の奥が少し熱くなった。

――金之助君は、あしにとって〝畏友〟どころではないぞな。げにええお人じゃ。

新橋駅のプラットホームに内藤鳴雪《ないとうめいせつ》、高浜虚子、河東碧梧桐が迎えに出てくれていた。

根岸の家に着くと、子規は皆を家に上げようとしたが、年長の鳴雪が、今は旅の疲れもあろうから、土産話は後日、聞こうと退散した。

家に上がると、子規は蒲団を敷いて欲しいと母の八重に言った。

「この間から、ちょこちょこ腰が痛うなるんじゃ、ちいっと擦ってくれんかの」

「まあ珍しい。腰が痛いと言いおらすかえ」

「ああ」

八重と妹の律が、子規の腰と足を擦りはじめた。

すでにカリエスの症状があきらかに出ていた。

横になっていた七日余りで松山の金之助からの書簡が二通届いた。

一通目には、そろそろ東京に戻りたいとある。

――あいつめ、東京という乳が恋しくなったか。

二通目には、金之助の結婚話のことが書いてあった。

牛込の実家の兄、直矩が一枚の写真を送って来た。

相手は貴族院書記官長の中根重一《しげかず》の娘で、中根鏡子《きょうこ》という女性だった。明治十年生まれの十八歳。金之助より十歳年下である。

――この手紙の書きっぷりから見ると金之助君もまんざらではないんじゃないか。

鏡子の祖父が、牛込の家の近くに住んでいて直矩の同僚の囲碁仲間であった。

その祖父の家へ遊びに来る鏡子の姿を見て、直矩は、その器量に感心し、弟の金之助の嫁にと考えた。

金之助も、送られた写真の、鏡子の面立ち、雰囲気を見て、好みの女性だと思った。


明治二十八年十二月二十六日、金之助は東京にむかう汽車の中にいた。

程なく日が暮れる。金之助は上着のポケットから一枚の写真を出して眺めた。車中でこの写真を見るのは、これで三度目だった。

ふくよかな面立ちをしている。額から目元、鼻筋、唇につながる顔が凜としているように映る。

写真を裏返すと、中根鏡子と記してある。自分より十歳若い。

――どんな女性だろうか……。この写真を子規に見せたら何と言うだろうか。あいつのことだから……。

金之助も兄、直矩に言われて、大学院生の時、写真館でとった写真を送っていた。

松山を発《た》つ前に届いた、子規からの手紙に、自分の結婚のことで兄と話をした旨のことが書いてあった。

金之助はすぐに子規に手紙を返した。

〜自分は実家と生まれた時から折合いがあまり良くなく、今回の話も上京して自分で判断するから、体調の悪い君に心配をかけたくない。逢ってはみるつもりだが、写真とは別人なら、すぐに断るつもりだ〜

という内容だった。

当時、写真館の大きな仕事のひとつに、写真の修整があった。まだ現像も粗く、目元や、時には顔の輪郭までそっくり変えてしまうこともあった。実際に逢ってみると写真とはまったく別人じゃないか、ということはしょっちゅう起こった。

二十七日に実家に戻り、翌二十八日の夕刻には虎ノ門の貴族院官舎で見合いの席についた。

中根家は中根家で、この見合い話が持ち上がった時、金之助のことをいろいろ調べた。すると何人かの人たちが皆金之助を誉めた。すこぶる評判が良かったから、父、中根重一はこの見合いに乗り気になり、今日の日を迎えていた。

金之助は前もって兄、直矩に告げていた。

「兄さん、もし相手が嫌だったら両方の手を一度テーブルに置きます」

「置かなければ、了承したということで、婚約していいんだな」

「はい」

金之助は両手を上げなかった。

「当方としましては有難いお話と承っております。できれば今日で婚約となれば」

中根重一と妻、カツがうなずいた。


その夜、夏目家の二人が引き揚げた後、今は鏡子の一家の住いになっている書記官長官舎の一室で、母のカツが鏡子に言った。

「あの人でおまえはよかったのかいね？」

鏡子はこくりとうなずいた。

「そりゃ、よかった。母さんも安心じゃ」

中根家は広島の人たちだった。

「顔のアバタは修整してあった」

「アバタ？　何の話じゃね」

「見合い写真には、顔にアバタはなかった」

「そう言えば、顔は少しそんなもんがあったね。それが嫌なのかね？」

「いいえ、そうだった、と言っただけ」

たしかに大学院生時代に写真館でとった金之助の写真からアバタは消えていた。勿論、漱石が注文したことだった。


――結婚とは、これほど簡単に進むものか。

この結果に金之助が一番驚いていた。

そんな驚きを胸に秘めたまま、大晦日の日、金之助は根岸の子規の家に行った。すでに根岸の家を皆が〝子規庵〟と呼ぶようになっていた。

「ようひさしぶりじゃのう。松山の先生」

「どうだい具合いの方は？」

「今日は元気がええけえ、調子もええぞ。虚子も来とるけえ、さっそく句会をはじめようぞ」

高浜虚子が会釈した。

三年前の旅行で松山を訪れた際も、この虚子が、宿の手配をし、街を案内してくれた。〝愚陀仏庵〟から子規が去ってからも、虚子は帰省する度に、金之助の下を訪れ、何かと気遣ってくれた。

快活で、少し大将を気取る子規と比べると、虚子には伊予人の騒々しさがなく、含羞さえ感じ取れた。

そうして何より、まだ見習中の、半人前の句です、と言いながら見せてくれる虚子の俳句には潔さにも似た鋭さがあり、金之助は虚子に一目置くようになっていた。

　漱石が来て虚子が来て大三十日《おおみそか》　子規

年が明けると、新年の初春句会が〝子規庵〟で催された。

森鷗外までがあらわれた。

その席で子規は改めて〝柿くへば〜〟の句を披露した。皆、声を上げて感心した。

明治二十九年二月、菅虎雄《すがとらお》から熊本の第五高等学校に赴任して欲しいという手紙が届いた。

菅は帝国大学の二年先輩で、ドイツ文学を専攻していた。英文学の金之助の評判を聞いており、話してみると人柄が良いのに感心し、何かと世話をしてくれた。菅は前年五高の教授に着任しており、優秀な英語教師を探していると校長から相談を受け、真っ先に金之助を紹介した。給与も、愛媛県尋常中学校より二十円多い、百円であった。

金之助は一年近く松山にいて、生徒の勉学への姿勢がいっこうに変わらないことや、ずけずけと立入って来る人々の気質、書物の購入が不自由なことに半ばうんざりしていた。本音は東京に戻りたかったが、生家から借り受けていた学費の返済が終わっておらず、菅の誘いを受けることにした。

三月、愛媛県尋常中学校の卒業式が行なわれ、その席で金之助の熊本への着任が公表された。生徒たちがざわめいた。金之助の考えている以上に、彼は生徒たちから慕われていたのである。

それでも金之助は卒業生を送る言葉で、〝学問であろうが、芸術であろうが、人一倍苦労せねば出来るものではない〟と生徒たちの学問への姿勢を糺《ただ》した。

四月十日、金之助は松山、三津浜から船で宇品に行き、同行してくれた虚子と宮島を見物し、徳山から汽船で一人門司にむかった。十三日、九州鉄道に乗って熊本に着いた。

新居はすでに光琳寺町に用意してあった。立派な一戸建てであった。玄関に続いて十畳間があり、茶の間が四畳、湯殿と板蔵があり、離れは六畳と二畳。正岡子規と暮らした松山の〝愚陀仏庵〟の二階よりずいぶんと広く、落着ける気がした。

その新居に手紙が届いていた。

開くと、東京の中根重一からだった。内容は、六月には娘鏡子と熊本へ行き、すぐに結婚式をしたい。そちらの準備は、先に着いているはずの老女中に話しておいた、とある。

——ずいぶんとあわただしくないか……。まだ五高へ挨拶にも行ってない。

「どうも初めまして、松島とくでございます。このたびはお目出度うございます」

声がした方に顔を上げると、一人の老女が紋付の黒羽織を着て、頭を下げていた。

「ああご苦労さん。金之助です」

とくが顔を上げて金之助を見返した。こざっぱりした所作で、

「勝手がわかりませんでしたが、この家では、旦那さまのお仕事場、書斎は庭の見えるこの部屋がよろしいのではと、これも勝手わからず御本を並べさせていただきました」

見ると右手の仕事机の奥に、金之助の蔵書が整理されて並んでいた。

平気で本を逆さで立てかける松山の女中と違って、きちんと並んでいた。

「これをあなたが整理をしたのかね」

「はい。何かおかしいところがあったら、どうぞ、おっしゃって下さいまし」

「あんた英語がわかってんのかい？」

金之助はわざと江戸言葉で話した。

「いいえ、そちらはとんと……」

——とんと、と来やがった……。

金之助がニヤリと笑うと、とくも笑った。

とくは、中根重一が娘、鏡子の新婚生活の面倒をみるために、大学東校時代に同じドイツ語を専攻していた恩給局に勤める友人の家に奉公していたのを、願い出て雇った女性だった。

その恩給局長が、大の本好きであった。

金之助はとくが気に入った。

とくは手元の包みから書類を取り出し、金之助の前に差し出した。

「結婚式の費用と、中根家からのお願いです」

読むと費用は八円、振る舞う酒の等級から、三三九度、盃《さかずき》のことまでこまかく指定してあった。

「こんな面倒なことまで言って来るのか」

金之助が呆きれた顔をしていると、

「いいえ、だいたいでよろしいんですよ。あちらさんは広島の本家の方のしきたりをおっしゃっているんですよ」

「じゃあ、だいたいのところの金をあんたに渡しておけばいいのかね」

「はい、それがよろしいかと」

金之助は蔵書の山の中にある文箱からお金を無造作につかむと、それをとくの前にドンと置いた。

「旦那さま……」

とくがあらたまった声を出した。

「どうした？　足りないのか」

「いいえ、十分な額ですが、旦那さまはお金というものを無造作に扱い過ぎます」

思わぬ言葉に金之助は、またとくの目を見た。

「旦那さま、私の言葉が過ぎていたら、おっしゃって下さいまし……。鏡子お嬢さまはまだ二十歳の世間のことを何もご存じがない方です。お二人の暮しがまもなくはじまりますが、お金ひとつを取っても、その使い方や、保管のしかたをどうするかを決めておきませんとイケマセン」

——たしかにそうだ。この女の言うとおりだ。

金之助は金銭感覚に疎い方ではなかった。むしろその逆で親から借金をして勉学に進み、月々その返済もきちんとしていた。それを教えてくれたのは、兄の直矩だった。

「とくと言ったね？　東京生まれかね」

「生まれは上野で、育ちは愛宕下です」

「そうかい。私は牛込だ。あんたがこの家に居てくれるなら、毎月の給金と、その使い道をあんたに話しておくから、面倒をみてくれないか？」

「私でよろしければ……」

金之助は大きくうなずいた。

とくは六月になると、福岡まで中根父娘を迎えに行き、光琳寺町の家で見事に結婚式を終え、中根重一を駅まで見送った。

あとは世間知らずの鏡子と、新婚生活が何なのかもわからない金之助の二人になり、離れの間にとくが暮らした。

金之助はとくに、新生活での鏡子への要望（無闇《むやみ》に書斎に入ってはならない、という程度だが）と毎日の就寝時間、朝食の時間、学校へむかう時刻などを伝えた。

とくは金之助の要望を承知し、鏡子のために若い女中をあらたに雇いたい旨を告げた。金之助は、それを承諾し、数日後、若いテルという女中がやって来た。

テルは若いせいか、時折、寝坊をし、とくに叱られ、鏡子に笑われていた。

順調にはじまっていたと思われていた二人の新婚生活は、その年の秋口に起きた鏡子の健康上の問題で、しきり直しをしなくてはならなかった。

鏡子が流産をした。

若い女中のテルが、同じ歳くらいの鏡子の身体の変調に気付かなかったのは仕方ないにしても、もう何度か奉公先でのお産にも立ち会っていたとくは、おおいに反省し、広島の鏡子の母、カツに、今回のことを報告する手紙を書いて詫びた。

とくは、そのことを鏡子と金之助に話した。

金之助は、鏡子の身体を心配して、大事に至らないのか、ととくに尋ねた。

「若い女の人にはたまに起こることです。それに鏡子さまの容態はその後よろしいので、春になれば、新しいお子さまをお作りになれるでしょう」

と答えた。

鏡子の方には、ことこまかに妊娠の折の兆候について話したのだが、鏡子は、まるで他人事のようにとくの話を聞いていた。

とくは、黒蜜のようにかがやく鏡子の眸を見ながら、

「奥さま、旦那さまはお元気ですから何も心配はいりません」

と気遣ったが、鏡子は少女のように大きくうなずいて、うん、と言った。

「奥さま。〝うん〟ではなく〝はい〟でございましょう」

「うん」

と鏡子はおおらかに返答した。

鏡子は少し癇癪《かんしゃく》持ちのところがあった。

何が不満なのか、夜半、時折、寝所から庭に出て、奇声を発することがあった。

とくは気配に気付くと離れから庭に出て、水で冷たくした手拭いを鏡子に渡し、汗に濡《ぬ》れた額

を拭いてやると、やがて落着き、縁側に腰を下ろした。鏡子は素足だった。とくは手桶《ておけ》に水を汲み、鏡子の足を洗ってやった。

「奥さま、少しお休みなさい。旦那さまがお待ちですよ」

秋の月を見上げる鏡子の横顔をとくは美しいと思った。

最初に鏡子と二人で金之助の書斎に挨拶に行った時、

「私は勉学で忙しいから、その邪魔を決してしないように」

金之助は、それだけを鏡子に言った。

——新妻が初めて挨拶に来たというのに、他に何か言いようがあるでしょうに……。

とくはうらめしそうな顔で、若い旦那を見つめた。

「ハイ、旦那サマ」

鏡子が明るい声で応えたので、とくは安堵した。

さてこの出来事がどこまで真実であるのかは、とくにも計り知れないのだが、数日前、金之助に呼ばれて寝所へ行くと、部屋の隅に寝間着を着て、髪を濡らした鏡子が座っていた。

「どうなさいましたか？」

とくの言葉に金之助は言った。夜半、隣りの蒲団にいるはずの鏡子の姿がないので、少し開いた庭側の障子戸を開け、庭に降りると、月明りに、庭の生け垣のむこうに座っている鏡子の姿を見つけた。金之助がそちらへ歩み出すと、妻は歩きはじめ、あとを付けるようにすると、どんどん水草の生い茂げる沼の岸を進んだ。

あわてて金之助は妻に追いつき、その肩を背後から抱き、手を握って家の方に連れ戻したと言う。

「旦那さま、そういうことはございますから。奥さまは今、月の障りをお迎えです。何も特別のことではございません」

とくの言葉に金之助は冷静さを取り戻し、着替えをしている鏡子を眺め、しばらく書斎で座っていた。

その日の午後、金之助は授業が終わってからしばらく、校庭を見下ろせる丘の草の上に腰を下ろしていた。絶えず噴煙を上げる阿蘇の煙りが秋空に昇るのが遠くに見えた。

金之助はこの学校に着任して、時折、この場所に佇んだ。広くて気持ちの良い風景だった。当時の旧制高校の敷地はせいぜい二万坪であったが、五高は五万坪の敷地を擁していた。校庭には野球場があり、別に陸上競技のトラックもあった。

広大な敷地は、九州の人々の五高に対する並々ならぬ期待を映していた。

金之助の前をさまざまな運動部の部員が声を掛けながら走り過ぎて行く。彼らは、金之助の姿を目に止めると、夏目先生に一同礼、と声を掛け、頭を下げる。高等師範学校や松山の中学で、さまざまな学生たちを見て来たが、ここ熊本の学生たちがどこよりも礼儀正しかった。お辞儀の仕方で、学生の優劣を計ろうとは金之助は思っていないが、学舎の内外を問わず、五高の学生はすれ違う度に、歩みを停《と》め、正面をむいて丁寧に挨拶する。その度に応える金之助も大変だが、それを面倒だとは思わなかったし、自分が偉くなったとも思わない。そうされることに嫌な気持ちもしなかった。むしろ何度か逢った顔見知りなら、声のひとつも掛けてやりたい気がした。

やがて十数人の生徒が金之助を目指して真っ直ぐ走って来るのが見えた。彼らは草地を少し昇り、そこに整列した。

見覚えがあった。ボート部の学生たちだった。金之助は五高に着任した日、校長から、ボート部の部長を引き受けて貰えないかと言われた。ボートは一高の時代に慣れ親しんでいたし、一高と高等商業の第一回の対抗戦も見物した。対抗戦で勝った賞品の洋書を同級のボート部員の中村是公からプレゼントされていた。

「ああ校長、かまいませんよ。ボートは私も好きですから」

別にボートの漕ぎ方を教えるわけではない。対外試合を認めたり、部の費用を学校から取ってやったりすればいい。

「全員、夏目先生、夏目先生殿に……」

「待ちなさい。先生も、殿も敬称だ。敬称を重ねる日本語はありません。それに教師と生徒は学舎の中では平等ですから、〝殿〟などという発想はイケマセン」

金之助の前に整列したボート部の部員たちは、運動用の帽子を脱ぎ一斉に頭を下げた。

「先生、佐世保の件はまことに申し訳ありません。部員一同お詫びいたします」

「そのことはもう、君たちから一度謝罪を受けました。その折にも言いましたが、男子たるものが何度も謝罪することは間違いです。これを機に謝罪をしないように。さあ練習に励みなさい」

ハイッ、と部員は声を上げ走り出し、途中で立ち停まると、また頭を深々と下げた。

——ヤレヤレ、何を聞いとるんだ、マッタク。

金之助は大きなタメ息をついた。

部員たちが何度も頭を下げたのは、佐世保での出来事だった。

一年前、日清戦争に勝利した日本は莫大な賠償金を清国からせしめた。同時に海軍は多くの船舶を拿捕《だほ》し、佐世保まで曳航《えいこう》していた。その中に何隻ものボートがあるのを、ボートが古くなり破損していた五高のボート部員が聞き付け、学校を通して海軍に払い下げを願い出た。海軍は快諾し、二隻を用意して、取りに来るように言ってくれた。

部員たちは喜んで佐世保へ行き、ボートを受け取る日の前夜、地元の先輩たちに饗《きょう》されて応じたが、そのまま数日、そこで飲み食いをして、払い下げ料の百円を使い果してしまった。困った部員は、手紙で金之助に事情を報せた。金之助は手紙を読んで苦笑し、ポケットマネーで百円を工面し、佐世保へ送ってやった。部員たちは、その時の御礼と謝罪に、またやって来たのである。

〝男子たるもの何度も人前で謝罪をすることなかれ〟。金之助はそれを言いたかったのだ。百円は金之助の一ヵ月分の俸給と同じ額であり、校長、教頭より高給だった。

その時、金之助の懐具合いが、百円の金を提供できた。金之助にすれば、それだけのことだったし、話を表に出せば、部員が使った金は学校の公金である。そのくらいのことで部員が処分され、勉学に障るのはやはりしのびない。

部員たちの姿が消え、遠くに阿蘇の煙りを見ていたら、夜半、月を見上げていた鏡子の美しい横顔がよみがえって来た。すると耳の奥から妻の嬉しそうな声が聞こえた。

「これは、私たちがずっと一緒にいようということですね」

鏡子は嬉しそうに、彼女の手首に巻き付けた寝間着の紐《ひも》を見て言った。金之助は笑って、紐のもう一方の端を自分の手に巻きつけながら、

「そうだね……」

と応えるしかなかった。

――この人は素直なのだ。

と思いながら、金之助は女中のとくの「何も心配なさらなくても、大丈夫です」と言ってのける顔を思い出した。紐を結び合って寝ることを提案したのはとくであった。金之助は、沼のほとりから平然と水に入って行った鏡子を見て、さすがに心配になり、とくに相談した。

「旦那さま、それがご心配なら、今夜から奥さまの手をずっと握ってらっしゃればいいのですよ」

「いや、私は一度眠ってしまうと、ずっとアレ（鏡子）の手を握っておく自信がない……」

金之助が言うととくは大きくうなずいて、

「それは私だって、そうでございますよ。ですから、これでお二人の手を結んでお休みになればイイんですよ」

手元に持った紐を見せた。

「こりゃ何だね？」

「寝間着の紐です」

「こんなもので身体を結び付けて大丈夫なのか？」

「はい。世間じゃ、よくあることです」

——そんなことは聞いたことがないが……。

「子だくさんのお母さんが夜に疳《かん》の虫が起きる子供の足や手に紐をくくりつけて休むんですよ」

「しかし相手は子供じゃないぞ。アレは怖がりはしないだろうか？」

「奥さまは決してそんなふうには思われません。ご自分のことを心配して旦那さまがそうなさって下さることは、私からも奥さまに話しておきますから」

「……そうだね。では頼んだよ」

金之助の心配をよそに鏡子はまったく予期しない反応をし、そのけなげな言葉と妻の表情に、彼はこころを動かされた。

夜半、妻の方を見ると、鏡子は紐の巻きつけられた手に片一方の手を重ねて、胸の上に置き、どこか笑っているような寝顔で休んでいた。

そうしたことで、妻の夜半は静かになった。


若い夫婦はおだやかな秋を迎えていた。

金之助も、若い妻の心配をせずに、夜はぐっすり眠れるようになった。そんな週末の午後、金之助が書斎でシェークスピアの『ハムレット』を読んでいると、障子戸のむこうから声がした。

「よろしゅうございますか……」

とくの声である。ああ、かまわないよ、金之助の声にとくは書斎に入って来た。

「お仕事のお邪魔ではございませんか」

「そうなら、そう言います。話なら短くお願いします」

「わかりました。二件ほどお話がございます」

とくは脇に置いた帳面を差し出した。

「これは旦那さまから申し付けのありました、この家の出納帳です」

「何か問題があるのかね？」

「お金と出費の勘定は合っておりますが、ひとつ……。先々月の出費でひとつご説明して頂きたいものがございます」

「何だね」

「この佐世保への送金の百円でございます」

「ああ、それは……」

金之助はボート部員の飲食代の立て替えとボート代の事情を話した。

「今、学生さんたちの飲み食いの代金を立て替えたとおっしゃいましたか？」

金之助は読みかけの本に革製の栞《しおり》を挟みながら、ソウダヨ、と言った。

とくが言葉を継いでこない。金之助は顔を上げてとくを見た。目の玉を見開いて金之助を見ていた。見ると言うより、睨《にら》んでいると言った方が合っていた。それでも金之助は平然と言った。

「そうだが、それがどうしたね？」

「どうしたって、旦那さま、百円でございますよ」

「学生の飲食代としては少し高いかもしれないが、彼らも自分たちのオンボロボートが新しくなることで嬉しかったのだ。ハメを外したのだろう」

「ハメですか？　学生のハメで百円ですか。いくら旦那さまのお身体の中に、江戸っ子の見栄《みえ》と宵越しの銭を持たぬお気持ちがあったとしても、百円は高過ぎます」

——宵越しの銭と来たか。ハッハハ。

金之助は苦笑し、「いや、今後、気を付けよう」と頭を下げた。

老女中のとくは不満げな顔である。

「旦那さまは、若い時に牛込のお父さまからお借りになった学業のお金をもう何年も、きちんと返済を続けていらっしゃいます。節約してお暮らしになったことは、想像ができます。それも知らない熊本の田舎学生が調子に乗って飲み食いした金を、お支払いになるのが納得がいかないのです」

「そうか、君の気持ちはよくわかった。しかし〝覆水《ふくすい》盆に返らず〟。こぼしたミルクを嘆いても仕方ないだろう」

「ミルクが何でございますの？」

「いや、ヨーロッパでは、やってしまったことは仕方ない、という意味で、こぼれたミルクのことを嘆いても仕方ない、という言い方をするのだ」

「そうですか……。私は、百円あればもっと良い使い道もございます、と言いたかったのです」

「ほう、どんな使い道だね？」

「旦那さまと奥さまで、ご旅行にでも行かれた方が、お金が活きるというものです。幸い、この辺りには湯治にむく、良い温泉もございます。奥さまのお身体にもよろしゅうございましょう」

　とくは鏡子が流産したことを気遣っていた。

「うん、とくの言うとおりだ。私も松山にいる折、道後のお湯でずいぶんと疲れをとったものだ」

「そうですか、それはますますよろしゅうございます。奥さまにお子さまが授って何かとお忙しくなりますと、お二人だけでの旅もなかなかできるものではございません。ご結婚のお祝いに奥さまとご旅行に行かれてはと、とくは思います」

「そりゃいい。浅草にいた頃、何か良いことがあると、牛込の家の連中が皆して旅に出ていたのを覚えているよ」

「では旦那さまも？」

「いや、私は〝恥かきっ子〟というので、声が掛からなかったよ」

「それはお淋しゅうございましたね」

「そうでもないさ。とくは温泉が好きかい？」

「ええ何だか身体のあちこちから疲れや、悪いもんが出て行ってくれる気がします」

「じゃ、どうだね。とくも一緒に？」

「そんな、お二人だけのご旅行にお邪魔するほど野暮な女じゃございません」

「じゃ行ってみるか」

「はい。その間に引っ越しをしておきます」

十日後、二人は北九州の温泉に旅立った。


プラットホームに女中のとくと車夫が二人の見送りに立っていた。金之助は汽車の窓辺に頬杖《ほおづえ》ついて、相変らずの仏頂面で座っている。

金之助の前にはなやぐような明るい顔の鏡子が座っている。時折、金之助の方を見て、目をしばたたかせてうつむき、とくの顔を見る。とくと鏡子は目配せして、互いの胸中を確認し合っていた。

――鏡子奥さま、お頼みしますよ。

というとくの言葉が聞こえてきたかのように鏡子は大きくうなずいて、

――とくさん、まかせて下さい。では行って来ますから……。

と言いたげな表情である。

鏡子は金之助から、温泉旅行のことを告げられた時、「えっ、本当に旅行へ連れて行って下さるんですか。嬉しゅうございます」と、思わず手を叩いた。

金之助は鏡子の反応に少し驚き、「旅の日程は中根の与吉さんに頼んでは」と持ちかけると、鏡子はすぐに、そういたしましょうと笑った。

与吉は鏡子の叔父で、金之助とも仲が良く、福岡に住んでいた。少し気ぜわな日程だったが、与吉は、博多、筥崎《はこざき》八幡宮から香椎宮、太宰府天満宮を巡ってはと手紙をくれ、温泉宿は二日市温泉、船小屋温泉、日奈久温泉をすすめてくれた。

一週間の旅で金之助は十数句の俳句をこしらえた。二日目に少し熱を出して寝込んだ若妻を看病しながら、

枕辺や星別れんとする晨《あした》
酒なくて詩なくて月の静かさよ

こしらえた句を東京の子規に送ると、この二句が子規の誉め点を貰った。

旅は天候も良く、とりわけ秋の月と、星々の下で二人の時間を過ごすことができた。

金之助は旅に出て、月明かりの下、星の光の下で、若妻の輝く艶姿《あですがた》、美しい面立《おもだち》を、初めてゆっくりと見つめられたことが嬉しかった。

二日市温泉の宿屋で、金之助は忘れがたい出来事に遭遇した。

それが事実かどうかはわからぬが、鏡子が自分の寝顔を息がかかるくらい近くでつくづくと眺め、自分の髪をやさしく撫《な》でてくれていた。

それはささやかな記憶であるが、そんなことを鏡子がしたと確信できるのは、妻の美しさが鮮明に記憶に残っていたからだった。

鏡子は金之助のことを誉められると、自分がひどくしあわせになる心地がしていた。

「鏡子奥さまが今回の旅のことをきちんとなさいますと、きっと旦那さまはお喜びになりますよ」

「本当にとくはそう思いますか?」

「はい。そうですとも。あれで旦那さまは甘えん坊な面がございます。それに……、東京生まれの東京育ちは案外とやさしくされるとへなちょこなんですよ。それがまた可愛いんですけどね」

「えっ、旦那さまが可愛いんですか?」

「はい、男なんてもんは皆そうなんです」

「たとえばどこがですか?」

「そうですね……。熊本の街の噂では、五高で一番の二枚目なんですって」

「二枚目! 私もそう思います、お見合い写真の顔も、私は好きです」

「おやおや、おのろけですかね。私は旦那さまの御髪《おぐし》が好きです。あの流れるように波立った御髪の男性は、こんな田舎じゃいませんもの」

とくの言葉に、鏡子はいちいちうなずいた。

旅に出て三日目、鏡子の熱も下がった。

二日市から船小屋温泉に入った。太宰府を吟行して歩き過ぎたのか、金之助は湯から上がると蒲団に大の字に倒れて、寝息を立てた。鏡子は金之助の枕に新しい手拭いを巻いて頭を載せた。

鏡子の旅の期待に反したのは、温泉宿の蒲団、寝間着の汚さだった。入った湯もどこかヌルヌルして気持ちが悪かった。そのことを金之助に訴えると、

「温泉の湯というものは、そういうものさ」

と平然と、湯垢《ゆあか》で汚れた手拭いを顔に当てて気持ちよさそうにしていた。

――変な二枚目……。

気持ちよさそうに寝息を立てる夫の顔を鏡子は初めてまじまじと見つめた。湯で火照った肌

に、お見合い写真では修整していたアバタが浮き上がっているが、嫌いではない。むしろ可愛くもある。

鏡子は大人の男性は父、重一を通してしか知らなかった。父は威張り散らすことが多く、短気で、すぐに怒り出し、母も鏡子もひどく気遣った。

しかし、この若き夫は、人前で威張ることをしないし、誰にでもやさしくする。その温《ぬく》りが鏡子は好きだった。

――なるほど、これがとくの言う二枚目の髪。

鏡子は金之助のやわらかな髪にそっとふれた。指先から電流が走ったような気がした。

金之助の寝息が止まった。

鏡子はあわてて手を引っ込め、夫に気付かれぬように、ゆっくりと離れて庭に出た。


金之助は、ふと目覚めた。短い夢を見ていた気がした。その夢が何かはすぐに思い出せなかったが、何か奇妙な気配を感じて、周囲を見回した。

妻の姿がなかった。旅に出てからは、ずっと隣りに鏡子はいた。寝息を立てている時もあったが、手を背中に回すと、頬を胸に寄せて来た。

――さて、どこへ行ったのか？

風呂から出て倒れるように寝てしまったから、妻のことを忘れてしまっていた。

「旦那さま、ここのお湯は少しヌルヌルしませんか？」

「温泉とは、そういうものだよ」

「……そうなんですか」

鏡子は少し不満げに言った気がしたが、何が不満なのか、金之助にはよくわからなかった。

それでも旅に出て、切符、車夫、宿の手間やら、若妻としてはよくやってくれている。

妻の意外な面を見た気がした。お嬢さんとばかり思っていた鏡子が、案外シャキシャキとできるのに感心し、それが嬉しかった。

金之助は上半身を起こし、庭に続く障子戸をわずかに開けた。

そこに鏡子がいた。縁側に座り、月を見上げていた。皓々とかがやく月光が、鏡子の面をあざやかに浮かび上がらせている。

――なんと美しいものだ。

鏡子はいっしんに、秋の月を見上げていた。

――この人は、こんなに美しかったのか。

結婚をすぐに承諾したことを正しかったと思った。やがて、美しいと思う気持ちが、自分が鏡子を好きなのだというこころにつながった。

私はこの人を好きなのだ。

金之助は小声でつぶやいた。
Ｉ　ＬＯＶＥ　ＹＯＵ
これまで自分の気持ちが引かれる女性がいなかったわけではないが、目の前にいる妻を好ましいと思う、自分の気持ちを金之助は納得するように大きくうなずいた。

「旦那さまですか」鏡子の声がした。

寝間の障子戸の間から妻の姿を覗いていた金之助は、気配を察して、妻の隣りに腰掛けた。

「何をごらんになっていたのですか？」

「たぶん、君と同じものさ」

「まあ、旦那さまも、あの月を」

「そうだよ。実に綺麗だな、と思ってね」

鏡子は月を見上げた。妻の顔を月明りがまぶしいほど浮かび上がらせた。

すぐそばで見た方がなお美しい顔だった。

「本当に綺麗ですね」

金之助は妻の顔と秋の月を交互に見ながら何度も満足そうにうなずいた。

「うん、実に美しい」

金之助は鏡子の肩をそっと抱いた。妻の身体が少しだけ身を預けるように傾いた。

金之助はかすかに妻の火照った温りを感じながら、このささやかないっときを、自分は生涯忘れないだろう、と思った。

ひとつの逸話がまことしやかに残っている。英語の授業中、学生の一人がひやかしにと興味半分で金之助に尋ねた。

「先生、〝I　LOVE　YOU〟という文はどう訳したらいいのでしょうか?」

金之助は学生たちを見回した。彼等は興味津々という目で漱石を見ていた。なにしろまだ恋する、愛するという日本語にはなじみがなかった。

金之助は遠くを見上げるような目をして、

「……そうだな。〝月が綺麗ですね〟とでも訳しておきたまえ」

皆は、きょとんとした顔をして金之助を見返し、小首をかしげ、互いの顔を見合わせた。それを見て、フッフフフと漱石は笑い出したという。

このように金之助がユーモアを大切にし、周りで起きることを彼自身を踏まえて実にクールに、距離を置いて眺めるようになったのは、熊本五高の時代からの傾向と言われる。

温泉旅行は帰宅の途にあった。金之助は車窓を流れる風景を見ていた。

「どんなお屋敷でしょうね？」

鏡子が熊本で二人をむかえる新しい家の話をした。光琳寺町の家はかつての妾宅《しょうたく》で、刃傷沙汰があったこともわかり、新婚夫婦にはふさわしくないと転居することにしていた。

「月十三円ですから、きっと立派です」

「ほう、家賃がそんなにするかね？」

鏡子の言葉に金之助は驚いた。それほどの家賃の家に住むのは初めてのことだった。

「大丈夫です。とくと二人できちんと計って借りたものです。それに」

「それに何だね？」

「二人で話をして、旦那さまのご本代を三円増やすことにしました」

「ほう、それは有難いね」

金之助は嬉しそうに笑った。夫の喜ぶ顔を一瞥《いちべつ》して鏡子も嬉しそうに鼻先にシワをこしらえた。

熊本の夏目家の収入は金之助の俸給百円である。この時代、すべての官吏は来たるべき列強との海戦に備えて、軍艦製造のための製艦費として月給の十分の一を政府から差し引かれていた。その残りから進学の折の父、小兵衛からの借金の返済が月々十円。数年前から姉へ三円の仕送り。本代が二十円。授業の参考書は五高から配付されたし、必要なら図書館で借りるなり、学校へ申請すればよかった。ところが金之助が購入する書物は大半が英語の原書で東京から取り寄せる。月、二十円以上も書籍代につかう五高の教師は誰一人いなかった。それを三円上げてくれるというのだから、金之助は嬉しいはずである。

まだ子供もいないので何とか二人でやっていけた。それにしても十三円という家賃は、金之助にとって思いもかけない額であり、出費に思えた。

――やっていけると言うのなら、それでよかろう。

汽車が熊本に着いて、合羽町にある新居に入ってみると、心配していた書斎が以前より広く、二面が庭に面したところもおおいに気に入った。

ミャーオと庭先から鳴き声がして、机に頬杖をついていた金之助を一匹の猫が迎えた。

「あら可愛い猫だこと」

「猫はイケマセンですか？　旦那さま」

茶を運んで来た女中のとくが言った。

「いや別に何でもない」

黒っぽい猫がじっと金之助を見ていた。

「どうやら、あいつの方がここは長いらしい。うるさくないなら放っておけ」

「旦那さまへの挨拶が済んだら、むこうへ行きな、こら、早く」

とくが言うと、猫は悠然と築山に消えた。

五高教師、夏目金之助の合羽町の屋敷の賃料は熊本の街で評判になった。

「偉か先生ち言うことばい」

金之助は、偉くなったなどとは少しも思わなかった。むしろその逆で、子規に送った手紙の中で、自嘲気味に〝名月や十三円の家に住む〟と俳句を詠んでいる。

学生たちには、夏目先生、先生と慕う者が増えて行った。金之助もまた懸命に学ぼうとする学生にきちんと英語を習得させたかった。

学生の多くは上京して、帝国大学へ進学する。帝大には知った教師も多いので、金之助は生徒が上京したのちも何かと世話をすることになる。

早春、久留米に菅虎雄を見舞った。菅は五高への就職を世話してくれた人で、体調を崩して五高を辞任していた。

「どうした、夏目君。少し浮かぬ顔をしてるぞ」

金之助は正直に、教師生活が嫌になっていることを口にした。

折から鏡子の父、中根重一から東京高等商業学校（のちの一橋大学）へ年俸千円、高等官六等での招聘があったが、五高への義理もあり断わった。

これを知った子規は感心し、友人に、東京の良き口まで今の学校の義理ありとて断り候、夏目君は本当に義理堅き男に候と書き送った。

金之助の義理堅さ、潔癖性は、就職口の件だけではなかった。

金之助は貸費生（奨学生）だったので、家計百円の中から、借りた学費を正直に毎月七円五十銭ずつ返済していた。しかし大半の学生は返済するどころか、家計困難につきと願書を一本差し出していれば、貸費はおろか、授業料まで免除されていたという。これはのちに鏡子がきちんと返済することになった。

金之助の人柄は学生だけではなく、教員たちからも、周囲の人からもしたわれた。

そんな金之助だから、そろそろ東京へ帰りたい、教師をやめて、文学的生活をしたいと口にすれば、さまざまな所から話が持ちかけられた。

明治三十年、元旦を若夫婦は熊本で迎えた。

年始の客五人、生徒も五、六人来た。鏡子は、一度に十人ほどの客を迎えたのは初めてで、着物の前掛けを夕刻まで外すことなく接客した。

　元旦や吾《われ》新たなる願あり

鏡子は夫を横目で見ながら額の汗を拭った。

合羽町の新居は部屋数もかなりあったので同居人というか、居候が入って来た。同じ五高教師の長谷川貞一郎《はせがわていいちろう》、山川信次郎《やまかわしんじろう》も住むようになった。

鏡子は金之助と二人きりでは息も詰まる時もあるので少しラクだった。

夕食の膳に酒も少し出さねば、と盃に酒を満たして置いた。金之助は、それで十分だと言って、その盃一杯を少しずつやる。だが山川の方は酒好きだったので、この酒の出し方が理解できなかった。それでも平然と金之助はチョビチョビと盃に口をつけた。とくと鏡子は、金之助のそんな飲み方を珍しいものでも見つけたように眺めた。

台所で鏡子はとくに言った。

「父のお酒の飲み方とずいぶんと違います。まるで小鳥が水を飲んでいるように見えます」

「フッフフ、たしかに似てますね。でも旦那さまのお顔はもう真っ赤ですよ」

とくが笑った。後で台所で長谷川に酒を出すと、銚子を一気に空けたので、〝居候の遠慮〟だったのだと二人は感心した。

魚などは尻尾を運ぼうとすると、金之助は、それは山川に出しなさい、と自分は頭を食べた。

青魚が苦手らしく、そういう苦手な食べものが出ると、

「昔は、青魚なんぞは中間《ちゅうげん》下郎《げろう》が食べたものだ」

と言って、平然とした顔をしていた。

それでもとくと相談して、金之助がすすんで食べるものを出した。とくがこしらえた芋の煮付けに油揚げ、煮びたしを出すと金之助はペロリと平げた。

「とくさんは旦那さまのお好きなものがよくわかるんですね」

「そうじゃありませんよ、奥さま。あれは皆下町育ちの江戸っ子が毎日食べてたもんでしかありません。山の手育ちの奥さまも少し勉強なさればよろしいだけです」

「はい、わかりました」

やがて長谷川も山川も、毎日ご馳走をいただいて気が引ける、と七円の下宿費を申し出た。金之助は、そんなものは受け取るわけにはいかないと言う。それでも鏡子はとくと相談して、金之助には内緒で一人、五円ずつ貰うことにした。

たまたま、泊りに来た学生はタダだった。

「ここは旅館じゃありませんから」

鏡子はきっぱりと言った。


一匹の猫がいた。

庭の築山のむこうから突然あらわれて、庭石の上にじっとしている時もあれば、縁側をゆっくりと歩いている時もある。

台所へ入っている時は、とくの声がする。

「そんなとこで身体を掻くんじゃないよ、料理をこしらえてんだから。本当に行儀の悪い奴だね、おまえは。さあ、ご飯が済んだらさっさとお行き」

ミャーオと、それが猫の返答かどうかはわからぬが、ともかくとくには応える。あとは鏡子が少し手持ち無沙汰にして、縁側から遠く田園を眺めていたりすると、猫は築山の途中でじっとして、鏡子と、もうひとつの場所を交互に見ている。

勿論、視線の先は、金之助の書斎である。

鏡子が窓の硝子《ガラス》越しに金之助を覗き見ていると、猫もしっかり金之助を見ている。

先刻、鏡子が運んだ茶を手に金之助が縁側にあらわれた。本を片手に持っている。猫は最初、金之助の出現に驚き築山に登ろうとしたが、踏みとどまって元の場所に戻った。本を読みはじめた金之助を姿勢をただすようにしてじっと見ていた。

鏡子は夫に何か声を掛けようとしたが、金之助は鏡子の姿が眼中にないような顔で、本を読んでいた。

——失礼ね……。

鏡子は少しムッとした。ミャーオと猫が、鏡子より先に話しかけた。金之助が顔を上げて、猫を見た。そうして、また目を本に落とした。すると、ミャーオと猫が何かを催促するように鳴いた。

金之助は猫をつくづくと見て言った。

「お前という奴は、オタンチン・パレオロガスだな」

金之助の声は、あきらかに猫にむかって放たれたものだった。それがわかったのか、猫は少し声をちいさくして、ミャーオと返答した。

フッフフフと鏡子が笑った。

〝オタンチン・パレオロガス〟とは、金之助が時折、使う言葉で、鏡子も何度か、金之助から言われたことがあった。誉め言葉ではないことはわかるが、その言葉を発した時の金之助は、どこか愉し気であるので、鏡子は目元をゆるめた。

「旦那さま、猫に名前は付けないのですか」

金之助は猫をじっと見たまま、

「猫に名前などあるものか、フッフフ」

と笑った。

「ほう、それは本当かね」

夫は少し意外そうな顔をして、鏡子を見た。鏡子は夫の思わぬ反応に戸惑い、喉を詰まらせた。

「い、いいえ、別にどうしても俳句を学びたいと申し上げているんじゃございません」

と首を横に振った。

「丁度いい。久留米から菅さんが俳句を見て欲しいとやって来る。君も勉強がてら菅さんの句を聞いてみるといい」

「は、はい。でも私は女ですし……」

「そんなふうに考えるもんじゃない。創作というものに男が、女がという考えはダメだ。ほら先日、君に話した、牛込の家に出入りをしていたこともある樋口一葉《ひぐちいちよう》女史が書いた小説は良いものだ。新聞ではじまった金色某《こんじきなにがし》という作品に比べると才が違うよ。ともかくその時は呼ぶよ」

菅が菓子折をぶらさげてやって来たのは数日後だった。菅の顔を見て金之助は笑った。

「顔色も少し良くなったようですね」

「いやいやナマケ病イだったかもしれんな」

金之助は菅を兄の一人のごとく慕っていた。「変わった猫だね。先刻からずっと私を睨《にら》んでいる。まるで値踏みをされているようだ」

「ハッハハ、菅さん、考え過ぎですよ。猫が人間の値踏みなどしやしませんよ」

「い、いや冗談だよ。あっ鏡子さん、お気遣いは……。えっ？　鏡子さんの前で、私の駄句を披露しろというんですか。そ、そりゃ、ちとマズイ」

菅がしきりに頭を掻いている。

「最初から〝駄句〟などと言っては上達しません」

「は、はい。では」菅は声に出して詠み上げた。

　桐《きり》の葉のドブンと川に落ちにけり
金之助は腕組みしたまま怒ったように一点を見て黙っていた。沈黙が続いた。

ようやく金之助が言った。

「これは桐の葉と一緒に蛙《かえる》でも川に飛び込んだのですか？」

「い、いや、それは正確には……」

「正確にはと言っても、蛙でも一緒に飛び込まないと〝ドブン〟なんて音はしないでしょう」

「ま、まったくです」

鏡子は自分の膝頭を握りしめて、必死で笑いを堪らえていた。

学生の親が進学の相談に来たので金之助は玄関脇の部屋で面談していた。鏡子はお茶を入れ替え、菅に差し出した。

「いやお恥ずかしい。あんなもの見せなきゃよかった。奥さん、夏目君は怒っていたかね？」

「いいえ、そんなことはございません。ところで菅さん、私の方もご相談がございまして」

「ほう、何でしょう。私にできることですか？」

鏡子は思い切って、夫が菅に相談した〝文学的生活〟とは何のことかを訊いてみた。

「〝文学的生活〟か……。たしかにあやふやな表現ですな。夏目君は学生の時から、自分の本心をなかなか口にしない性格でしたからね」

鏡子はうなずいた。

「先日、私も思い切って主人に、どんな生活かと訊いてみたんです」

「ほう、何と言いましたか？」

「広島の山にも仙人がいるだろう。そんな暮らしだ、と言って笑うばかりで、どうせ私などはオタンチンノパレオラガスでございますから。ただ仙人の暮らしが望みなら、そのようにして差し上げたいと思います。仙人とてお腹《なか》は空きますから」

菅がポーンと膝を打った。

「今の言い回しは、さすがです。夏目君の好む言い方だ。彼は皆が深刻な顔をしている時、妙に醒《さ》めていると言うか、深刻ぶりを面白がっている処があります。そう思いませんか。奥さん？」

菅が笑っている。その顔を鏡子は睨みつけた。菅は鏡子の心中を察してかうつむき、腕組みをして天井を見つめブツブツ独り言を言っていた。

「何かを創作したいのではないでしょうか？　たとえば俳句でも、文章でも……」

菅に言われて、鏡子は金之助が北九州へ温泉旅行へ行った折、こしらえた俳句を半紙に清書し、東京の子規の下へ送っている姿を思い出した。

「そうかもしれませんね……」

「そうでしょう。きっとそうですよ」

菅はお人よしそうな顔で笑っていたが、鏡子は下唇を嚙《か》んだままだった。いつの間にか猫が部屋の隅にいた。金之助が戻って来て、

「どうしたのかね、二人と一匹が顔を突き合わせて、何かましな句でもできたかね」

と真顔で言った。

かんべんしてくれ、と菅が頭を掻いた。鏡子は金之助と猫を交互に見て、部屋を出て行った。

この日を機に菅は俳句をやめた。


一人の若者が庭の築山のそばの岩に座って手拭いを額に当ててしきりに汗を拭っている。

「あらあら、寺田《てらだ》さん、また走って来たんですか？」鏡子が若者を目に留めて声をかけた。

「は、はい。丁度、今着いたところでして」

若者は下宿先のある山から毎朝走って五高へ通っているのだが、先月からは遠回りして、合羽町の家に立ち寄って、金之助の登校について行く。

家を訪ねて来る学生は何人もいるが、鏡子の目から見て、この若者、寺田寅彦《とらひこ》は少し違っていた。先生と教え子と言うより、友達同士のような雰囲気があった。

一度、若者がバイオリンを手にしてやって来たことがあった。金之助も興味が湧いたらしく、縁側に呼んで演奏をさせた。上手いとは言えないが、なかなか器用で格好はついていた。

「君、それを何年やっておるのかね？」

「半年です。正確には四ヵ月です」

「えっ、四ヵ月でそんなに。楽譜は見ずとも弾けるのかね！」

「はい。先生の演奏を楽譜を見ながら聞いていれば一度で覚えてしまいます」

「ほう、そんなものかね？」

「どうです？　弾いてごらんになりませんか」

「……いや遠慮しておこう」

「きっとお似合いになると思いますよ」

「お似合いと言うのは、私にバイオリンがかね？」

「そうです。ピアノでもフルートでもなく、先生はバイオリンです」

「ほう、どうしてそう思うのかね」

「姿とか、佇まい。配置です。たとえば宇宙のことを考えるのに、星々の配置を考えて、そこから星が動く姿を想像すれば、おのずとこの地球と宇宙全体の関係が理解できるようになります」

若者は金之助と自分の間の地面を指さして、ちいさくうなずいた。

「もう少し詳しく話してくれませんか？」

若者は地面に線を引きはじめた。それを金之助は身を乗り出して見ていた。鏡子がつぶやく。

――どっちが先生なんだか……。

若者、寺田寅彦は、のちに日本の物理学の先駆者として帝国大学で講師をつとめるようになる。金之助の五高時代初期からの教え子の一人で、のちに上京してからも、金之助を慕い続けた。


教師の生活から、そろそろ離れたいと金之助が望んでいることは、菅虎雄との話や、東京の正岡子規への手紙で知れることになり、さまざまなところから誘いもあった。

鏡子の父、中根重一を通じて東京高等商業学校に招聘されたものの、五高への信義から断ったことはすでに触れたとおりである。

そうした金之助の態度を、義理堅き男と感心した子規も、外務省にいる叔父、加藤恒忠に依頼するから翻訳官をしてはどうか、熊本が嫌なら仙台で教師の仕事を探してみてはどうか、などと誘った。だが、それらも皆断わってしまう。

一方で、金之助は帝国図書館を新設する話があるようだが、周旋してくれないかと中根に手紙を書いた。中根は貴族院の伝をたよって情報収集に動いてくれたが、図書館の新設など夢のような話だということだった。

もっとも金之助は、教師の仕事そのものが嫌になったわけではなかった。

学生たちが上京し、帝国大学へ進んだ折、他の高校から来た学生に英語で遅れをとるのではと心配するのを聞いて、課外授業も積極的に引き受けた。

正規の授業がはじまる前の早朝に、課外授業としてシェークスピアの講義をはじめた。

「この課外授業は、君たちが受ける帝大への試験のための授業ではないことをわかっておいて欲しい。いいかね、試験のための英語というものはないんだ。大切なのは、この『ハムレット』にしても、シェークスピアが物語を通して人間をどう描いているかを学ぶことだ。そこをはっきり理解しておかないと、本当の英語は身につきません」

金之助は若い人に物事を教えることには熱心だった。ある時、五高の生徒よりみっつ、よっつ若い英語を初めて学ぶという子供が教室の外に来た時も、金之助は授業が終わってから、手をかけて懇切丁寧に教えたりした。

「どうしたのかね？　浮かない顔をして」

金之助は、毎日のように家に来る寺田寅彦がいつになく沈んでいる姿が気になって声をかけた。

寅彦は後に東京帝国大学に進学し、首席で卒業をしたほどの勉強家だった。かと言って勉強ひと筋のガリ勉タイプではなく、金之助が俳句を愉しんでいるのを見て、ぜひ教えて欲しいと申し出た。のちに牛頓（ニュートン）などの俳号を持ち、俳書まで出版する好奇心のかたまりだった。

同級生に言わせると、寅彦の頭脳は人並み外れているらしく、試験のための暗記も、予習、復習もいっさいしなかった。授業だけで十分だ、とすべてを記憶し、また物理学教授の田丸卓郎《たまるたくろう》と地球物理学の討論をするほどだった。

「君らしくないじゃないか。妻が心配をしていましたよ」

「……実は先日、教頭から呼びだされて叱られました」

「ほう、どんなことでかね？」

「俳句などにうつつを抜かさず、きちんと勉強をしろと、そうでないと帝国大学へ行ってもついてはいけないぞ、と」

話を聞いて、金之助は自分にも教頭の叱責に責任があるような気がした。

実は、寅彦に俳句を教えると、すぐに俳句をする生徒が増え、しきりに運座までしていた。寅彦は別として、学校側からすれば一般の学生は勉学が疎《おろそ》かになると心配するのもうなずけた。

「君と仲間の成績は下がったのかね？」

「いいえ、むしろ皆やる気満々です。しかし先生、ひとつのことを成し遂げるには、やはりそれだけを懸命にやるのが大切なのでしょうか？」

寅彦の真剣な顔を見て、漱石は静かに話しはじめた。

「私はそうは思わないね。寺田君、ここに座ってみたまえ」
ハ、ハイと応えて寅彦は濡れ縁の金之助の隣りに腰かけた。
「君の目指すところが、さしずめ、あの築山のてっぺんだとしよう。なら誰もが真っ直《す》ぐここからてっぺんにむかって歩くはずだ。でも私は、そんな登り方はつまらないと思うんだ」

「つまらないんですか？」

「ああ、オタンコナスのすることだ」

そう言って金之助は笑った。

「真っすぐ登るのはオタンコナスですか？」

五高はじまって以来の優等生の寺田寅彦は金之助の顔をじっと見て訊いた。見られている金之助もかつて、一高はじまって以来の秀才と呼ばれたことがあった。

「そうさ、つまらない。そういう登り方をした奴には、あの築山の上がいかに愉しい所かが、生涯かかってもわからないだろうよ」

「ではどう登ればいいのでしょうか？」

「そりゃ、いろんな登り方でいいのさ。途中で足を滑らせて下まで落ちるのもよし。裏から登って、皆を驚かせてやるのも面白そうじゃないか。寺田君、ボクは小中学校で六回も転校したんだ」

「どこもつまらなかったからですか」

「いや、皆、それぞれ楽しく、いろんなことを学ぶことができた……」

金之助は、本郷界隈から通った錦華小学校や、二松学舎の長机を並べた畳の表が破れた教室での授業を懐かしそうに思い出していた。

「いろんな寄り道ができて面白かったよ」

「寄り道ですか？」

「道草でもいいかな？」

「みちくさですか？　先生がそんなふうになさったとは想像もしませんでした」

「いろんな道の端で、半ベソを掻いたり、冷や汗を掻いたりしていたんだ。〝我楽多〟とか〝用無し〟と呼ばれたこともあった。その時は少し切なかったし、淋しい気持ちになったが、そんな私をちゃんと守ってくれたり、手を差しのべてくれる人がいてね。その人の温りで寝た夜もあったよ」

「先生のみちくさは愉しそうですね」

寅彦が金之助をまぶしそうな顔で見つめ、目をしばたたかせていた。

「意外と、私は自分の来た道を認めたいのかもしれないね。江戸っ子特有の強がりかもしれない」

「先生」寅彦が呼んだ。

「何だね？」

「ボク、少し力が湧いて来ました。みちくさをしてみたくなりました。物理学にも俳句があった方が良い気がします」

「そうかね、そりゃ、楽しみだ。一高に米山保三郎君という親友がいてね。彼がこう言っていた。わかりきったことをして何になる？　あちこちぶつかりながら進む方がきっと道が拓ける、とね」

　金之助は寅彦を見て静かにうなずいた。


「どうなさいました、奥さま。浮かない顔をなさって？」

　縁側に座って小首をかしげている鏡子に女中のとくが言った。

「ああ、とくさん。やはり泥棒の仕業です」

「何がです？」

「ほら、例のへそくりを隠しておいた手文庫が失せた理由です。どうも変なので、旦那さまに申し上げたんですが、旦那さまも、書斎の中が数日前に荒らされた気がするとおっしゃってました」

「あら、へそくりの話を旦那さまにお話なさったんですか？」

「イケナイですか？」

「当たり前でしょう。旦那さまに隠してお貯《た》めになったのですから、それを打ち明けたら何もならないじゃありませんか」

「ハイ。旦那さまも似たようなことをおっしゃってました。オタンコナスが人に内緒で隠し事をするから、こういう災難に遭うのだよ、と嬉しそうに笑っていらっしゃいました」

　鏡子がしあわせそうに話すものだから、とくは呆れた顔をして首を振った。

「何でも泥棒は、昔から夏目の家とは因縁がおありだそうで、昔、数人の抜身《ぬきみ》の刀を持った盗賊が牛込の家の寝所まで押し入ったそうです」

「まあ、抜身を手に寝所まで。それで？」

「旦那さまのお父上が蔵に連れて行かれて、中にある千両箱の中が皆空だったので賊は帰っていったとか。そのあとで旦那さまがお生まれになったのだそうです」

「へぇ～、なんだか悠長なご家族ですね」

「そうでもありません。旦那さまのお生まれになったのは庚申の日でした。この日に生まれた子は間違えると大泥棒になるというんで、それを逃れるためには生まれた子供の名前に、金ヘンか金の字を付けるとイイそうです」

「ああ、それで金之助なんですね」

「ククッ」

鏡子が笑った。

「何ですか？」

「お生まれになった時から泥棒に縁があるのだから、手文庫で済んで良かったと思え、とおっしゃいました」

「ハッハハ、ソリャ呑気《のんき》ですね」

とくもつられて笑い出した。

とくと鏡子が大笑いをしているところへ寺田寅彦が庭の裏門から入って来た。

「ちょっとあんた。あんたですよ。そこの学生さん。あんた泥棒じゃないんだから、そんなところから家に入って来ないで下さい。この間も言ったでしょう。毎日、ここへ来ないで、来る日を決めて下さいとね。先生はいらっしゃいませんよ」

「知っています。私は先生を訪ねて来たのではなく、ここにお連れしたんです」

「あっ、そうなんですか、それはおそれ入ります。寺田さん。今丁度安倍川餅をこさえたところですから、ぜひ召し上って下さい」

「安倍川餅は大好物です」

寅彦が嬉しそうに言った。

「奥さまがあなたの好物を知っていらっしゃるわけないでしょう」

とくが言うと、築山のそばの石の上に先刻から座っていた猫が鳴いた。

ミャーゴ。

「もしかして、この猫も安倍川餅が好きなのですかね？　オイ、君、そうだろう？」

「学生さん、猫に言葉なんぞ、わかるわけがないでしょう」

怒ったように言うとくに鏡子が小声で言った。

「とくさん。寺田さんは五高きっての秀才で何でもご存知《ぞんじ》だそうです。少し前に、私、寺田さんに訊いたんです。どうしてあの猫は、他の家に来ないで、うちばかりに来るんですかねって。うちで餌をやったりしてないのに……。すると寺田さんがおっしゃるには、あの猫は〝みちくさ〟をしにここに来ているんだと」

「みちくさですか？」

「ええ、みちくさだそうです。何でも詳しくはわかりませんが、哲学の道のりだそうです」

「奥さま、昼間っから訳のわかんないことを。哲学なんて私が知るわけがないんですから」

「でも寺田さんが〝みちくさ〟は大事だと」

「そんなことありませんよ。私は上野、浅草で母親から用を言われて、ちょっとみちくさしただけで、えらいせっかんされたもんです。みちくさがイイわけがありません」

「旦那さまもみちくさがイイとおっしゃったそうです」

「あの人たちは少しおかしいんですよ」

　フフッ、とくの言葉に鏡子が笑った。

　やがて金之助が裏の門から庭にあらわれた。

「どうなさったのですか。旦那さままでがそんなところから？」

「ちょっと、そこでみちくさをしてね。裏手の百姓と話していた。あの百姓、百五十円貯めこんでいるらしい」

「まあ百五十円も」

　鏡子が驚くと、とくが言った。

「人のお金なんか、どうでもいいですよ」

「旦那さまも安倍川餅を召し上がりますか」

　奥へ引っ込んだ鏡子を追いかけるように金之助が居間へむかった。

　居間に鏡子の夏の着物が数着掛けてあった。

「あっ、それ、すぐに片付けますから」

「いいよ。ちょっと見てるから」

　台所から居間に戻ると、金之助が鏡子の着物を肩から掛けていた。鏡子は最初驚いたのだが、金之助は鏡子の着物や長襦袢《ながじゅばん》で派手な色味のものを見つけると、それをじっくり見る癖があった。

　この頃は、誰も居ないと、それを肩から掛けて、書斎で本を読んでいたりした。

「旦那さま、もうそれを脱いで下さい。誰かが見つけたら何を言われるかわかりませんよ」

「こんな格好を見たりしやしないよ」

「なら脱いで下さいな」

「いや何となく心地が良くてね」

「……おかしなことをおっしゃらないで下さい」

「何がおかしいんだね。綺麗なものを身に付けるのは悪いことじゃない」

「それはわかりますが、それは男の方のものと違います」

鏡子の注意も聞かず、金之助はそのまま書斎に行った。

「旦那さま、金沢の米山さんから手紙が届いておりましたので机の上に置いておきました」

鏡子が金之助の背中に言った。

そこへ寺田が数冊の本を手にやって来た。

寺田は書斎の入口の前で思わず目を大きく見開き、その場に立ちすくんだ。

ペーパーナイフを手に、手紙の封を切ろうとしていた金之助があざやかな柄を染めた緋色の着物を肩から掛けていたからだった。

「何だね、寺田君」

「い、いえ、課外授業のテキストをお忘れだったので……」

「そうか、そこへ置いてくれ」

金之助は手紙にナイフの先を用心深く入れていた。二通目の手紙を手にした時、寅彦がまだ書斎の入口に突っ立っているのに気付いて、そちらに目をやった。

「何をそんなところに立っているんだね」

「あっ、いいえ、ではテキストを」

「はい。ありがとう」

それでも寅彦が立ったままなので、金之助は、また寅彦を見た。

「他に何か用かね？」

「いいえ、あの……、先生……」

「何だね？」

「そのお召しものは何か特別なことがおありになるのでしょうか？」

金之助は自分が羽織っていた妻の着物に目を落とし、ああ、これかね？　と言った。

「は、はい。ず、ずいぶんと派手と言いますか、先生が召されるには少し変わって……」

「そりゃ、そうだろうよ。これは妻の着物だ」

「はあ？　奥さまのですか。それをまたなぜ？」

「なぜって、私が着ていちゃ変かね？」

「いいえ、変ではありませんが、自分は初めて、そういうものを召されている先生の姿を目にしたものですから……」

「そりゃ、そうだろうよ。こんなものを着て表を歩いたら、ココがおかしい人に思われるだろう」

金之助は右手の人さし指で頭を指した。

「そ、そうですね。ではなぜ、先生は？」

「こんなものを着てるのか、と訊くのかね？」

「は、はい」

「特別に意味なんかないさ。部屋に掛けてあるのを見て、綺麗だなと思って着てみたのさ。いけないかね？」

「いいえ、そんなことは」

失礼します、と消え入りそうな声で言い、寅彦は部屋を出て行った。

二通の手紙の内の一通の差出人は金沢の米山姓になっていたが、保三郎本人ではなく、別の名前だった。

——天才哲学者君、天然居士《てんねんこじ》の親戚かな……。

封を開きながら、保三郎の癖であった着物姿で懐手にして、襟元から手を出してアゴの辺りを器用に触れる仕草《しぐさ》が思い出された。

予備門から一高へ進学する時、金之助が初めて、

——この男には敵《かな》わない。

と感じた学生が米山保三郎だった。

以来、保三郎とはキャンパスで顔を合わせる度に、二人で連れだって出かけるようになったし、特別何かがなくとも、校内でも、本郷周辺であっても、二人でいることが多かった。

保三郎は授業中でも、参考書の類いをまったく持っていなかったし、教師の話を筆記することもなかった。それでいて授業の内容を理解し、授業におけるすべてを記憶していた。保三郎には持って生まれた頭脳の明晰《めいせき》さがあった。

予備門時代はまだしも一高、帝大へ進学し、哲学を学び始めてからは、保三郎の頭の良さに教師たちも一目置くようになった。かと言って自分の優秀さを鼻にかけることは微塵《みじん》もなかった。

いつも飄々《ひょうひょう》としていた。

四国、伊予の秀才、正岡子規をして、〝米山保三郎の才気おそるべし、古今東西の才人の追随

を許さじ〟として、最初の授業で保三郎と教師のやりとりを聞いて、「あしは哲学はやめにした」と言わしめた。

一高本科に進学するにあたって、金之助が建築を専攻したいと言い出した時、

「夏目君、今の日本の建築の技術水準で、君が望むような世界の最高峰の建築物はとてもじゃないが、すぐにはできない。我が国の建築技術ではおそらく五十年、百年の歳月がかかるだろう。しかし文学を専攻すれば、この先、百年、千年も読み継がれるものを手に入れられるかもしれない。そうしたまえ、一見優秀そうに見える今の一高の工科は、君が専攻するものではない」

この一言で、金之助は英文学に進んだ。

……米山保三郎が亡くなりました。

その言葉を読んで、手紙を持つ金之助の指が震え出した。

金之助の目に飛び込んできた、〝米山保三郎が亡くなりました〟という文は、金之助の頭の中と、胸中に大きな衝撃を与えた。

急性腹膜炎であったという。手にした手紙が、音を立てて震えていた。

金之助は大きく息を吸った。

――天然居士が亡くなった……。

五月も終わろうとする夕暮れであった。

その一ヵ月後、学期末試験で教師も生徒も忙しくしていた午後、合羽町の自宅から車夫が電報を届けにやって来た。

事務方の男が教務室に電報を手に入って来た。

「夏目先生、電報が入っとりますで……」

のんびりした男の声に金之助は、口髭《ひげ》を指で触りながら、

「ああ、そこへ置いておいて下さい」

と言って、試験会場の様子を見に行った。

小半刻して机に戻ると、電報はまだそこにポツンと置かれてあった。

差出人は兄の直矩だった。

金之助は電報を手に取ると、文面を封から出して、半折りの紙を開いた。

〝父、直克、死ス〟とあった。

不思議と金之助の胸に動揺はなかった。

幼い頃から里子に出され、何かにつけ、親子の情愛が、父、直克から伝わってこなかったせいもある。だが、金之助は、こんなに平然と、実父の死去を受け止めてしまう自分が意外に思えた。

金之助が電報を机の上に置くと、正面に机がある山川信次郎が心配して金之助の顔を覗き込んだが、

「信次郎さん、期末試験が終わるのはいつだったかね？」

と何もなかったように訊いた。

山川が返答すると、金之助は、急いで上京することもなかろうと思った。

家に戻り、父の死を告げると、鏡子は、まあ、と口を手でおさえた。

「葬儀には間に合わなくていいから、期末の試験が終わったらゆっくり上京しよう」

と妻に告げた。

明治三十年七月八日の朝、金之助と鏡子は女中のとくと車夫に見送られて、熊本駅を東京にむけて出発した。

翌午後、車窓に初夏の空にそびえる富士山が見えた。

金之助は窓辺に肘をつき、霊峰を眺めていた。

予備門の学生であった頃、あの山を登ったことがなつかしかった。

「やはり、富士は一番の山ですね」

かたわらで鏡子が言った。

金之助は静かにうなずいた。

金之助の目には、妻が妙に上機嫌であるように映った。それもそのはず、鏡子は結婚して以来、北九州の旅以外に夫と二人で外に出かけたことがなかった。普段、熊本の街の中でさえ、夫は共に歩くことをしなかった。

「生徒の目がある。教師が夫婦で並んで歩いていたら何を言い出すかわからない」

「そうでしょうか？」

鏡子は不満げに言ったが、そうに決まっとるじゃないか、少しは考えたまえ、と言われてから、鏡子は夫のそばを歩かなかった。

東京はまだしも、熊本の田舎では、男女のあり方を厳しく見る人が多かった。明治三十年はまだそういう時代だった。だから鏡子は夫と二人で旅ができることが嬉しくて仕方なかった。

金之助が、誰ぞ、付添いでも連れて行くか、と言った時、

「家計に、そんな余裕はございません」

と鏡子はぴしゃりと言った。

鏡子は嬉しいのだが、汽車が出発して一日が過ぎているのに、夫は元気がなく、どこかふさぎ込んでいるように映った。

鏡子の脳裏に、夫の書斎の文机の正面にあるひとつの写真立てが浮かんだ。そこには二人の学生が同じ帽子と学生服を着て写っていた。

一高の制服に身をつつんでいるのは、夫の金之助と、夫の親友であった米山保三郎であった。浅草に出かけた折、写真館で記念に撮ったものだった。金之助はその写真を焼き増しして、二人だけの部分を切って、新しい額に入れて、机の上に置いていた。

——よほど米山さんの死が辛かったのだ。

鏡子も写真に手を合わせた。

夫が飾った写真を見た時、二人がかすかに笑っているように見えたのが珍しくて鏡子は訊いた。

「旦那さまの隣りの方はどなたですか？」

「そいつは米山保三郎と言ってね。予備門の時からの同級生でね。私なんかはとても及ばない、一高はじまって以来の才気ある学生と言われた奴だ。その写真は二人して浅草の凌雲閣を見物した時に写したもんだ」

「仲がよろしかったのですね」

「うん、そうだな。米山とはなぜか気が合ったな。風来坊のような奴でね。授業はしょっちゅうすっぽかすし、よく見るといつの間にか教室からいなくなっててね……、それでいて試験があるといつも一番だ。帝大に進学した頃には、専攻の哲学では教師に堂々と論戦を挑んでいたよ。教師たちも一目置いていたが、奴はそれを威張るような学生じゃなかった。わからぬことがあっても、彼に訊けば懇切丁寧に教えてくれた。天才だよ、あいつは……」

「まあ、そんなに……」

「私が今、こうして英語の教師をしているのも、保三郎の助言のお蔭だ……」

夫は大切なものの話をするかのように話してくれた。保三郎の話をする時の夫はどこか嬉しそうだった。

鏡子は写真立てのことを思い出し、今回の東京行きで、夫に何とか元気になってほしいと思っていた。

そう思っていた鏡子だが、出発前から微熱があった。とくに相談すると、月の障りのことを尋ねられ、ご懐妊かもしれませんね、と言われ、鏡子は驚いた。

たしかに身体の変調はあった。しかしそのことは夫に内緒にしておいた。とくもその方がよろしいかもと言った。

「富士のてっぺんまで登ると、どんな気持ちがするんでしょうか？」

「うん、悪いもんじゃないよ」

「えっ、登られたことがおありなんですか」

鏡子は大きな眸をさらに見開いた。

「ああ、学生時代に登ったよ。たしか箱根から御殿場へ出て、頂上を目指した」

鏡子はますます目を大きくした。

金之助はそれが面白かった。

汽車が新橋ステーションに着くと、鏡子の母や妹がプラットホームまで迎えに出ていた。

末の妹はなかなかの元気者で、声を上げ、手を振って姉の所へ駆け寄って来た。

そのまま用意してくれていた人力車に乗って内幸町の官舎にある中根家に入った。

迎えに立っていた中根重一に金之助は世話になることを告げ、父の葬儀の件で礼を言った。

鏡子は、母親や妹の顔を見たせいか、元気に話をしていたが、すぐに熱を出し寝込んでしまった。

「やれやれ、世話のやける娘だ」と重一はぶっきら棒に言って、娘婿に父、直克の悔《くや》みを言い、熊本の様子を訊いていた。

翌朝、新橋の病院へ行くという鏡子を置いて、金之助は牛込の家にむかった。坂上で人力車を降り、生家に続く坂道を下りはじめると、

――こんなにちいさな町内だったか……。

と半分拍子抜けしたような気持ちになった。

家に入ると、次姉のふさが迎えてくれたが、この人もひどく身体がちいさくなっていた。男は大助、直則が亡くなり直矩だけがいた。昔、遊び人で生家へ寄りつかなかった直矩と話す話題もなく、金之助は仏壇に手を合わせていた。

誰がそうしたのか、仏間の鴨居《かもい》に父、直克、母、ちゑ、兄二人と妹の遺影が掛けてあった。

金之助は、それをじっくりと見回して、

「ありゃ、誰かね？」

と幼子の写真を指さして直矩に訊いた。四男の久吉と三女のちかだ、と言われた。

「なぜ、こんなものを掛けたのですか？」

「いや父が、何もないのは不憫だと……」

——そういうものか。

と金之助は胸の中でつぶやき、懐から香典を出し仏壇に置いた。

弔問客もおらず、すでに納骨まで済ませたと直矩がいうので、父の骨を納めた本法寺へむかう旨を告げ、生家を出た。

子供の時には立派に見えた門はすでに朽ちかけていた。生家はすでに、そこにあるだけのもので、金之助を迎える構えもなかった。

——没落とは、こういうものだろう。

金之助はちいさくつぶやき生家を出た。


金之助は牛込の家を出て、坂道を登りはじめた。先刻もそうだが、

——こんなちいさな坂道だったか。

と、長く離れていた実家周辺の様子と、幼少の記憶との妙なちぐはぐさに戸惑い立ち止まった。

端の木さえひどく低く見える。少年の頃の金之助にとっては木の一本一本が、土塀の肌合いが、それなりの貫禄をかもし出していた。

すると坂下から、夏目さん、夏目金之助さんと自分の名前を呼ぶ声がした。娘の声だった。傾きかけた陽差しが、その娘の影を光らせている。

——はてどこの女子だろう？

急ぎ足で近寄って来る。

「いや間に合いました。ご無沙汰しとります。正岡のノボルの妹の律でございます。夏目さんの手紙で、もうすぐ上京される言うんで、ノボさんがまだかまだかと、昨日から私と母が玄関に立っとりました」

「やあ律さんか。それは大変だったね。もっとちゃんとお報せしておけば良かったね」

金之助は笑って言った。

正岡子規の妹の律に、ひとつ用を済ませてすぐに追いかけるからと告げて、金之助は明神下にある一軒の店へ寄った。看板には〝神田川〟とある。上京する直前に届いた子規からの手紙の一文に、〝神田川〟の鰻が食べられたら申すべくもなく候とあった。

子規の二人前と、母娘の分の三つ折を注文した。根岸までの道を影を踏みながら進むと、初めて二人して行った鰻屋での出来事が思い出された。

子規は丼の鰻をたちまち平らげ、もう一丁くれんかのう、と大声で言った。

「正岡君、君、大丈夫かね、そんなに食べて？」

「平気、平気じゃ。今日は朝から鰻にしようと思っとったんじゃ。そこへ、予備門一の秀才と出会った。これはもう鰻じゃとあしにはピンと来た」

子規は決して身体は大きくないが、聞きしにまさる大食漢である。評判どおりの食べっ振りに金之助は驚いたのを覚えている。

「いや、よう来て下さった。あしは夏目君を一日千秋の思いで待っておったよ。また立派になりんさって。さすが天下の五高の教頭格の先生だけのことはある。この匂いは、もしかして……」

子規は手みやげの中身を当てて大喜びである。

子規は横臥したまま玄関の金之助にむかって笑った。昔のままの少年の面影が残る表情だ。

「金之助君、ちぃ～と待っちょっておくれ。ガーゼの取り替えじゃ。積もる話もあるで、痛そうな顔は見せられんけのう」

す、すみません、と手桶と布の束を手にした母の八重と妹の律が奥へ入る。

ど、どうぞこちらの部屋へ、と律が言い、金之助は玄関脇の部屋に座った。

壁のあちこちに貼紙があり、俳句を並べた草稿もあれば、文章の草案のようなものもある。短冊も掛けてある。

柿くへば鐘が鳴るなり法隆寺　　子規

二年前の上京の際、奈良、大和路を小旅行した折に創作した俳句だ。気に入りの句なのだろう。

――やはり良い句だ。

この頃の子規の句は描写に鋭さと、こころの余裕のようなものが感じられる。

短冊の隣りには妙な自分の紹介文がある。月給の金額まで書いてある。万葉集の批評に、何やらベースボールの解説文もある。〝初南瓜〟と記した彩色画まで創作している。

――少しやりすぎじゃないか。子規君よ……。

与謝蕪村と松尾芭蕉の比較もあった。

――これは続きを読んでみたいナ……。

最後に、日付が数日前の俳句の草稿のようなものがあった。子規の文字ではない。

「そ、それは、私がノボさんに呼ばれて急いで書き止めたものです」と律が頬を赤らめた。

金之助は、その句を声に出して読んだ。

「葉鶏頭の十一、二……か。妙だね。ここで止まっていますね。でも面白い。この近くに葉鶏頭は咲くのですか」

「はい、夏にはいっせいに。あの……」

「何ですか？」

「もうすぐノボさんが目を覚まします」

――そうか、子規は眠っていたのか。

その時、一枚の半紙が床に落ちた。律はそれを素早く拾い上げて金之助に渡し、どうかよろしくお願いします、と言った。そこに小文があった。〝生涯に望むもの〟とあり、一が上京すること、二が海外へ渡航すること、そして三に生涯の伴侶に出逢うこと、とあった。

金之助はもう一度それを読み、そっと文机に置いた。足音を忍ばせて、子規の部屋に入った。

子規は上半身を掛け蒲団から出し、まるで赤児が庭先に出たくて這《は》い出したように、手先を庭と縁側の方に伸ばしていた。

金之助は苦笑した。

枕元には、横臥して書き殴った半紙が散っている。まるで子供部屋だ。

絵の具の付いた筆と筆洗もあり、描きかけた紙人形の雛《ひな》遊びの絵が障子の下に立てかけてある。

金之助は口元をゆるめた。

――君は、ここで独り雛祭りをしたのですか？

その時、上野の山の方角から傾きかけた夏の夕陽が部屋全体に閃光《せんこう》を走らせた。

金之助は片手を夕陽の方にかざし、一瞬、浮かび上がった庭を見つめた。

金之助は思わず息を止めた。

そこにいくつもの花をつけた葉鶏頭が光の中で揺れていた。鶏のとさかの赤色に花の姿が似ているので葉鶏頭と呼ばれる花が、静かに眠る子規の、その手の先から数メートル離れた場所で、まるで緋色の海のようにあざやかに咲き乱れていた。

「これは……」

金之助は、これまで何度となく花が咲き誇る姿を見て来たが、これほど美しい開花は初めて目にした。

十坪にもみたないちいさな庭なのに、限りなくひろがって映った。その花たちに抱かれて、子規は少年のごとく眠っていた。

「ここが、ここが君の宇宙なのか……」

金之助は静かに枕元に座った。

気配に気付いた子規が、もそりと動き、金之助の方に目をやると、赤児のように目をこすり、金之助の姿がわかると、満面の笑みを浮かべて、

「秀才君、ようお帰りなさったのう。正岡子規、今日の日をこころ待ちにしておったぞ。〝神田川〟の鰻の美味さに酔うて、少し夢心地になってしもうた。嫁殿はご一緒や」

「いいや、あいつはさっさと実家へ行っちまったよ」

「おう、なつかしい夏目君の江戸弁だな。嫁御《よめご》をあいつか、いや、君らしい」

「それにしても美しい葉鶏頭だね。ここは子規君の宇宙じゃないか」

「それが夏目君にはいち早くわかったか」

「熊本はどうであるかのう？　あしの故郷、伊予、松山を去るにあたって『松山の学生はもっと厳しく学問に立ちむかわねばならん』と、夏目先生に叱責を受けたと、あしの後輩が報せて来たぞ。す、すまんのう。伊予の者はどうも根気が足りんでのう」

「いや、そうでもないよ。向学心のある学生もいるよ」

　実際、金之助が松山から熊本へ移ると、彼を慕って、熊本へ何人かの学生が追いかけてきた。金之助の授業もそうだが、彼の人柄は大勢の若者を魅了していた。

「熊本へ行ってからの君の俳句はなかなかの上達振りだ。新聞『日本』の俳句欄にも載せたとおり、君の句は評判じゃ」

「いやお恥ずかしい。君からそう言われると襟をたださねばと思うよ」

「いやいや、君の句から〝月並み〟が消えておるわ」

　子規は金之助の俳句に今ひとつ見るべき、語るべきものがないと〝今回も月並みじゃ〟と言うのが口癖だった。

「そう言えば玄関口の部屋にあった何やら君の紹介文のようなものを見たが、あれは何だね？」

　子規は〝シマッタ〟という表情をして、自分の額をパチンと叩いた。

「あっ痛。あれを見られてしもうたかの。いやいやお恥ずかしい。あれはあしの墓に刻む文章じゃ」

「ハッハハ。墓碑銘をもう用意しているのか。そりゃ君らしいや。しかし最後の月給四十円はなかなか愉快だね」

「それはあしだけではないぞ。君も新居に越した時に言っとったぞ。〝名月や十三円の家に住む〟は、たしか君の句じゃなかったかな？」

「いや、見逃がしてくれ。あんなことをわざわざ口にしてしまって恥ずかしい限りだ」

子規は墓碑銘に新聞社での給与の額をわざわざ書いている。金之助もまた新居の賃料を句に詠んでいる。

明治のこの頃までは、まだ人々が給与や、構えた住居の賃料を公言していた。それは明治以前、人々（特に侍、士族であるが）にとって石高が、自分の価値を証明するものであったことの名残《なご》りと言えよう。

二人は夕陽に浮かぶ鶏頭の花姿を見ていた。

律がやって来て、「ノボさん、風が少し冷えて来よりましたから閉めさせてもろうてよろしいですか？」と言った。

「いや、もうちょっと開けといておくれ。花の香りが何ともええ具合いじゃ」

「わかりました。先ほど伊予からこの季節には珍しいミカンが届いちょります」

「おう、そうか。ミカンは大好物じゃ。夏目先生にも差し上げておくれ」

「おいおい大将。先生はかんべんしてくれ」

「何を言うておいでか。あしの所へ届いた熊本からの手紙では、夏目金之助先生は今や五高でも教頭格の立場で、先生達からも一目置かれておるそうじゃ」

「誰がそんないい加減なことを」

「いい加減でありはせん。良い加減と言うことじゃよ」

「ハッハハ、そりゃ一本取られたナ」

金之助が頭を掻きながら笑うと、子規も釣られて笑い出した。

「ところで君の四月の手紙に、教師の仕事が嫌になったと書いとったが、今の気持ちも同じようなものかのう？　文学三昧と君は言うが、そうであるんなら、あしは、そうすべきじゃと思うがの」

「それはそうできればよいのだが、何しろ家族ができたことは、やはり慎重にはなるな」

「そいか……、家族いうもんは大変じゃな。君の父上のこともそうじゃが。何しろこの身体では仏に手を合わせることもできんで、かんべんしておくれ」

「水臭いことを言わないでくれ。私も牛込の家に戻ってみたが、姉も、兄も大方が彼岸の方に行ってしまって、淋しいかぎりだった。まだ小日向の寺の墓所の方が賑やかで、ひと心地ついたというもんだったよ」

金之助は強がって言い、無理に笑った。

「せっかく夏目君が来たんで、あしは句会を開こうと思うとる」

「そりゃ、嬉しいね。ぜひうかがうよ」

金之助は言って、長居が子規の身体にさわってはと退去した。


内幸町の官舎に戻ると、鏡子の母が金之助の部屋を訪ねて来て、鏡子の流産を告げた。

「何が悪かったんじゃろうか……」

内幸町にある貴族院書記官長の官舎の一角で鏡子の母、中根カツが先刻と同じ言葉をつぶやいて大きなタメ息をもらした。

金之助は義母の横顔を見ながら、帰宅後すぐに見舞った二階の部屋で休んでいた妻の鏡子の顔を思い浮かべた。

「鏡《キヨ》さん、（金之助は時折、妻をこう呼んだ）加減はどうだね？」

金之助は枕元に座って妻の顔を覗き込んだ。

鏡子は一点を見つめたまま、消え入りそうな声で言った。

「旦那さま、このたびは申し訳ありません」

「別にキヨさんが謝ることじゃない。今は安静にして、しっかり栄養を摂って休むことだ。何か食べたいものはないか？」

金之助が言うと、鏡子は首を横に振った。

「そうか。ともかく安静にしておくことです」

金之助は立ち上がると、姉の蒲団のまわりで心配そうに座っている妹たちを見た。普段かしましい娘たちが皆神妙な顔をしている。

あっ、お父さまのお帰りだわ、と末の妹が階下から聞こえた音に気付いて言った。

「じゃあ、よろしくお願いします」

金之助は妹たちに告げて階下へ降りて行った。

中根重一は玄関先で帽子を取って従者に渡していた。金之助は静かに会釈した。

「いや、いろいろ世話を焼かせる娘だ……」

中根は誰に言うともなく言って廊下を歩いた。

二人が居間に入ると、義母は、先刻の椅子にまだ座っていた。よほど疲れているのだろう。

「鏡子の具合いはどうじゃ？」

「はい。お医者さんがおっしゃるには、大事にはならんから、しっかり休養をとるようにということですわ」

「子供はまだできるんかいのう？」

「はい。そちらは大丈夫だろうと、お医者さんはおっしゃってました」

「そうか、そりゃ良かった」

カツは夫に着替えを渡し、受け取った外出着のシワを伸ばすようにして、そこで一息タメ息をついてまた言った。

「しかし何が悪かったんでしょうか？」

「医者は大丈夫だと言うとるのだから、おまえがそのように心配をするな」

中根重一とカツの会話は、半分、金之助への詫びも含まれていた。

子供はまだできるのか、もそうである。

見合い、恋愛にかかわらず、当時、夫婦の離婚の理由の中で、子宝に恵まれないということは一番手に挙げられるほど重大なものだった。だからこういうことが続くのは、中根家にも、金之助と鏡子にも困ったことになりかねなかった。

「金之助君、医者もそう言っとるそうじゃから、中根の家でできることはして、あれの元気を取り戻しましょう」

重一が言った。

「そうですね。私もそうさせてもらえれば有難いです」

「そうですか。ではカツ、そうせい」

「はい、では鏡子が元気になるまで鎌倉の大木さんの別荘へ行って休ませようと思うとります」

「おう、それがええ。そうせい」

鎌倉材木座にある大木喬任伯爵の別荘は、毎年夏になると中根家が全員で休暇に出かける所だった。

「肝心の鏡子の方は落ち込んだりはしておらんのか？」

父の重一は、他の娘より少し繊細な感情の持ち主の鏡子のことを心配して訊いた。

「落ち込むどころか、うち（私）には、金之助さんという子供がおるけえ、大丈夫です、と言うとるほどです」

「何？　金之助という子供が……。あいつ、何を言うとるんか。まったく、じゅんならん（備後弁で手に負えない）奴じゃ。おえりゃあせんのう（ダメだなあ）」

――じゅんならん、おえりゃあせん、何という言語だ？　まるで違う国にいるようだな……。

鏡子との見合い話が出た時、金之助には何も心配はなかったが、ひとつ気にしていたのは、帝大を出た学生が特権階級の娘を嫁に取り、その力で就職先を得たり、生活面の援助を受けることが羨望の的になっていた点であった。しかし金之助は自分たちがそういう夫婦とは微塵も思っていなかったし、中根重一の力で何かをしてもらおうという発想もなかった。

ともかく東京での暮らしが鎌倉との往復になることになった。

七月十八日の昼過ぎ、鎌倉に鏡子を見舞いに来ていた女中のとくが内幸町の家にやって来た。金之助は東京で五高の新任教師を探したり、旧友と逢ったりで、とくとはまだ顔を合わせていなかった。

「どうも旦那さま、ご無沙汰しております。この度《たび》の奥様のこと、とくの目が届かずに本当に申し訳ありませんでした」

とくは畳に両手をついて丁寧に詫びた。

「何もあんたが謝ることではないよ。どうだい？　ひさしぶりの東京は？」

金之助が笑って言うと、とくは隣室にいるカツや、中根家の女中を気遣うように視線を送ってから、小声で話しはじめた。

「そりゃイイに決まってるじゃありませんか。私、新橋ステーションが近づいて、建物が見えはじめると、娘の頃のように胸がときめきました」

「ほう、どんな娘さんだったんだい？」

「そりゃもう、あちこちから声がかかりまして……。あっ、おかしなことを申し……」

とくはあわてて口を手でおおった。

「ハッハハ、そりゃよかったな。俺も、ここ数日、あちこち歩いていて、ずいぶんと気がまぎれたよ。そうだ。今日は根岸の正岡君のところで句会があるんだ。どうだい、途中まで一緒に行かないか」

「はい、それは喜んで」

二人して日本橋方面にむかって内幸町から銀座の大通りを歩きはじめると、やはりたいした賑わいである。それもそのはず、この二十年ほどで東京府の人口は倍にふくれ上がっていた。この年、明治三十年に、商都を抱える大阪府や、稲作で豊かな新潟県を抜いて全国一位になる。

金之助は先日来、外出し、往来する人を見て、兵隊の姿が多いのに気付いていた。

「やけに士官や兵隊が多いな」

「なんでも次はロシアと戦争だ、なんて私の東京の知人は言っておりましたよ。旦那さま、それは本当ですか。日本はロシアに勝てるんですかね？」

「いや無理だろうね。大人と子供の喧嘩になってしまうな」

「やはりそうですか？」

とくの顔が曇った。

とくが前方の建物を指さし、驚いたように言った。

「旦那さま、あれは何でございましょうか。まぶしいほどかがやいていますよ」

「あれは、日本銀行の建物だ」

二人の立つむこうに、明治二十九年に完成した日本銀行本店のビルが夏の陽にかがやいていた。辰野金吾《たつのきんご》設計の近代建築である。

「蕎麦でも腹に入れようか？」

金之助が言うと、とくは言い辛そうに、

「私は団子が食べとうございます。この道の先、前の越後屋を右に曲がったところに美味しい団子を食べさせる店がございます。あっ、そうでしたね、旦那さまは安倍川餅さえだめな方でしたね」

「でもないさ。ここは東京だ。誰が何をするか、いちいち見ている田舎の小僧どももいないし、団子ふた皿などは朝飯前さ」

「さすが江戸っ子の旦那さま。そうこなくてはいけません」

「いや、これから訪ねる正岡君が大に大が付くほどの喰いしん坊でね。丁度、句会で人数も来てるだろうから、彼等にも土産品として持って行ってやろう」

「そりゃよろしゅうございますが、無駄遣いは困りますよ」

とくの言葉を聞いて金之助は笑い出した。

金之助は団子屋の脇に立つ看板を興味深そうに見上げていた。三軒の寄席小屋の演目をかかげた看板である。

「私も寄席が大好きでございます」

隣りでとくが小声で言った。金之助はとくの耳元に顔を寄せてささやいた。

「実は、吾輩も大好きでな……」

それを聞いてとくが笑い出した。

「やはり東京はよろしゅうございますね。何もかもが汐風にスーッと抜けてしまいまして」

——何もかもが汐風にスーッと抜けるか……。洒落た言い方をしやがるナ。たしかあれは子規の大将の俳句だった……。

六月を奇麗な風の吹くことよ　　子規

「今、何とおっしゃったんです?」

金之助が子規の俳句をとくに教えると、とくは何度もうなずき、七月の風を見ていた。

やあやあ、ようよう、いやご無沙汰、初めまして、私、子規先生にお世話になって……と、八畳の居間は挨拶のくり返しである。

いつの頃からか、この家は誰からともなく〝根岸庵〟〝子規庵〟と呼ばれはじめていた。

すでに子規は土産品の団子を食べはじめていた。

金之助が〝子規庵〟の句会へ参加するのは初めてである。

俳句という同じ趣味の下に集っている故、誰も皆、子供や学生のごとく喜んでいた。

まず子規が全員に金之助を紹介した。

「こちらが、この頃はあしの先生と間違えるほどの俳句をこしらえる夏目金之助君こと、夏目漱石君じゃ」

実にこの時、人々に、姓と俳号を合わせて、子規は金之助を「夏目漱石」と呼んだ。

皆、金之助の俳句を何度となく子規の口から聞いていたし、新聞『日本』の俳句欄の掲載作品に漱石とあるのを読んでいた。だから皆、その名前をごく自然に受け入れた。

のちに、この筆名による作品が日本文学に金字塔を建てるとは、誰も知るよしがなかった。

「さて、本日の兼題は何じゃったかの？」

子規は舌舐めずりをして半紙にさらさらと兼題を綴った。

兼題とは、歌会、句会を催した時、次の会で創作の題材にしてほしいものをあらかじめ伝えておくことである。

金之助には昨日、葉書《はがき》にて、その兼題と主たる参加メンバーが報せてあった。

兼題は〝明月〟と〝団子〟であった。

兼題の善さが出るのが、その句会の主幹事の腕の見せどころでもあった。

「いや、さすがに夏目君は、帝大の秀才だけあって、ちゃんとこうして兼題の句をこしらえ易かろうと、日本橋の団子をお持ち下さったわけじゃのう」

皆がまったく、まったくと団子を頬張っていた。金之助は、子規の言葉に、恥ずかしそうに頭を掻いた。

皆がワイワイやる中で、子規の母の八重と妹の律が忙しそうに立ち働いていた。

金之助は今年の正月の鏡子のことを思い出し、明日は鎌倉へ行こうと思った。

金之助が上京した折、子規は二度の句会を催した。七月の一回目の句会では、俳号漱石こと金之助が最高得点で、翌八月の二回句会では子規が一等の得点であった。

二人は両日とも句会の客が去った後、ゆっくりと話をした。

「米山は惜しいことをしたのう」

子規が亡くなった米山保三郎の死を悼んだ。

「本当だね。私もつくづくそう思うよ」

「あれは本当の天才じゃった。あれがおらねば、あしは哲学もどきに悩まされて、こうして記者の端くれとして文章も書けなんだよ」

子規は予備門の最初の授業で米山が教師と論じ合うのを目にして、すぐに哲学をやめた。

「私もそうだよ。今日、日本橋で辰野金吾の建築を見たが、とてもじゃないが、私の力では彼の足元にも及ばない。こうして何とか教師面《づら》していられるのも米山のお蔭だよ」

「それで十分、あの金沢の天才が世にあった甲斐があるというものじゃ」

子規の言葉に金之助は深くうなずいた。

明治のこの時代、人々は家族にしても、友人、知人においても、死別は日常のごとくあった。それ故に、現代人のように、身近な人の死を必要以上に嘆いたり、残された者が戸惑ったりすることもなかった。

子規のガーゼの交換で金之助は八畳間を出て、玄関脇の部屋へ控えた。

大声が続いた。声と言うより悲鳴であった。

金之助は男子がこれほど大袈裟《おおげさ》に痛がる声を初めて耳にした。実の母、妹への甘えかとも思うが、実際、痛くて仕方ないのだろう。

部屋の壁を見回すと、先日と様変わりしている。それだけ、子規が毎日湧き出る創作の思いを殴り書きしているのだろう。

数年後、短い生涯を終える子規は、死の間際まで創作の手をゆるめることがなかった人である。

あの半紙は書き替えてあった。〝生涯で望むもの。上京ス。海外渡航ス。一生の伴侶と出逢う〟上のふたつに○があり、最後にはなかった。もうひとつ短冊が違っていた。

見つつ行け旅に病むとも秋の不二

なんと子規の上京に際し、金之助が詠んだ送別の句だった。

鎌倉へむかおうとする金之助の下に客があった。子規がキヨシと呼ぶ、河東碧梧桐とともに子規に師事していた高浜虚子であった。

「ここにいらっしゃると聞きまして」

「私はこれから鎌倉へ妻の見舞いに行くところです。途中までご一緒しませんか？」

子規を伊予以来、尊敬してやまない碧梧桐のような若者と違って、虚子はどこか醒めた目で子規に接していた。金之助はそんな虚子となぜか親しめた。虚子は、伊予人独特の興奮しやすい気質ではなく、冷静に人と接することができた。一度虚子の俳論、句評を読んだが、その明晰な洞《どう》察《さつ》は子規にない視点によるものだった。

この虚子の能力が、後年、金之助に初めての小説執筆を依頼することにつながる。

「先日の根岸での句会にはいらっしゃいませんでしたね」

「いや、『ホトトギス』の仕事が忙しくて……」

『ホトトギス』は今年の初め、子規が協力して柳原極堂が編集人として四国、松山で立ち上げた俳句雑誌であった。

「ああ、読ませてもらいました。いい本ですね。俳句の定期本として秀れています。楽しみにしています。ありがとう」

「いや礼をおっしゃる必要はありません。あなたは購読料を送ってくださいました。大半の人は読むだけで、あなたのように購読料も感想の手紙も来ません」

鎌倉へむかう汽車に乗ると、汐の香りと夏木立の草の匂いが交互に香って来た。

虚子は金之助の膝の上に封筒を置いた。

「何ですか？　これは？」

「『ホトトギス』に掲載させて貰ったあなたの句の稿料です」

「えっ、そんなものを……」

「良い作品に報酬があるのは当然のことです。これまでのやり方がおかしいのです」

虚子は平然と言った。

途中の駅で、虚子は立ち上り、プラットホームで金之助を見送った。

「では次の句会で」

すると虚子がもどかしい表情をした。

「何かありましたか？」

「実はノボさんからの後継者の依頼を断わってしまったのです」


鎌倉の材木座にある伯爵の別荘は思ったより敷地も広く、すぐ前に海岸もあり、汐遊びに出かけるにはうってつけだった。

鏡子の様子を見てみると、昼間っからきょうだいで双六《すごろく》に興じたり、貝合わせまでやっている始末。声を上げ、笑い、大騒ぎの有様で、どこが転地療養なのか、さすがの金之助も声のかけようがなかった。金之助は姉妹たちと笑っている弟の倫《ひとし》に声をかけた。

「何ですか、義兄《にい》さん」

「少し海にでも出ないか」

「はい。支度をして来ます」

倫は嬉しそうに海水パンツをはいてあらわれた。二人で海までの小径を歩きながら、

「鏡子さんはどんな様子だい？」

「どんなって？」

どうも中根の者は頓珍漢なのが多い。

「君ね。男があんなふうに女の中で騒いだりするのは良くない」

「なぜです？　だって姉や妹だもの。何がいけないんです。父も同じことを言いましたが」

「男子たる者は、いざという時に女、子供を守ってやらねばならないものだ。それに国の行方も思わねばならないからね」

「国って、どこの国ですか？」

「そんなもん、日本に決まってるだろう」

「僕が日本のことを考えて、何かになるんでしょうか」

「それを屁理屈って言うんだ。べらぼうめ」

「今、何とおっしゃったんですか？」

「何でもない」

金之助は海水パンツにはき替えて、波打ち際で準備体操をはじめた。倫も隣りで手足を振っている。

「義兄さんは泳げるんですか？」

「泳げない男子がいるものか」

「僕は少ししか泳げません。どうしたらいいですか？」

「背丈より深い所へどんどん行けば勝手に泳げるものだ」

「溺れたらどうするんですか？」

「溺れたくないから泳ぐんだ」

二人して海に潜ってみると、これが思ったより面白く、金之助は倫を放ったらかしにして素潜りに夢中になった。


別荘の騒がしさに閉口して、金之助は由比ガ浜に一人佇んだ。

水平線を眺めると子規の笑顔が浮かんだ……。

「金之助君、なんぞ、面白い本はあったかね？」

「英文学では本場はこのところ停滞気味だね。むしろシェークスピアを読むことを薦めるよ。五高でもシェークスピアをやり直している。読んでみるとやはり、シェークスピアはものが違うね。君の手紙で言わせてもらえば、私は芭蕉と蕪村の比較が面白そうだ」

「あしには今、小説の依頼もきておる」

「ほう、そりゃいい。どんどんやるさ」

「ところで金之助君は尾崎紅葉《おざきこうよう》の『金色夜叉』を読んだかね？」

この年の一月一日から『読売新聞』ではじまった紅葉の小説は、当初から大好評であった。

「ああ、新聞を取り寄せて少しは読んだよ」

「どないじゃ。なかなかじゃろう？」

「私はそう思わない。文章も明治以前に逆戻りをしている。あれじゃ、浄瑠璃や能の道行と同じじゃないか。文学からほど遠いよ。むしろ森鷗外の短編の方がいい。あっ、それと樋口一葉女史の『にごりえ』は良いよ。ぜひすすめるよ」

「おう、あの女子は去年若うして亡くなったのう。しかし女子のものを君は読むのかね」

「何を言うんだ。この国の文学なんて、紫式部の『源氏物語』にしても清少納言の『枕草子』にしても、皆女子の手ではじまってるじゃないか。それに一葉女史の父と私の父は懇意だった」

父、直克は警視庁で一葉の父の上官で、兄大助と一葉の縁談が持ち上がったこともあった。

「ほう、そいか。夏目君の父上は文学をやっとられたのか？」

「い、いや、まるで……」

金之助は言葉を濁した。と言うのは、帝大へ進む折、進学の費用を借りる手前、父に専攻の話をしたことがあったからだ。

「金之助、おまえ大学で何をやるのか？」

「ブンガクをやろうかと」

「グンガク？　あんなところでいくさのやり方を習って何になるんだ？」

父は文学を軍学と間違うほどの人だった。

「先人の模倣になっては何のための、これまでの勉学かということになってしまうよ。君とて唯一の国文学をやっているのだから……」

その言葉に子規は口をへの字にした。こと文学に関しては金之助は妥協しなかった。

「そう言えば、苦吟のせいか、控えの間の短冊の鶏頭の数が少し増えていたのが、君らしいよ」

ヘッヘヘヘと子規は力なく笑った。ひさしぶりに子規と会うようになって、金之助は、以前の子規の陽気さが影をひそめている気がした。

「だが大将、君が私たちの、この根岸の大将だ」

「う、うん」

　子規は生返事をしてから静かに話し出した。

「実は……」

「何だね？」

「あしは自分の病いを、手紙でも書いたが、リウマチと思うとった」

「リウマチなんだろう？」

　金之助が問い直すと、子規はゆっくり首を横に振った。

「どうやらカリエスらしい……」

　金之助の顔色が変わった。脊椎カリエス、細菌による脊椎炎である。金之助が訪ねた折に子規が悲鳴を上げるのは流れ出た膿《うみ》をガーゼで吸い取る時の激痛のためだった。結核の感染かどうかはまだ判明しなかった。いずれにしてもこの時代では治療法が確立していない難病だった。

「カリエスとわかれば、これから先のことを余命と算段せねばならんからのう」

　金之助はこれを聞いて、子規からの手紙に記された俳句の中に、命の名残り、命の果て……と言った言葉が目立つ理由がわかった。

　子規は静かに言った。

「俳句の大系と、小説を何としても仕上げにゃならんでのう……」

「気持ちはわかるが、まあそう急ぎなさんな。まずは君の面倒を看《み》てくれる女でも見つけちゃあどうだい？」

「いんや、それは、その女が可哀想じゃ。君はさっさと嫁御が鎌倉に行ったと言うが、本当はそんなもんじゃ、ないんじゃろう？」

子規は金之助の目の奥を覗き込むように見てからニヤリと笑って、

「それとも新橋の、あの美しき君のことが忘れられんとでもおっしゃるや？」

子規の言葉に金之助はかぶりを振った。

「おいおい物騒なことを言わないでくれ。妻は今転地療養中だ」

「それは失礼した。夏目君が来たんであしも元気が出た。人力車で向島見物にでも行ってくるかのう。自分の足で歩けば、なお風景の奥にあるものが見えるのう。あしも元気な頃は、芭蕉さんのあとを追って奥州を独りで歩いたし、房州も回った。江ノ島なんぞは一晩歩けば着いたものだ。夏目君、君もよく山登りをしておったのう。山登りはええもんかね？」

「ああ、あれは、山登りというのは何だろうね。登っている間は頂上まで黙々と足を進めるだけなんだが、単調になると、ずっと自分のことを考えている。今までの自分、今からの自分をね」

「ほう、それはなかなかじゃのう。あしも先達の句を読むと、そこに立っておった創作者の姿、気持ちがわかる気がする。同じ秋の月でも、同じ河のほとりでも、まるで違う。あしならどうしよう、と考えるだけで嬉しゅうなって来る」

五月雨を集めて早し最上川　　松尾芭蕉

五月雨や大河を前に家二軒　　与謝蕪村

「もう山へは登れんが、鳥海山《ちょうかいさん》から見下ろした日本海はまっこと綺麗じゃったのう……」

金之助は厠《かわや》へ行った。

すると廊下の突き当たり、厠の前に床から天井にむかって子供の背丈になるほどの半紙が積んであった。

　厠を出ると律が立っていた。

「やあ、遅くまですみません」

「そんなことありません。ノボさんは夏目さんがお見えになるのを、子供のように待っておりましたから。鷗外先生やら俳句のお仲間やら、いろんな人が訪ねて参られますが、ノボさんが一番待ち遠しゅうて、喜んどるのは夏目さんです。転地療養とお聞きしましたが、奥さまのお加減はいかがですか。母も心配しとります」

「ありがとう。あいつはまだ子供ですから、何かの拍子で熱を出すんで困ってます。正岡君にも早くお嫁さんが来て欲しいですね」

「は、はい……」

　と律は返答し、うつむいた。

　金之助は子規を元気付けたかった。


（下巻に続く）

初出　「日本経済新聞」朝刊
二〇一九年九月一一日〜二〇二〇年二月二〇日、
二〇二〇年一一月一一日〜二〇二一年七月二三日

伊集院　静
（いじゅういん・しずか）

１９５０年山口県防府市生まれ。'72年立教大学文学部卒業。'81年短編小説「皐月」でデビュー。'91年『乳房』で第12回吉川英治文学新人賞、'92年『受け月』で第１０７回直木賞、'94年『機関車先生』で第７回柴田錬三郎賞、２００２年『ごろごろ』で第36回吉川英治文学賞、'14年『ノボさん 小説 正岡子規と夏目漱石』で第18回司馬遼太郎賞をそれぞれ受賞。'16年紫綬褒章を受章。

ミチクサ先生《せんせい》（上）

２０２１年11月15日　第１刷発行
２０２２年４月７日　第４刷発行

著　者　伊集院《いじゅういん》　静《しずか》
発行者　鈴木章一
発行所　株式会社講談社
〒１１２－８００１　東京都文京区音羽２丁目12－21
電　話　編集　０３－５３９５－３５０５
販売　０３－５３９５－５８１７
業務　０３－５３９５－３６１５
本文データ制作　講談社デジタル製作
印刷所　株式会社ＫＰＳプロダクツ
製本所　株式会社若林製本工場

定価はカバーに表示してあります。

ISBN978-4-06-525722-7
N.D.C.913 302p 19cm

KODANSHA